U0025514

古典詩歌研究彙刊

第十八輯

龔鵬程 主編

第 7 冊

宋詞論集（下）

謝桃坊 著

國家圖書館出版品預行編目資料

宋詞論集（下）／謝桃坊 著 — 初版 — 新北市：花木蘭文化
出版社，2015〔民 104〕
目 2+222 面；17×24 公分
（古典詩歌研究彙刊 第十八輯；第 7 冊）
ISBN 978-986-404-299-9（精裝）
1. 宋詞 2. 詞論
820.91 　　　　　　　　　　　　　　　　104014041

ISBN- 978-986-404-299-9

9 789864 042999

古典詩歌研究彙刊
第十八輯　第七冊　　　ISBN：978-986-404-299-9

宋詞論集（下）

作　　　者　謝桃坊
主　　　編　龔鵬程
總 編 輯　杜潔祥
副總編輯　楊嘉樂
編　　　輯　許郁翎
出　　　版　花木蘭文化出版社
社　　　長　高小娟
聯絡地址　235 新北市中和區中安街七二號十三樓
　　　　　　電話：02-2923-1455 ／傳眞：02-2923-1452
網　　　址　http://www.huamulan.tw 信箱 hml 810518@gmail.com
印　　　刷　普羅文化出版廣告事業
初　　　版　2015 年 9 月
全書字數　307088 字
定　　　價　第十八輯 13 冊（精裝）新台幣 20,000 元　　版權所有·請勿翻印

宋詞論集(下)

謝桃坊 著

目

次

歐陽修詞集考

　　歐陽修的詞集，自宋以來流傳著《歐陽文忠公近體樂府》與《醉翁琴趣外篇》兩種。《琴趣外篇》中有艷詞七十餘首，它是否爲歐公所作，遂成爲千古疑案。宋人曾慥說：「歐公一代儒宗，風流自命，詞章窈眇，世所矜式，乃小人或作艷曲，謬爲公詞。」(《樂府雅詞》)蔡絛說：「歐陽修之淺近者，謂是劉煇僞作。」(《西清詩話》)大致古代詞論家們都否定這些艷詞是歐公作的。《琴趣外篇》長期以來不甚流傳，自 1917 年收入《景刊宋金元明本詞》，始漸漸引起學界注意。胡適說：「後人以爲歐公一代儒宗，不應有側艷之詞，遂疑這些艷詞是僞作的。其時北宋不是一個道學的時代，作艷詞並不犯禁，正人君子並不以此爲諱」〔註 1〕。儲皖峰先生考證《憶江南》艷詞之後說：歐公「他認定著『人生自是有情癡』，他認定著『辦得黃金須買笑』，便在人群裏面肆弄他的輕狂，結下了不少風流情債。……他眞是個天生情種，同時可以瞭解他的艷詞的來源」〔註 2〕。此後，直至近年，詞界論及歐詞時基本上都將這部分艷詞，算作歐公的作品，並由此來評價歐詞。在我國三十年代關於歐公艷詞的辯論之時，譚正璧先生曾說：「如果我們一定要破除這個疑案，第一，我們應該

〔註 1〕　胡適：《詞選》第 60 頁。1932 年商務印書館。
〔註 2〕　儲皖峰：《歐陽修〈憶江南〉詞的考證及其演變》。見《現代學生》
　　　　　第 2 卷第 8 期。1933 年。

先去辨明那些詞的孰真孰僞。這個工作如果不能做到,那麼這個公案我們永遠只能認爲是疑案,我們永遠不能憑了這樣脆弱的證明,來輕議歐公的人格。」〔註3〕這個建議是應引起詞界重視的,但由於艷詞問題還牽涉到歐陽修因「盜甥」而入獄之事,蔓藤累葛,十分複雜,所以很難解開這個疑案。對歐陽修詞集的考辨是研究歐詞首要的、不應迴避的工作。本文試圖從歐公詞集的版本源流方面進行考索,並在前人考證的基礎上進一步辨析其詞的真僞。

一

現在所能見到的歐公詞集的祖本是南宋慶元二年(1196)羅泌校正的《近體樂府》三卷。羅泌對歐詞的整理是當時周必大組織的《歐陽文忠公集》整理工作的一部分。這三卷詞自此隨歐公全集而流行於世。周必大跋語云:「《歐陽文忠公集》自汴京、江、浙、閩、蜀,皆有之……故別本尤多,後世傳錄既廣,又或以意輕改,殆甚訛謬不可讀。廬陵所刻,抑又甚焉,卷帙叢胅,略無統記,私竊病之,久欲訂正。」歐公全集在當時的情形既已如此,而全集中之《近體樂府》其訛誤就更甚了。歐陽修下世之後,宋神宗「命學士爲詔,求書於其家」。熙寧五年(1072)由其子歐陽發等據家集編定並繕寫進呈的歐公文集,其「雜著述十九卷」〔註4〕之中便包括《近體樂府》三卷。羅泌跋語云:

> 情動於中而形於言,人之常也。《詩》三百篇,如「俟城隅」、「望復關」、「摽梅實」、「贈勺藥」之類,聖人未嘗刪焉。陶淵明《閒情》一賦,豈害其爲達,而梁昭明以爲白玉微瑕,何也?公性至剛而與物有情,蓋嘗致意於《詩》,爲之《本義》,溫柔寬厚,所得深矣。吟咏之餘,溢爲歌詞,有《平山集》盛傳於世。曾慥《雅詞》不盡收也。今定爲三卷且載樂語於首,其甚淺近者,前輩多謂劉

〔註3〕 譚正璧:《戀張女歐陽修受劾》。見《青年界》第 8 卷第 3 號。
〔註4〕 見《歐陽文忠公集》附錄。

輝偽作，故刪之。

　　元豐中崔公度跋馮延巳《陽春錄》，謂皆延巳親筆，
其間有誤入《六一詞》者，近世《桐汭志》、《新安志》亦
記其事。今觀延巳之詞往往自與唐《花間集》、《尊前集》
相混，而柳三變詞亦雜《平山集》中。則此三卷，或甚浮
艷者，殆非公之少作，疑以傳疑可也。

　　羅泌在整理時刪削了部分「甚淺近者」，而對那些「甚浮艷者」
則採取「疑以傳疑」的方法被保留於《近體樂府》之中。他所依據
的詞集，主要是《平山集》，但同時又提到《六一詞》，加上歐陽發
輯的《近體樂府》，則共有三個本子。歐陽修於慶曆八年（1048）知
揚州軍州事，在蜀岡上作平山堂，「手種堂前楊柳」，暑時在堂中歌
舞宴飲。《平山集》亦稱《平山堂集》（《古今詞話》引《西清詩話》），
當是歐公知揚州時所輯己之歌詞集。歐公於熙寧三年（1070）始自
號六一居士。《六一詞》當是他晚年致仕後所輯之歌詞集。宋人陳振
孫《直齋書錄解題》卷二十一著錄有「《六一詞》一卷，歐陽文忠公
撰」。但是從羅泌跋語看來，《平山集》與《六一詞》在傳刻流行過
程中，已混入馮延巳和柳永等人作品，甚至混入「淺近」與「浮艷」
者。因此，他初步作了校正考异。

　　《近體樂府》目前常見的有收入《景刊宋金元明本詞》的《景宋
吉州本歐陽文忠公近體樂府》三卷、收入《四部叢刊》的元刊本《歐
陽文忠公集》之《近體樂府》三卷、清乾隆二十四年（1759）歐陽安
世等校刊的祠堂本《歐陽文忠公全集》卷一百三十一至一百三十三的
《近體樂府》三卷。這三種，只吉州本多《漁家傲》十二首鼓子詞和
續添《水調歌頭》一首，而乾隆祠堂本則去掉羅泌跋語及校記以保持
全集編排的統一性。它們實際同出一源，通稱全集本。吉州本三卷，
詞一百九十四首係出自慶元二年編訂的《歐陽文忠公集》卷一百三十
一至一百三十三，故於詞集每卷之卷首下，均標明全集卷數。繆荃孫
跋吉州本云：「樂府分為三卷，且載樂語於首，據泌跋，即泌所手定，

是此本慶元二年刊於吉州，元明均有翻刻，此則祖本也。」（《景刊宋金元明本詞》之《景宋吉州本歐陽文忠公近體樂府》附）

明代毛晉刊行《宋六十名家詞》，據全集本校勘而更名爲《六一詞》，以復《直齋書錄解題》之舊。毛本的特點是：一、將舊刻三卷合爲一卷；二、去掉原之卷首樂語數則；三、刪削誤入之詞，收詞爲一百七十一首。《四庫全書》所採用者即毛本。毛本也屬全集系統的。近世林大椿先生校輯的《歐陽文忠公近體樂府》三卷（民國二十年商務排印本），跋語稱：「茲編依據元刊，以毛本及乾隆丙寅間廬陵祠堂本覆校之，別爲校記一卷。至集中往往屬人他人之作，觀羅跋則在當時已然，不自今始。」林本收詞一百八十首。唐圭璋先生編的《全宋詞》，於歐公詞採用《景刊宋吉州本歐陽文忠公近體樂府》本，亦去掉樂語並刪去部分混入之作，有較詳的考異，收詞一百七十六首。

以上可見，全集本系統的歐公詞集，其源流是很清楚的，諸本編次，層層相因，基本上一致。

二

《景宋本醉翁琴趣外篇》六卷，亦收入《景刊宋金元明本詞》。據陶湘《景刊宋金元明本詞敘錄》云，此本最早見於清人毛扆鈔本，後張元濟先生又得後三卷，於是「湘假以補完，而歐公《琴趣》末葉仍有缺字，蓋毛鈔即從此宋本出」。他確定此本「蓋出南宋中葉」。《琴趣外篇》目錄及每卷卷首標出撰者爲「文忠公歐陽修永叔」。這個題款顯然不足爲信，歐陽修不會自稱「文忠公」，「文忠」是其諡號。宋以來公私藏書著錄皆無關於《琴趣外篇》的記載〔註 5〕，其

〔註 5〕 唐圭璋先生云：「宋本醉翁琴趣」上下卷二本見《傳是樓書目》」（《金陵學報》第 10 卷第 1、2 期：《宋詞版本考》）。查排印本徐乾學《傳是樓書目》，無此著錄，不知縣另據何本。《四庫全書總目》卷一九八只著錄歐陽修《六一詞》，而於《晁无咎詞提要》云：「至《琴趣外篇》宋人只如歐陽修、黃庭堅、晁端禮、葉夢得四家詞皆有此名，

來源是很不清楚的。元代吳師道在其《吳禮部詩話》中最早談到過
這個詞集。他說：

> 歐公小詞，間見諸詞集……近有《醉翁琴趣外篇》凡
> 六卷，二百餘首，所謂鄙褻之語，往往而是，不止一二也。
> 前題東坡居士序近八九語。所云：「散落尊酒間，甚為人所
> 愛，尚猶小技，其上有取焉者。」詞氣卑陋，不類坡作，
> 蓋可證作詞之偽。

這與《景宋本醉翁琴趣外篇》卷數、詞數相符，只多蘇軾之序。
蘇序既不見蘇軾文集，亦不見《東坡題跋》，而又「詞氣卑陋」，所
以吳師道斷定這個集子是偽作。但要判斷它是否偽作，尚非易事，
其具體情形頗為複雜。

《琴趣外篇》所收二百零三首詞中，見於《近體樂府》者有一
百二十五首，此外的七十八首大都屬於通俗的艷詞。這兩部分詞中
又混有五代及宋初詞人的不少作品。根據這種情況，我們可以這樣
推測：南宋時書賈們將歐公詞選取部分，屬入民間流行的通俗而浮
艷者編為一集，而又題為「文忠公歐陽修永叔」撰，並偽製蘇軾序
以廣流行。這樣的推斷雖近情理，但是宋人王灼《碧雞漫志》卷二
卻有一則有關的重要記載：

> 歐陽永叔所集歌詞，自作者三之一耳。其間他人數章，
> 群小因指為永叔，起曖昧之謗。

可見歐陽修除了曾手輯《平山集》和《六一詞》而外，還編輯
過一種歌詞集。據王灼粗略估計，其中歐公自作之詞占三分之一，
他人的艷詞——特別是《憶江南》和《醉蓬萊》被「群小」誣為歐
公所作，並與「盜甥」之說附會起來，以「起曖昧之謗」。王灼為北
宋末人，去歐公時代不遠，他說歐公所輯歌詞集的性質及其中數章
誣謗歐公的艷詞等情況，完全與《醉翁琴趣外篇》冥若合符。《外篇》
中歐公自作約占半數，同時收他人之作，數章艷詞也在其內。可肯

並補之此集而五，殊為淆混」。

定《外篇》確爲歐公所編集者。

　　爲什麼歐公要編集這種歌詞集呢？可以說，這是當時士大夫們一種雅好的風尙。北宋士大夫們於公餘之時，往往以歌舞宴飲來遣興娛賓。他們在官署，有官妓們歌舞侑觴；在家裏，有家妓們淺斟低唱。所以編集一本時新歌詞集以供官妓或家妓習唱是很有實用意義的。北宋初年出現的《尊前集》是繼《花間集》之後的一部歌詞集，它們都是供歌妓於花間尊前聊佐清歡之用；雍熙三年（986）子起序的《家宴集》收唐末五代諸家詞，是供家妓用的歌詞集，「爲其可以侑觴，故名《家宴集》」（《直齋書錄解題》卷二十一）。在歐陽修的時代還流行《時賢本事曲子集》，它搜集當代諸公所作新詞並綴以本事詞話。《東坡續集》卷五有蘇軾《與楊元素書》云：

　　　　近一相識錄得公明所編本事曲子，足廣奇聞，以爲閒居之鼓吹也。謂切宜更廣之，但屬知識間令各記所聞，即所載日益廣矣。輒獻三事，更乞揀擇。傳到百四十許曲，不知傳得足否？

　　這是歐公下世不久的熙寧七年（1074），蘇軾離杭州任時與友人楊繪之書。楊繪當時正編集《時賢本事曲子》，已集一百四十首，又益三首，則已集一百四十三首了。《景宋吉州本歐陽文忠公近體樂府》卷二《漁家傲》調下小字注云：「《京本時賢本事曲子後集》云……」。據此，則繼楊繪之後尙有續編者，且有「京本」以別他本。因此，歐公集己詞及流行歌詞，是不足爲奇的。可見，《琴趣外篇》中的浮艷之詞不是歐公所作的，而編選這些流行歌詞以供家妓或歌妓演唱，確是宋代士大夫的一種風尙。歐公家是有八九位妙齡歌妓的，其友梅堯臣有詩戲云：「公家八九姝，鬢髮如盤鴉，朱唇白玉膚，參年始破瓜。」（《韻語陽秋》卷十五）另據宋人筆記，歐公也曾與一些官妓有過較親密的關係。這些也是宋代士大夫私生活中所習見的。歐公之詞「風流蘊借」，而他也集過一些艷詞。清人陸鎣《問花樓詞話》云：「歐陽公宋代大儒，詩文之外喜爲長短調，凡小詞多同

時人作，公手輯以存在，與公無涉；一時忌公者，藉口以興大獄。」
這也是就《琴趣外篇》而言的。根據這些線索，《外篇》的性質便可
基本確定了。

如果將《琴趣外篇》之七十餘首艷詞與《近體樂府》作一比較，
不難發現它們是有明顯而重大的區別：（一）《外篇》多用北宋以來
民間流行的曲調，如《醉蓬萊》、《于飛樂》、《鼓笛慢》、《憶芳時》、
《錦香囊》、《繫裙腰》、《好女兒令》、《鹽角兒》、《解仙佩》等，近
於柳永詞所用俗調；《近體樂府》則用唐五代以來常見的詞調，如《玉
樓春》、《蝶戀花》、《漁家傲》、《采桑子》等，與晏殊等人用調習慣
相同。它們在用調方面是出自不同系統的。（二）《近體樂府》在語
言方面比較典雅，詞語自然平易卻不使用民間俗語詞彙和民間口
語。而《外篇》中如：

> 但向道、厭厭成病皆因你。（《千秋歲》）

> 細把身心自解，只與猛拚卻。又及至見來了，怎生教
> 人惡。（《看花回》）

> 都為是風流瞰。至他人、強來廝壞。（《宴瑤池》）

> 不知不覺上心頭，悄一霎身心頓也沒處頓。（《怨春郎》）

這些俚俗語句，有些是很費解的，而《近體樂府》卻未出現這種
情形。（三）《近體樂府》雖風流蘊借卻無色情描寫，而《外篇》便有
許多露骨的色情描寫，如：

> 半掩嬌羞，語聲低顫，問道有人知麼？強整羅裙，偷
> 回波眼，伴行伴坐。（《醉蓬萊》）

> 丁香嚼碎偎人睡，猶記恨，夜來些個。（《惜芳時》）

> 劃襪重來。半揎烏雲金鳳釵。行笑行行連抱得，相挨。
> 一向嬌癡不下懷。（《南鄉子》）

某些描寫是大大甚於柳永淫冶之曲的。柳永曾因作艷詞而見黜
於宋仁宗，直至改名後方得磨勘轉官。歐公不可能作艷詞以自污清
白，給政敵以口實。宋人評論歐詞如說它「風流閒雅」（《姑溪居士

文集》卷四十)、「體制高雅」(《卻掃編》卷五)、「溫潤秀潔」(《碧雞漫志》卷二)，並未談到歐公寫過大量艷詞。(四)《近體樂府》之詞旨如羅泌所說：「溫柔寬厚，所得深矣」，能體現出歐公的個性品格。《外篇》中卻有許多輕佻浮滑的語句，如：

妾解清歌並巧笑，郎多才俊兼年少。(《漁家傲》)

伊憐我，我憐伊，心兒與眼兒。(《阮郎歸》)

早是肌膚輕妙，抱著了，暖仍香。(《好女兒令》)

慧多多，嬌的的。天付與，教誰憐惜。除非我、偎著抱著，更有何人消得。(《鹽角兒》)

低聲地、告人休恁。月夕花朝，不成虛過，芳年嫁君徒甚？(《夜行船》)

這些詞的作風與所表現的品格都與歐公太不相類了。雖然作家的藝術風格具有多樣性和豐富性，但構成其穩定性的那種基本特質還是能辨認出的。就《外篇》的風格與詞旨而言，它都不可能是歐公作的。

鄭振鐸先生早在《插圖本中國文學史》中談到：「我們看在《醉翁琴趣外篇》裏有許多為《六一詞》所不收的詞，……這和《六一詞》的作風太不相同了，顯然不是出於同一詞人的手筆。」〔註6〕從我們關於歐詞版本的考察，也證實鄭振鐸先生的推測是正確的〔註7〕。

三

既然《琴趣外篇》係歐公輯己作與流行歌曲之集，其中一百二十五首見於《近體樂府》者多數固為歐公之作，則其餘的七十八首艷詞便與歐公無涉了。《近體樂府》出自歐公手輯《平山集》、《六一

───────────

〔註6〕 鄭振鐸：《插圖本中國文學史》第 481 頁。文學古籍社，1959 年重印。

〔註7〕 參見拙文：《歐陽修獄事考》。見《文史》第 28 輯，中華書局版。

詞》，以及家集本《歐陽文忠集》，其源流歷歷可考，南宋以來公私藏書皆有著錄。這個詞集是可信的。但是，北宋前期的幾位重要詞人，他們的詞集裏都混入他人之作。如晏殊、柳永、張先、歐陽修，雖然他們都手輯過自己的詞集，它們在社會上廣爲流行，演唱和傳鈔的過程中，特別是某些最受人喜愛的作品，其作者往往傳訛，而書賈翻刻時又益以「新添」或「續添」，便以訛傳訛，致使以上幾家詞，造成一些互混的現象。今在《歐陽文忠公近體樂府》之祖本因編訂於南宋中期，所以混入了馮延巳《陽春集》、晏殊《珠玉集》、柳永《樂章集》、張先《子野詞》中的一些作品；自南宋以來經過羅泌、毛晉、林大椿、唐圭璋等諸家的先後考異校訂，其眞僞都較易辨認了。茲謹匯集四家考異並補校於下：

　　《歸自謠》（「何處笛」、「春艷艷」、「寒水碧」）三首。

　　羅校：「並載馮延巳《陽春錄》，名《歸國遙》」。毛校：「並載《陽春錄》，名《歸國謠》。」唐校：「馮延巳詞，見《陽春集》。」

　　《長相思》（「深畫眉」）。羅校：「《尊前集》作唐無名氏詞。」毛校：「考『深畫眉、淺畫眉』一首，《花間集》刻白樂天，《尊前集》刻唐無名氏，今刪去」。唐校：「白居易詞，見《唐宋諸賢絕妙詞選》卷一」。

　　《長相思》（「蘋滿溪」）。唐校：「別又見張先《子野詞》卷一。」

　　《生查子》（「去年元夜時」）。毛校：「或刻秦少游。」唐校：「又誤作朱淑眞詞，見《詞品》卷二。又誤作秦觀詞，見《續選草堂詩餘》卷上。」按：朱淑眞《斷腸集》卷三有《元夜》三首，其三云：「火燭銀花觸目紅，揭天鼓吹鬧春風。新歡人手愁忙裏，舊事驚心憶夢中。但願暫成人繾綣，不妨常任月朦朧。賞燈那得工夫醉，未必明年此會同。」詩所述與情人於元夕燈市相會情景與《生查子》詞意極相似。淑眞集中《生查子》共三首，此首即其三，三首風格相同，當出自一人之手。淑眞又有《憶秦娥‧正月初六夜月》也寫

觀燈感懷。將這些詩詞與《生查子》相較，它很切合淑眞情事，可以斷定是淑眞之詞。《斷腸集》乃淑眞下世後多年由魏仲恭於淳熙九年（1182）所集，早於羅泌校正歐公詞十四年。淑眞此詞混入《近體樂府》是完全可能的。

《瑞鷓鴣》（「楚王臺上一神仙」）。原注：「此詞本李商隱詩，公嘗筆於扇，云可入此腔歌之。」唐校：「此首原非詞，亦非歐作，今不錄。其詩實非李商隱作，乃吳融七律，見韋穀《才調集》卷二。」

《阮郎歸》（「東風臨水日銜山」、「南園春早踏青時」、「角聲吹斷隴頭梅」）三首。羅校：「三篇並載《陽春錄》，名《醉桃源》。」毛校：「三闋並載《陽春集》，名《醉桃源》。」唐校：「馮延巳詞，見《陽春集》。」

《阮郎歸》（「劉郎何日是來時」）。唐校：「別又見吳訥《唐宋名賢百家詞》本，及侯文燦《十名家詞》本《張子野詞》。」

《阮郎歸》（「落花浮水樹臨池」）。唐校：「別又見張先《子野詞》卷一。」

《蝶戀花》（「六曲欄干偎碧樹」）。羅校：「載《陽春錄》。」毛校：「見《珠玉詞》」。唐校：「馮延巳詞，見《陽春集》。」按：當從唐校。

《蝶戀花》（「遙夜亭皋閑信步」）。羅校：「《尊前集》作李王詞。」毛校：「是李中主作。」唐校：「李冠詞，見《唐宋諸賢絕妙詞選》卷六」。按：當從唐校。

《蝶戀花》（「簾幕風輕雙語燕」）。毛校：「見《珠玉詞》。」唐校：「別又見晏殊《珠玉詞》。」

《蝶戀花》（「南雁依稀回側陣」）。唐校：「別又見晏殊《珠玉詞》。」

《蝶戀花》（「獨倚危樓風細細」、「簾下清歌簾外宴」）二首。羅校：「並載柳三變《樂章集》。」毛校：「俱見《樂章集》。」唐校：「二首別又見柳永《樂章集》卷中」。

《蝶戀花》（「梨葉初紅蟬韻歇」）。毛校：「一刻同叔，一刻子瞻。」唐校：「見晏殊《珠玉詞》。」

《蝶戀花》（「誰道閒情拋棄久」、「幾時行雲何處去」）二首。羅校：「亦載《陽春錄》。」毛校：「亦載《陽春錄》。」唐校：「馮延巳詞，見《陽春集》。」

《漁家傲》（「幽鷺漫來窺品格」、「楚國細腰元自瘦」、「粉蕊丹青描不得」）三首。毛校：「俱晏元獻公作，今刪去。」唐校：「別又見晏殊《珠玉詞》。」

《漁家傲》（「正月新陽生翠珀」至「臘月年光如激浪」）十二首。詞調下原注：「《京本時賢本事曲子後集》云：『歐陽文忠公，文章之宗師也。其於小詞尤膾炙人口，有十二月詞寄《漁家傲》調中，本集亦未嘗載，今列之於此。』前已有十二篇鼓子詞，此未知果公作否？」按：歐公原有《漁家傲》鼓子詞十二首，詞後有羅泌跋語云：「乃永叔在李太尉端願席上所作十二月鼓子詞」。歐公沒有必要再用同調又作十二月鼓子詞。此後十二首既不見於本集，且羅泌已懷疑未知是否歐公作。元刊本及祠堂本皆不收，當非公作。

《玉樓春》（「池塘水綠春微暖」）。唐校：「別又見晏殊《珠玉詞》。劉攽《中山詩話》引『從頭歌韻』二句，作晏殊詞。劉與歐同時，所言當可信。此首殆非歐作。」按：《中山詩話》云：「晏元獻尤喜江南馮延巳歌詞。其所自作亦不減延巳。樂府《木蘭花》皆七言詩，有云：『重頭歌韻響玲瓏，入破舞腰紅亂旋』。」

《玉樓春》（「燕鴻過後春歸去」、「紅絛約束瓊肌穩」、「春蔥指甲輕攏撚」、「珠簾半下香消印」）四首。唐校：「別又見晏殊《珠玉詞》。」

《玉樓春》（「檀槽碎響金絲撥」）。唐校：「見吳訥本及侯文燦本《張子野詞》。」

《玉樓春》（「雪雲乍變春雲簇」）。羅校：「此篇《尊前集》作馮延巳，而《陽春錄》不載。」唐校：「別又作馮延巳詞，見《尊前集》。」

《浣溪沙》（「青杏園林煮酒香」）。毛校：「或入《珠玉詞》，或入

《淮海詞》。」

《御街行》（「天非花艷輕非霧」）。唐校：「別見吳訥本，侯文燦本《張子野詞》。」

《一叢花》（「傷春懷遠幾時窮」）。毛校：「向誤子野詞。，』林校：「元本、祠堂本均注：此篇世傳張先《子野詞》。，』唐校：「張先詞，見《張子野詞》卷一。」

《千秋歲》（「數聲鶗鴂」）。林校：「此篇《雅詞》列張先作。」唐校：「張先詞，見《樂府雅詞》卷上。」

《清平樂》（「雨晴煙晚」）。羅校：「又載《陽春錄》。」唐校：「馮延巳詞，見《陽春集》。」

《應天長》（「一彎初月臨鸞鏡」）。羅校：「載《陽春錄》」唐校：「李璟詞，見《南唐二主詞》。」按：當從唐校。

《應天長》（「石城山下桃花綻」）。羅校：「載《陽春錄》。」唐校：「馮延巳詞，見《陽春集》。」

《應天長》（「綠槐陰裏黃鶯語」）。羅校：「《花間集》作皇甫松詞，《金奩集》作溫飛卿詞。」毛校：「《花間集》刻韋莊。」唐校：「韋莊詞，見《花間集》卷二。」

《芳草渡》（「梧桐落」）。羅校：「又載《陽春錄》。」唐校：「馮延巳詞，見《陽春集》。」

《行香子》（「舞雪歌雲」）。唐校：「張先詞，見吳訥本《張子野詞》。」

《水調歌頭》（「萬頃太湖上」）。唐校：「《近體樂府》卷三末續添詞有《水調歌頭·和蘇子美滄浪亭》詞一首，注出《蘭畹集》。據龔鼎臣《東原錄》引其第三句『吳王去後』，乃尹洙所作。龔鼎臣與尹洙、歐陽修等同時，所言當可據。」按：此詞元刊本及祠堂本皆不收，非歐公作。

以上計五十五首，皆非歐公所作。景宋吉州本《歐陽文忠公近體樂府》三卷，收詞一百九十四首，除去混入他人之作五十五首，

另加上集外詞《少年遊》(能改齋漫錄)卷十七)、《桃源憶故人》(《全芳備祖前集》卷七)、《阮郎歸》(《花草粹編》卷四)三首,則歐公實際詞作應爲一百四十二首。羅泌最初整理歐公詞集時已發現其中混入不少他人之詞,故雖收入而作了考異。他這種「疑以傳疑」的態度是謹愼的,但也是爲條件所限而不得已的辦法。我相信在前人和近世學界前輩校勘的基礎上,再進一步工作,是可以整理出一部完整而眞實的歐陽修詞集的。

歐陽修獄事考

　　北宋慶曆五年（1045），歐陽修以龍圖閣直學士爲河北都轉運使並權眞定府事。這年五月，歐陽修外甥女張氏因私通僕人而下開封府獄，歐陽修也被認爲與張氏有曖昧關係而牽連入獄。審訊結果，以歐陽修用張氏資財置田產立戶事奏聞；八月歐陽修落龍圖閣直學士罷都轉運使貶知滁州。《宋史・歐陽修傳》云：「邪黨益忌修，因其孤甥張氏獄傅致以罪，左遷知制誥知滁州。」史傳含糊其辭，但是宋代官方文獻及私家筆記雜書都有關於此事的記載，當時在社會上影響很大，因爲「盜甥」是被看作人倫所不容的醜行。自宋以來直至清末詞家況周頤等，都曾爲歐公辨誣，〔註1〕在本世紀 20 至 30 年代，我國學術界還爲此展開了一場辯論。胡適肯定歐陽修與張氏確有曖昧關係，他說：「大概張氏一案不會出於無因。獄起時，歐公正三十九歲，他謫滁州後，即自號醉翁，外謫數年而頭髮皆白；此可見當日外界攻擊之多了。」〔註2〕儲皖峰先生繼而考證了艷詞《憶江南》係歐公所作，且以爲：「他受了（『情』的支配，便投身於情網中了。他認定著『人生自是有情癡』，他認定著『辦得黃金須買笑』，便在人群裏面肆弄他的輕狂，結下了不少風流情債。）〔註3〕譚正璧先生雖然說「我的意

〔註1〕　見況周頤《蕙風詞話》卷四。
〔註2〕　胡適：《歐陽修的兩次獄事》，見《吳淞月刊》第一期，民國十三年。
〔註3〕　儲皖峰：《歐陽修〈憶江南〉詞的考證及其演變》，見《現代學生》

見，以為就現在所見的歐詞來做證明，它的可靠性是十分脆弱的」，但是他較詳地敘述了歐公「盜甥」事件的經過，也基本上肯定有此曖昧關係。〔註4〕對歐陽修「盜甥」及其艷詞的重新認識，反映了當時學術思潮的反封建主義傾向；但這次探討只是孤立地考述「盜甥」事件，對歐陽修獄事發生的社會歷史原因和有關歐詞真偽涉及的版本問題等都被忽略了，而且由於一種主觀傾向的指導，遂曲解了事件的性質和歐公的品格。因此，這個歷史公案尚未了結。歐陽修獄事是當時政局中的重要事件之一，它關係著對歐陽修思想品格及其文學的評價，有必要重新進行考辨。

一、歐陽修「盜甥」案件始末

歐陽修有胞妹適張龜正。據南宋胡柯《廬陵歐陽文忠公年譜》，景祐二年（1035）「是歲七月，公同產妹之夫張龜正死於襄城，謁告視之」。龜正死後留下前妻之孤女；年僅數歲，由繼母歐陽氏攜之歸養於歐陽修家。關於歐陽修「盜甥」案件審處情況，《宋會要輯稿》職官六四之五二云：

> （慶曆五年）八月二十日河北路轉運按察使龍圖閣直學士右正言歐陽修降知制誥知滁州，太常博士權發三司戶部判官公事蘇安世降殿中丞監泰州鹽茶稅，入內侍省內東頭供奉官王昭明監壽州壽春縣酒稅。初，修有甥張，少鞠於家，因嫁其姪處州司戶參軍歐陽晟。後張與僕陳諫姦通，事發，始鞠於開封府。語有連及修者。及命（蘇）安世等再劾，修乃只坐用張氏資買田立己名。安世等以直牒三司取錄問吏人，而不先以聞，故皆責焉。修甥張及（陳）諫杖脊，（歐陽）晟勒停，知開封府楊日嚴以下罰銅。

結案後，朝廷很不滿意，因此，對負責審理此案的官員也給以

第三卷第八期，民國二十二年版。
〔註4〕 譚正璧：《戀張女歐陽修受劾》，見《青年界》第八卷第三號，民國二十四年版。

輕重不同的處分。以宋仁宗的名義發佈的對歐陽修的責詞云：「知出非己族，而鞠於私門；知女有室歸，而納之群從。向以訟起晟案之獄，語連張氏之貲，夯既弗明，辨無所驗。朕以其久參近侍，免致深文，止除延閣之名，還序右垣之次，仍歸漕節，往布郡條。」（《年譜》慶曆五年附）十月，歐陽修到滁州後的《滁州謝上表》針對責詞辯解說：

> 伏念臣生而孤苦，少則賤貧，同母之親，惟存一妹，喪厥夫而無託，攜孤女以來歸。張氏此時，生才七歲。臣愧無著龜前知之識，不能逆料其長大所爲；在人情難棄於路隅，緣臣妹遂養於私室。方今公私嫁娶，皆行姑舅婚姻，況（歐陽）晟於臣宗，已隔再從，而張非己出，因謂無嫌，乃未及笄，遽令出適。然其既嫁五六年後，相去數千里間，不幸其人自爲醜穢。臣之耳目不能及，思慮不能知，而言者及臣，誠爲非意，以至究窮於資產，固已吹析於毫毛。
>
> （《歐陽文忠全集》卷九十）

歐陽修根本不承認與外甥女張氏有曖昧關係：張氏來養於歐家時年僅七歲，未到及笄之年（十五歲）便嫁與歐陽修的從侄歐陽晟；此後時隔數年之久，地隔千里之外，張氏犯罪，與己無涉。歐陽修還認爲此案牽連及他，是出於諫官之不懷好意，以用張氏資置產立戶不明而定罪，則更屬吹毛求疵了。歐公逝世之後，韓琦所撰《歐陽公墓誌銘並序》云：

> 初，公有妹適張龜正，龜正亡，無子，妹挈前室所生孤女以歸。及笄，公爲選宗人晟以嫁之。會張氏以失行繫獄，言者乘此欲並中公，復捃張氏貲產事，遂興詔獄窮治。上爲命內臣監劾，卒辯其誣，猶降授知制誥知滁州事。執政意不快，撫勘官、監劾內臣細故，皆被責。（《歐陽文忠公集》附錄卷二）

此所述張氏及笄而適，與歐公所述略異。關於與張氏的曖昧關係，此明言「卒辯其誣」，則已肯定實無「盜甥」之事。稍後的墨本

《神宗實錄》本傳亦云：

> 修妹適張龜正，龜正無子而死。有龜正前妻之女才四
> 歲，無所歸，以俱來。及笄，修以嫁族兄之子晟。張氏後
> 在晟所與奴姦，事下開封府。獄吏附致其言（一作曖昧之
> 言）以及修。乃以戶部判官蘇安世、內侍王昭明雜治之，
> 卒無秋毫。乃坐用張氏奩中物買田立歐陽氏券，左遷知制
> 誥知滁州。(《歐陽文忠公集》附錄卷三)

這與前面記載所不同者：一是謂張氏來歐家時年四歲，二是說
「曖昧之言」係由獄吏附致的。張氏來歐家與出嫁之年當從歐公所
述，墓誌及史傳偶有不確者。關於案件審理的經過，南宋初年王銍
有較詳的記述。他說：

> （歐陽修）以龍圖閣直學士爲河北都運，令計議河事、
> 邊事。其實宰相欲以事中之也。會令內侍供奉官王昭明同
> 往相度河事。公言：「今命侍從出使，故事無內侍同行之理，
> 而臣實恥之。」朝廷從之。公在河北，職事甚振，無可中
> 傷。會公甥張氏，妹婿龜正之女，非歐生也，幼孤，鞠育
> 於家，嫁姪晟。晟自虔州司戶罷，以替名僕陳諫同行，而
> 張與諫通。事發，鞠於開封府右軍巡院。張懼罪，且圖自
> 解免，其語皆引公未嫁時事，詞多醜異。軍巡判官著作佐
> 郎孫揆止劾張與諫通事，不復枝蔓。宰相聞之怒，再命太
> 常博士三司戶部判官蘇安世勘之，遂盡用張前後語成案。
> 俄又差王昭明者監勘，蓋以公前事，欲令釋恨也。昭明至
> 獄，見安世所劾案牘，視之駭曰：「昭明在官家左右，無三
> 日不說歐陽修。今省判所勘，乃迎合宰相意，加以大惡，
> 異日昭明吃劍不得。」安世聞之大懼，竟不敢易揆所勘，
> 但劾歐公用張氏資買田產立戶事奏之。宰相大怒。公既降
> 知制誥知滁州；而安世坐牒三司取錄問吏人不聞奏，降殿
> 中丞泰州監稅；昭明降壽春監稅。(《默記》卷下)

這則記述反映了案件審理曲折複雜的過程，也較爲具體地說明

瞭「盜甥」的實情。原來張氏「懼罪，且圖自解免」，便被人利用；且張氏案本與歐公無涉，而「其語皆引公未嫁時事，詞多醜異」，遂構成「盜甥」之說。歐陽修入獄後，雖然朝廷中許多官員明知其被誣，卻明哲保身，默不作聲。當時只有厚重寡言、且素與歐公疏遠的趙槩敢於為歐陽修說話。據司馬光云：

> 修為龍圖閣直學士河北都轉運使。疾韓（琦）、范（仲淹）者，皆欲文致修罪，云與甥亂。上怒，獄急，群臣無敢言者。槩獨上書言：「修以文章為近臣，不可以閨閣曖昧之事，輕加污衊。臣與修踪迹疏，修之待臣亦薄，所惜者朝廷大體耳。」書奏，上不悅，人皆為之懼。槩亦淡然如平日。（《涑水紀聞》卷三）

以上公私文獻關於歐陽修「盜甥」案件的記載，雖詳略與重點各有不同，但對基本事實的記述，如張氏下獄原由、張氏身世、歐公被牽連、審理過程、勘實歐公屬於被誣、案件最後處理，等等，都大體一致，案情也較為清楚了。現在，我們可以對案件的性質作初步的分析：一、張氏案件的發生，宰執大臣賈昌朝、陳執中等認為是打擊歐陽修的時機已到，「宰相欲以事中之也」，「言者乘此欲並中公」，可見牽連歐陽修實出於預謀。二、案件審理過程中，宰執大臣暗地操縱插手，首先對負責審理此案的孫揆的原勘不滿，因為審理結果不合其意；於是再命蘇安世重勘，而且還不放心，再命與歐公有私仇的內侍王昭明監勘，以便讓王昭明報私仇而達到借刀殺人的目的。三、因為歐公與張氏有舅甥關係，便借此使案情節外生枝，利用張氏懼罪的心理和軟弱的性格，打通獄吏，製造張氏未嫁時與歐陽修有曖昧關係，並由獄吏傅致張氏誣歐公的醜聞，以構成亂倫的大惡罪。四、審理過程反映了當時複雜的政治鬥爭。孫揆據實定案，不牽涉歐陽修；蘇安世在宰執大臣威逼之下一度動搖，欲迎合其意；王昭明雖於歐公有私仇而卻較為正直，且考慮到根本政治利害關係，說服蘇安世維持原判，不經宰執大臣同意而迅速結案。這樣，以致結果出乎當權者的預

期。五、由宋仁宗代表朝廷對案件的最後處理顯得矛盾百出。案件既已經皇帝同意了結，則負責審理此案的官員便不應被懲處，如果以爲他們審理不當，便應再勘。既未再勘而又給勘案者處分，便很難說明此案的審理是否正確。關於歐陽修的定罪更屬荒謬，認爲他不應收養張氏，不應將她嫁與侄兒，且以張氏語中涉及資財、歐陽修用張氏資財置產立券不明而給予貶謫處分。這都與張氏案無關者，而且即使立券不明也不應在此案中定罪。這樣的處理，反映了最高統治者的一種調和雙方的態度：不了了之。關於歐公「盜甥」問題，審理此案的蘇安世曾對仁宗說：「修無罪，言者誣之耳。」（《蘇安世墓誌》，《臨川集》卷二十三）審理結果，因「卒無秋毫」而「卒辯其誣」。從以上情形看來，所謂歐陽修「盜甥」之說，顯然是出於當權者有計謀的一種政治陷害。

二、歐陽修獄事的政治原因

自康定元年（1040）西夏與北宋的戰事發生以來，北宋社會矛盾日益顯露並加劇。統治階級中有遠見的政治家們醞釀著政治革新，而且得到了宋仁宗的支持。慶曆三年（1043）三月，晏殊爲宰相兼樞密使，歐陽修、王素、余靖任諫官；四月，杜衍爲樞密使；八月，范仲淹參知政事，富弼爲樞密副使；九月，范仲淹的「明黜陟、抑僥幸、精貢舉、擇官長、均公田、厚農桑、修武備、減徭役、覃恩信、重命令」十項政治改革主張提出並得以施行：史稱慶曆新政。新政實施後，受到封建統治集團中守舊勢力的強烈反對，仁宗動搖，於是這一場改革很快以失敗告終。如稍後嘉祐八年（1063），蘇軾在《思治論》中所分析的那樣：

> 方今天下何病哉？其始不立，其卒不成；惟其不成，是以厭之，而愈不立也。凡人之情，一舉無功則疑，再則倦，三則去之矣。……凡今所謂新政者，聽其始之議論，豈不甚美而可樂哉，然而布出於天下而卒不知其所終。何

則？其規模不先定也。用捨繫於好惡，而廢興決於眾寡。

故萬全之利，以小不便而廢者有之矣，百世之患，以小利

而不顧者有之矣。（《東坡集》卷二十一）

這全是針對宋仁宗後期反復無常、因循保守的政治而言的，總結了慶曆新政失敗的慘痛教訓。當時守舊勢力採取攻擊新政諸公入手，以達到取消新政的目的，而突破口則是蘇舜欽在進奏院賣廢紙助辦賽神宴席並召妓樂之事。蘇舜欽是杜衍之婿，慶曆三年（1043）三月，由范仲淹之薦，授集賢校理監進奏院。慶曆四年（1044）九月，杜衍為宰相。這時，「蘇舜欽提舉進奏院，至秋賽，承例賣拆封紙以充。舜欽欲因其舉樂，而召館閣同舍，遂自以十千助席，預會之家，亦釀金有差。酒酣，命去優伶，卻史史，而更召兩軍女伎。先是洪州人太子中舍李定，願預釀廁會，而舜欽不納。定銜之，遂騰謗於都下。既而御史劉元瑜，有所希合，彈奏其事。事下右軍窮治，舜欽以監主自盜論，削籍為民」。「舜欽奏邸之會，預坐者多館閣同舍，一時被責十餘人」（《東軒筆錄》卷四）。慶曆五年（1045）正月，范仲淹、富弼以及宰相杜衍便因此罷去。御史王拱辰等相互慶賀新政諸公被他們「一網打盡矣」！但也有漏網的，便是歐陽修。

歐陽修自慶曆三年（1043）知諫院以來，首先疏論范仲淹之才，建議大用為參知政事，積極支持新政諸公。他又「銳意言事，如說杜曾家事，通嫂婢有子，曾出知曹州，即自縊死；又論參知政事王舉正不才，及宰臣晏殊、賈昌朝舉館職凌景陽娶富人女，夏有章有贓，魏庭堅逾濫，三人皆廢終身。如此之類極多」（《默記》卷下）。慶曆五年（1045）初，當范仲淹、富弼、杜衍等罷去之時，歐陽修在河北都轉運使任，上《論杜衍范仲淹等罷政事狀》，為之力辯云：「臣竊見自古小人讒害忠良，其說不遠，欲廣陷良善，則不過指為朋黨；欲動搖大臣，則必須誣以專權……臣料衍等四人（杜、范、韓、富），各無大過，而一時盡逐；弼與仲淹，委任尤深，而忽遭離間，必有以朋黨專權之說，上惑聖聰。」（《奏議集》卷十一）又上《論禁止無名子傷

毀近臣狀》云：「伏自陛下罷去呂夷簡、夏竦之後，進用韓琦、范仲淹以來，天下欣然，皆賀聖德。君子既蒙進用，小人自恐道消，故共喧然，務騰讒口，欲惑君聽，欲沮好人，不早絕之，終恐敗事。」（《奏議集》卷一）因此，宰相賈昌朝、陳執中等恨之入骨，「欲以事中之」，以徹底根除政治革新者；然而無懈可擊，很久都未找到機會。張氏案件的發生，政敵們認為打擊陷害歐陽修的時機已到，便製造了「盜甥」之說。

這次獄事的結果，雖未完全如政敵之願，而當時歐公「不黜，則攻者不休」，貶謫滁州，則若「置之閑處」。政敵們算是勝利了。獄事對歐陽修精神刺激太甚，貶謫之初，他《與曾宣靖公書》云：「愚拙之心，本貪報國，招仇取禍，勢自當然；然裨補未有一分，而緣某之故，事起多端，有損無益，可為愧嘆。」（《書簡》卷二）歐公寄薛夫人詩云：「前年辭諫署，朝議不容乞。孤忠一許國，家事豈復恤。橫身當眾怒，見者旁可栗……小人妄希旨，論議爭操筆。又聞說朋黨，次第推甲乙。而我豈敢逃，不若先自劾。上賴天子恩，未必加斧鑕。一身但得貶，群口息啾唧。」（《班班林間鳩寄內》，《居士集》卷二）後來他回憶此事還說：「壯年猶勇為，刺口論時政。中間蒙選擢，官實居諫諍。豈知身愈危，惟恐職不稱。十年困風波，九死出檻阱。」（《述懷》，《居士集》卷五）歐公認為，由於他報國盡職，議論諫諍，身當眾怒，「招仇取禍，勢自當然」，致入政敵設下的「檻阱」。賈昌朝、陳執中等宰執大臣對歐陽修的陷害，是他們反對慶曆新政、打擊新政諸公整個陰謀活動的一個組成部分，而且是受到好惡廢興無常的最高統治者宋仁宗的默許和暗中支持的。這就是歐陽修入獄的政治原因。

製造醜聞進行誣陷中傷，這是宋代統治階級內部鬥爭中習見的手段。宋初著名的學者徐鉉於淳化二年（991）就曾遭到有權勢的妖尼道安的污衊。道安誣告徐鉉與其妻甥姜氏姦通，而姜氏乃道安之嫂。當時幸好王禹偁兼判大理寺事，「抗疏雪鉉，請論道安罪」。結

果，「道安當反坐，有詔勿治」，而王禹偁卻受到排斥，貶謫商州團練副使（《宋史》卷二九三《王禹偁傳》）。政敵們以「盜甥」之說誣陷歐陽修，此類事在宋史上並非罕見的。後來到宋英宗治平四年（1067），歐公已經六十一歲，還再次遭到御史中丞彭思永和御史蔣之奇的誣陷。他們製造飛語，「言修帷箔事，事連其長子婦」，即說歐公與其長媳吳氏私通。結果是「出於風聞，曖昧無實」。這次是誣告者蔣之奇與彭思永受到懲處。關於歐公被誣之事，《神宗實錄》本傳云：「觀修結髮立朝，讜直不回，身任眾怨，至於白首，而謗訕不已，卒以不污。」這是當時史臣的定論。

三、與「盜甥」之誣有關的艷詞

「盜甥」之誣十二年後，嘉祐二年（1057）正月，歐陽修以尚書吏部郎中知制誥權知禮部貢舉，力矯文風，深革場屋之習，錄取了蘇軾、蘇轍、曾鞏等人，標誌北宋古文革新運動的勝利。然而卻為此遭到下第舉子們的極端不滿。「時士子尚為險怪奇澀之文，號『太學體』，修痛排抑之，凡如是者輒黜。畢事，向之囂者伺修出，聚噪於馬首，街邏不能制。」（《宋史》卷三一九）下第舉子們再度以「盜甥」之說對歐公進行誹謗，並且附會上幾首艷詞，於是又在社會上造成惡劣影響。北宋末年葉夢得記述云：

> 至和、嘉祐間，場屋舉子為文尚奇澀，讀或不能成句。歐陽文忠公力欲革其弊，既知貢舉，凡文涉雕刻者，皆黜之。時范景仁、王禹玉、梅公儀、韓子華同事，而梅聖俞為參詳官，未引試前，唱酬詩極多。文忠「無嘩戰士銜枚勇，下筆春蠶食葉聲」，最為警策。聖俞有「萬蟻戰時春晝永，五星明處夜堂深」，亦為諸公所稱。及放榜，平時有聲如劉煇輩，皆不預選，士論頗洶洶。未幾，詩傳，遂哄哄然，以為主司耽於唱酬，不暇詳考校，且言以五星自比，而待吾曹為蟻。因造為醜語。（《石林詩話》卷下）

關於「醜語」，宋人多有談及者。江少虞說：「公不幸，晚為儉

人撰淫艷數曲附之，以成其毀。」（《宋朝事實類苑》卷三十五）曾慥說：「歐公一代儒宗，風流自命，詞章窈眇，世所矜式；乃小人或作艷曲，謬爲公詞。」（《樂府雅詞序》）《名臣言行錄》云：「仁宗景祐中歐陽修爲館閣校理，兩宮之際，奏事簾前，復主濮議，舉朝倚重。復知貢舉，爲下第劉煇等所忌，以《醉蓬萊》、《望江南》誣之。」（《古今詞話·詞評》卷上引）這個醜語又是「盜甥」之說，而且附會上了艷詞《醉蓬萊》、《望江南》等。雖然曾有人懷疑艷詞是下第舉子劉煇等作的，但事實上他並非如傳聞中所說那樣卑劣。歐公知貢舉時，他因文體奇澀而下第，後來改變了文風，於嘉祐四年（1059）及第，亦出歐公門下，艷詞實非他作。〔註5〕「盜甥」之誣的再起及其與艷詞的關係，北宋末年的錢愐記述最詳。他說：

> 歐陽文忠公任河南推官，親一妓。時先文僖（錢惟演）罷政，爲西京留守。梅聖俞、謝希深、尹師魯同在幕下；惟歐有才無行，共白於公，屢微諷之而不恤。一日宴於後園，客集，而歐與妓俱不至，移時方來，在坐相視以目。公責妓曰：「未至，何也？」妓云：「中暑往涼堂睡著，覺失金釵，猶未見。」公曰：「若得歐推官一詞，當爲償汝。」歐即席云：「柳外輕雷池上雨，雨聲滴碎荷聲。小樓西角斷虹明。闌干倚處，待得月華生。　燕子飛來窺畫棟，玉鈎垂下簾旌。涼波不動簟紋平。水精雙枕，傍有墮釵橫。」（《臨江仙》）坐皆稱善。遂令妓滿酌賞歐，而令公庫償釵，戒歐當少戢。不惟不恤，翻以爲怨，後修《五代史·十國世家》痛毀吳越，又於《歸田錄》中說文僖數事，皆非美談。從祖希白（錢易）嘗勸子孫勿勸人陰事，賢者爲恩，不賢者爲怨。歐後爲人言其盜甥表（《滁州謝上表》）云：「喪厥夫而無託，携孤女以來歸。張氏此時，年方七歲。」內翰伯（錢勰）見而笑曰：「年七歲，正來簸錢時也。」歐詞云：「江南柳，葉小未成陰。人爲絲輕那忍折，鶯嫌

〔註5〕見夏承燾：《唐宋詞論叢》第214頁，古典文學社，1956年版。

枝嫩不勝吟。留著待春深。　　十四五，閑抱琵琶尋。階
上簸錢階下走，恁時相見早留心。何況到如今。」(《望江
南》) 歐知貢舉時，落第舉人作《醉蓬萊》詞以譏之，詞
極醜詆，今不錄。(《錢氏私志》)

　　錢氏挾有對歐公的私怨，所述多不實之詞。《四庫全書總目》
卷一四○云：「惟其以《五代史‧吳越世家》及《歸田錄》貶斥錢氏
之嫌，詆歐陽修甚力，似非公論。」宋初史家對吳越錢氏的評價偏
於稱美。王禹偁任蘇州長洲知縣時，曾對吳越統治作過調查。他認
為：「錢氏據十三郡竟百年，以琛贄為名而肆煩苛之政，邀勤王之
譽而殘民自奉者久矣。」(《上許殿丞論榷酒書》，《小畜集》卷十八)
歐陽修重修五代史時據實揭露和評述了錢氏統治。《新五代史》卷
六十七《吳越世家》云：「錢氏兼有兩浙幾百年，其人比諸國號為
怯弱，而俗喜淫侈，媮生工巧。自 (錢) 鏐世常重斂其民以事奢僭，
下至雞魚卵鷇，必家至而日取。每笞一人以責其負，則諸案史各持
其簿列於廷，凡一簿所負，唱其多少，量為笞數，以次唱而笞之，
少者猶積數十，多者至笞百餘，人尤不勝其苦。」歐陽修在《歸田
錄》卷一又記述過錢惟演子弟輩騙竊其錢財之事。為此，錢氏後人
對歐陽修懷有宿怨。錢愐敘述歐公事時如說「歐有才無行」、「戒歐
當少戢」、「翻以為怨」都是明顯的泄忿之語，與事實不符。歐公充
西京留守推官時，錢惟演任西京留守。他對這位故相和西崑詩派領
袖是很敬重的，為其下屬，相從甚洽。歐公事後追憶說：「幕府足
文士，相公方好賢」；後來「詔書走東下，丞相忽南遷，送之伊水
頭，相顧淚潸潸」(《書懷感事寄梅聖俞》)。可見他們的私交是很好
的。然而這與從史臣的眼光評述錢氏吳越統治是不應混為一談的。
錢愐所述《臨江仙》本事與詞意也不相符。原詞本是寫貴族婦女於
暑日水閣納涼，從午後直至夜晚：簾旌垂下，波靜簟涼，嬌慵困倦。
這與官妓所說「中暑往涼堂睡著，覺失金釵，猶未見也」，在時間
和事實方面差異很大，屬有意附會。至於製造錢惟演指責歐公之

語，更屬捏造了。因此，《錢氏私志》對歐公詆毀之語是不可信的。但是其中提到的兩首艷詞，即《望江南》和《醉蓬萊》，牽涉到「盜甥」之事，其具體情形頗爲複雜。錢氏只錄了《望江南》，以爲《醉蓬萊》「詞極醜詆」而未錄。茲鈔錄於下：

> 見羞容斂翠，嫩臉勻紅，素腰裊娜。紅藥闌邊，惱不教伊過。半掩嬌羞，語聲低顫，問道有人知麼？強整羅裙，偷回波眼，佯行佯坐。　　更問假如，事還成後，亂了雲鬟，被娘猜破。我且歸家，你而今呵。更爲娘行，有些針線，諕未曾收囉。卻待更闌，庭花影下，重來則個。

這兩首詞都見於《醉翁琴趣外篇》。《琴趣外篇》六卷長期以來都認爲是歐公詞集之一，與《歐陽文忠公近體樂府》三卷並行流傳。歐公曾將自己的詞作輯爲《平山集》，晚年又增補爲《六一詞》，後爲其子歐陽發等收人全集，南宋慶元二年（1096）羅泌校正爲《歐陽文忠公近體樂府》。此外，歐公還手輯過北宋民間流行的歌詞，又收入馮延巳，晏殊、柳永、張先等一些詞並選人許多己作。這個集子便是《醉翁琴趣外篇》。〔註6〕編選這樣的集子是北宋士大夫的一種風尚，用來讓相識的官妓和家裏的家妓們習唱，以便花間尊前遣興娛賓。《外篇》收入之詞皆未標出作者姓名，許多本爲無名氏之作，後經南宋書賈竄易編次，又僞製蘇軾序，而署撰人爲「文忠公歐陽修永叔」，刊印以廣流傳。這即是收入《景刊宋金元明本詞》中者，只是已無蘇軾之序。從《外篇》之稱「醉翁」來看，它當是歐公貶謫滁州自號醉翁後所輯；若從其中所收歐公之詞來看，《漁家傲》（「四紀才名天下重」）一首，《近體樂府》題作「與趙康靖公」，是歐公晚年致仕後居潁州贈趙槩之作，可見該集是貶滁後陸續搜集的。因爲《望江南》與《醉蓬萊》都出自歐公手輯之《醉翁琴趣外篇》，下第舉子們及政敵們不滿歐公之時，用它們來進行誹謗，以證

〔註6〕 關於此問題，請參閱拙文《歐陽修詞集考》，載《文獻》，1986年第2期。

實歐公確曾與其外甥女張氏有曖昧關係，如詞中所表現的對少女的淫邪慾念與幽會情形那樣，於是風聞附會，「謬爲公詞」，「以成其毀」。實際上這兩首艷詞都是當時民間流行的俚俗之詞，它們與「盜甥」之事無關。當歐公獄事發生前後，所有公私文獻記載都未提到有何艷詞。錢愐所談《望江南》本事，謂「張氏此時，年方七歲，內翰伯（錢勰）見而笑曰：『年七歲，正來簸錢時也』」，以附會詞中的「階上簸錢階下走，恁時相見早留心」。從這首詞的內容看來，它應是某富貴家主爲其所蓄之侍女而作，表現了他們對少女身心摧殘的卑鄙慾望。假設歐公確與張氏私通，只能自掃其迹，絕不可能作淫詞以自彰其事。《醉蓬萊》是寫一對青年男女偷情幽會的情境，詞中的男女僅是一般市井細民。下闋表述得很分明：如幽會之事被女子之娘猜破，則男的歸家，女子故向娘母撒謊，以便夜深重會。顯然這不是發生在同一家庭中的事。這女子還要做些針線活計，收拾曬乾的衣物等，絕不會是一位貴家小姐。因此，詞中的男女與歐公和張氏的身份及環境完全聯繫不上，也就與「盜甥」無關；而當時與「盜甥」附會起來，不過借此再掀起對歐公誣陷而已。不僅這兩首艷詞不是歐公所作，《醉翁琴趣外篇》中的七十餘首艷詞亦非歐公所作，他不過搜集而已。可是歐公竟未料到，《琴趣外篇》在其生前和身後，都成爲某些人損害其令名和品格的重要根據，而使「盜甥」也成爲歷史上難以了結的疑案。

歐陽修因張氏案而入獄，是北宋統治集團內部守舊勢力對慶曆政治革新者的最後一次打擊，採用了卑劣的製造陰私醜聞的手段。案件的審理過程反映了統治集團內部鬥爭的激烈和守舊勢力的陰謀安排。雖然當時歐陽修「盜甥」之誣已經辯清，且有定論，而十二年之後政敵在新的歷史條件下又舊案重提，煽動下第舉子的反歐情緒，並附會上似是而非的艷詞以廣傳播。歐公在政治鬥爭中先後被政敵抓住曖昧關係進行攻擊，正如稍後蘇軾在政治鬥爭中先後被群

蘇軾開始作詞的動機辨析

　　自清宣統二年（公元 1910 年）朱祖謀先生爲東坡詞編年以來，已有國內外學者證實蘇軾開始作詞是在北宋熙寧五年（公元 1072 年）他通判杭州之時〔註 1〕。這年有最早的編年詞兩首，次年五首，第三年四十二首，共四十九首。它們是蘇軾初期的詞作。在很長一段時期裏，對蘇詞大都從靜態方面去研究，而且忽視其初期作品的意義。公元 1968 年，日本學者村上哲見發表《詩詞之間——談蘇東坡》，始注意到蘇軾的初期詞與蘇詩的關係及張先對其影響〔註 2〕。繼而日本學者西紀昭發表《蘇軾初期的送別詞》，發揮了村上氏的觀點，以蘇軾「初期作品中占極大比重的送別詞爲依據，剖析他開始作詞的動機」。西氏最後認爲：

　　　　東坡從事作詞的理由，不只一端：（一）首先分韻作詩的方法形成作詞心理上技巧上的準備，（二）周圍恰好有張子野等詞人的影響，（三）類似詞社組織的成立，更促成作詞的熱心，（四）作送別詞的機會既多，乃漸漸領悟到詞在表達個人情感上的功能，而積極地推展其意義。以上數者，

〔註 1〕　參見龍楡生：《東坡樂府綜論》，《詞學季刊》第 2 卷第 3 號 1935 年
　　　　4 月；曹樹銘：《東坡詞》第 27 頁，香港萬有出版公司，1968 年。
〔註 2〕　〔日〕村上哲見：《詩詞之間——談蘇東坡》，原載日本《東方學》
　　　　第 35 輯；楊鐵嬰譯爲《東坡詞札記》刊於《文學遺產增刊》第十六
　　　　輯，中華書局 1983 年，其中有「初期的東坡詞」一節。

相因相乘，構成蘇軾作詞的動機，〔註3〕

中譯者以爲西氏此文「用史學的探討方法，來解釋蘇詞初期的特色，並徹底申說早期東坡與張先的典雅詞風相近的前因後果。爲詞學研究推出一新的境界」〔註4〕。這的確對我們是很有啓發意義的，促使我們從動態著眼並注意橫向聯繫去研究蘇詞，克服單純地就詞論詞而流於空泛的概念之爭的傾向。但是，我以爲西氏的意見尚有可商榷之處，比如：分韻作詩與塡詞的技巧有無近似之點，送別題材與詞有什麼內在的聯繫，熙寧七年前後杭州是否形成了一個類似詞社的組織，張先對蘇軾開始作詞產生了怎樣的影響？而且，這幾點從嚴格的意義上講，它們只是蘇軾產生作詞動機的外在原因或條件，則他的眞實動機便僅僅是由於「悟到詞在表達個人感情上的功能」麼？從蘇軾的有關詩詞和其有關文獻資料中是可以分析其作詞動機的，但如果忽略了詞有入樂性質與娛樂性質，忽略了宋代士大夫文化生活中普遍的新的社會審美要求，忽略蘇軾在特定歷史環境中的心理狀態，便很有可能被迷惑於純文學的圈子。以蘇軾初期詞爲線索而探討其作詞動機，這是頗爲新鮮的課題，對於我們理解蘇軾與傳統詞的關係、以詩爲詞及改革詞體等問題都是有關聯意義的。

一

蘇軾在到杭州之前作有兩首分韻詩，即《送曾子固倅越得燕字》和《送錢藻出守婺州得英字》，在杭州期間並未出現此種詩，整個蘇詩中次韻之作極多，分韻詩只有幾首。因而不宜過分夸大分韻濤的意義，尤其不宜強調它與作詞技巧的關係。古人相約賦詩，選定數

〔註3〕　〔日〕西紀昭：《蘇軾初期的送別詞》，原載日本《中國中世紀文學研究》，1968 年 8 月號；孫康宜譯文刊於《詞學》第 2 輯，文前有「譯者小記」，華東師範大學出版社，1983 年。

〔註4〕　〔日〕西紀昭：《蘇軾初期的送別詞》，原載日本《中國中世紀文學研究》，1968 年 8 月號；孫康宜譯文刊於《詞學》第 2 輯，文前有「譯者小記」，華東師範大學出版社，1983 年。

字爲韻，各人分拈韻字之後依韻字用韻作詩，此謂分韻。據清代學者趙翼考證，此法起源甚早。他說：「古人聯句，大概先分韻而後成詩。梁武帝華光殿聯句。曹景宗後至，詩韻已盡，沈約以所餘『競』、『病』二字與之，曰：所餘二韻。則分韻後所餘也。」（《陔餘叢考》卷二十三）唐代白居易《花樓望雪命宴賦》詩云：「素壁聯題分韻句，紅爐巡飲暖寒杯。」（《長慶集》卷二十）這也是分韻聯句之例。宋人對於作詩技巧特別講究，次韻之風大盛，以難見奇，愈險愈奇。此風之下，分韻作詩也成爲文人宴集的一種雅興。如宋初「寇萊公（準）延僧惠崇於池亭，分題爲詩，公探得『池上柳』，『青』字韻；崇探得『池鷺』，『明』字韻。自午至晡，崇忽點頭曰：『得之矣，此篇功在明字，凡五壓不倒。』公曰：『試口占！』曰：『雨歇方塘溢，遲回不復驚。曝翎沙日暖，引步島風清。照水千尋迥，棲煙一點明。主人池上鳳，見爾憶蓬瀛。』公笑曰：『吾柳之功在青字，而四壓不倒，不如且已』（《詩人玉屑》卷七引《古今詩話》）。在歐陽修詩中便有《人日聚星堂燕集探韻得豐字》、《初秋普明寺竹林小飲餞梅聖俞分韻得亭皋木葉下》、《錢相中伏日池亭宴會分韻》、《去思堂會飲得春字》等作。蘇軾有幾首分韻詩原不足爲奇的。熟悉中國舊體詩者不難理解分韻比次韻是較爲自由的。分韻可在一個韻部之內隨意使用韻字，只所拈之韻必用；次韻則依人之韻字作詩，無有選擇的餘地。所以「分韻」與「次韻」相較，分韻根本算不上「是更精一層的技巧」。至於分韻作詩與填詞在技巧方面實際也並無直接的聯繫。分韻的「技巧」在於限韻而作，而詞的用韻則較詩韻寬泛得多，不僅平聲同母音的各韻部可通用，仄聲則上聲韻與去聲韻也可同用，使用入聲韻更有較大的合併趨向。當然，作詩的一般技巧是填詞者必具的基本藝術修養，但就「分韻」之於填詞而言，確實很難找到它「有接近於詞的傾向」。

由於我國古代山川阻隔，交通困難，塵世滄桑，離合難期，所以親友或同僚於分別之時總舉行盛情的餞別儀式。文人們便常在餞別宴

席上相互作詩以贈，或唱和，或分韻，直至舟車催發，方依依惜別。詞這種文藝形式有它獨特的表情功能，尤其是演唱時所產生的藝術感染作用是爲詩體所不及的。隨著這種文藝形式在宋代社會的普遍流行，像餞別宴會這種場合它已漸漸有取代賦詩之勢。如蘇軾熙寧在杭州期間作詩三百三十首，僅有送別詩十四首，而此期他的四十九首編年詞中也有送別之作十四首。雖此之題材作品其絕對數目相等，而兩體內部比例卻極懸殊：送別詩僅占此期詩作的百分之四，而送別詞竟占此期詞作的三分之一強。爲什麼蘇軾初期詞中會有這樣大量的送別之作呢？若始終在純文學的體裁或題材的範圍裏轉輾，則很難解釋這奇特的文學現象。

　　蘇軾的友人劉攽談到北宋的歌舞情形時曾感嘆地說：「今時舞者，曲折益盡其妙，非有師授，皆不可觀，故士大夫不復起舞矣。或有善舞者，又以其似樂工，輒恥爲之。古人之歌亦復如此，節奏簡淡，故三百篇可以吟咏，緣時未有新繁聲，自是可喜。自新繁聲作，日益繁靡，欲令人強置繁聲，以三百篇爲歡，何可得也。」（《宋朝事實類苑》卷十九引《劉貢父詩話》）劉攽流露出一點懷古的情緒，但卻較客觀地反映了北宋時歌舞藝術水平的提高，藝術部門內部分工愈加細致和愈加專門化；新的音樂與歌舞，繁聲促節，曲盡其妙，而簡淡的古代歌舞已不能滿足人們的審美要求，逐漸被淘汰了。所以，從唐人以近體詩入樂，逐漸發展爲以長短句歌詞入樂，到宋代長短句形式的歌詞配合燕樂以演唱而成爲社會文化生活中最理想、最普遍的娛樂方式了。衣著華麗、歌聲優美的妙齡歌妓於花間尊前淺斟低唱，甚至演唱文人的即席之作，遣興娛賓，殷勤侑觴。這是宋代士大夫們視爲高級的娛樂，既符合他們風流儒雅的旨趣，又能充分滿足他們物質的和精神的享受。尤其是這種娛樂方式爲宋代封建統治者所提倡，並有一套歌妓制度和朝廷對士人優厚的經濟政治待遇以提供必要的社會條件。所以，宋代地方官府每有賓客或達官過境都開宴合樂，命官妓歌詞勸酒；郡守新到，官妓們皆出境而迎，

離任之時，她們又歌詞並勸飲離觴以至含淚送別。這些送往迎來的地方官府宴會場合都是有歌妓參加的。如蘇軾在杭州的初期詞作中就有《菩薩蠻‧杭妓往蘇迓新守楊元素》、《菩薩蠻‧西湖席上代諸妓送陳述古》、《南鄉子‧沈強輔雯上出犀麗玉作胡琴送元素還朝》、《阮郎歸‧一年三過蘇最後赴密時有問這回來不來其色淒然太守王規甫嘉之令作此詞》。按朝廷規定，官員們不得與官妓有私；而在餞別宴席上，官妓唱起悽咽的離歌隱約地表示相思之意，又是被容許的。如果在座的同僚和友人對客揮毫作送別詞，當場令官妓歌唱就更符合現實情景、就更為感人了。如蘇軾即席作的送別詞云：

> 翠娥羞黛怯人看。掩霜紈。淚偷彈。且盡一尊，收淚唱陽關。漫道帝城天樣遠，天易見，見君難。　　畫堂新創近孤山。曲欄干。為誰安。飛絮落花，春色屬明年。欲棹小舟尋舊事，無處問，水連天。(《江城子‧孤山竹閣送述古》)

這是代歌妓贈別太守陳襄的。由此，我們便可理解：宋人送別詞往往聯繫到歌妓；也就可理解：蘇軾初期的送別詞十四首，其中直接與歌妓有關者便有半數，甚至某些詞全是為歌妓而作的。蘇軾在杭州先後送郡守陳襄和楊繪時未賦詩而是作詞，是因為詩在當時已不入樂，餞別宴席上作送別詞讓官妓歌唱，其所達到的效果是更佳的，也更受到人們的歡迎。可見，將餞別宴上的分韻作詩與即席賦詞看作是「東坡詩與詞的接觸點」，並以此說明蘇軾初期作品中詩與詞的關係，這無疑只注意到二者之間極其偶然的和極其表面的聯繫。這種「接觸點」實際上在中唐以後和北宋初年都有很多，但卻並未產生大量的送別詞，正有其特殊的社會和文化的歷史原因。

二

蘇軾第一次外任杭州，繁華的都市和秀麗的湖山，為其開始作詞創造了一個相當適宜的環境。當時是否曾由「六客」的發起建立了「詞社的組織」而促成蘇軾「作詞的熱心」呢？根據較可靠的文

獻資料來看，是很難作出肯定性判斷的。

　　熙寧四年（公元 1071 年）十一月至熙寧七年（公元 1074 年）五月，蘇軾以太常博士直史館通判杭州。宋制：州設知府（太守）一人掌總理郡政，又設通判監政；郡內重大之事的裁決，須知府與通判簽議連書，方許下行。據南宋《乾道臨安志》卷三，蘇軾通判杭州時期先後替換的知府有：沈立，熙寧三年十二月知杭州；陳襄，熙寧五年五月知杭州；楊繪，熙寧七年六月知杭州；沈起，熙寧七年九月知杭州。蘇軾與陳襄、楊繪為知交，其間新守舊守送往迎來的宴會是相當多的。熙寧七年五月，蘇軾已接到移知密州（今山東諸城）之命，辦好交接之後，取道北上，一路賞玩，中秋在吳興（今浙江湖州，古稱烏程）與友人有「六客」之會，一時傳為佳話。張先於會上作有《定風波》，詞序云：「霅溪席上，同會者六人：楊元素侍讀、劉孝叔吏部、蘇子瞻李公擇二學士、陳令舉賢良。」元祐四年（公元 1089 年）蘇軾再到吳興作的《定風波》詞序亦云：「余昔與張子野、劉孝叔、李公擇、陳令舉、楊元素會於吳興，時子野作『六客詞』（指《定風波》）。其卒章云：『見說賢人聚吳分，試問，也應旁有老人星。』」《嘉泰吳興志》卷十三記：「六客堂在湖州府郡圃中。熙寧中……李公擇為此郡，張子野、劉孝叔在焉，而楊元素、蘇子瞻、陳令舉過之，會於碧瀾堂。子野作『六客詞』傳四方。」這次的六客之會，除張先而外，其餘五人皆是王安石變法以來在政治上受到排擠和打擊的官員，他們很可能交換對於時局的看法，發泄對於現實的不滿情緒；當然，也免不了歌舞宴樂、吟詩賦詞以盡雅興。宋人吳聿云：「東坡在湖州，甲寅年（熙寧七年），與楊元素、張子野、陳令舉，由苕霅泛舟至吳興。東坡家尚出琵琶，並沈沖宅犀玉共三面胡琴；又州妓一姓周、一姓邵，呼為『二南』。子野賦『六客詞』。」（《觀林詩話》）張先贊美「二南」而作的《木蘭花·席上贈周邵二生》詞云：

　　　　輕牙低掌隨聲聽。合調破空雲自凝。姝娘翠黛有人描，

瓊女分鬟待誰併。　　弄妝俱學閒心性。固向鸞臺同照影。
雙頭蓮子一時花，天碧秋池水如鏡。

於此可見其歌舞宴樂之盛。很顯然，六客之會純屬臨時性的，從聚會的情形來看，只有張先作了三首詞（《定風波・雪溪席上同會者六人》、《木蘭花・席上贈周邵二生》、《傾杯・碧瀾堂上有感》），不存在什麼「詞社」之類的「組織」。我們再具體地考查蘇軾與他們詩詞方面的關係是會明白這點的：

李常字公擇，南康建昌人。曾為右正言知諫院，因與王安石議青苗收息問題意見不合而外任。熙寧七年是他知湖州之時，算是此會的主人。蘇軾有《李公擇求黃鶴樓詩》和《減字木蘭花・李公擇適生子》詩詞各一首。李常有詩傳世而無詞傳世，也無任何作詞的線索，看來他是不會作詞的。

陳舜俞字令舉，湖州吳興人。熙寧初因拒不奉行青苗法，上疏自劾，責監南康軍鹽酒稅。六客之會時，他已棄官家居。陳舜俞能詩，從蘇軾的《菩薩蠻・席上和陳令舉》推測，他也能作詞的，但無詞傳世。

劉述字孝叔，湖州吳興人。熙寧間曾判刑部，也因反對王安石新政而「歸作二浙湖山主」。六客之會，他已年近七十，閒居吳興。蘇軾與他唱和之詩甚多，並無詞的酬贈。劉述詞今存《家山好》一首。看來他不擅長作詞。

張先字子野，湖州吳興人。早在治平元年（公元 1064 年）便以都官郎中致仕，歸吳興家居。他既是詩人而尤以詞名世。六客中他年事最高，時已八十五歲。

楊繪字元素，綿竹人。熙寧初曾知制誥知諫院，後因反對王安石免役法而罷為侍讀學士謫知外州。六客之會，他正接替陳襄而知杭州。楊繪與蘇軾均為蜀人，最為親密。蘇軾與楊繪並無詩作酬贈，蘇軾贈和之詞在杭州期間便有九首之多。其中如《泛金船・流杯亭和楊元素》、《南鄉子・和楊元素，時移守密州》、《南鄉子・又和楊

元素》、《南鄉子·梅花詞和楊元素》、《菩薩蠻·潤州和元素》。可見，這些都是楊繪先有詞作而蘇軾賡和的。張先還有一首《勸金船》自注云：「流杯堂唱和翰林主人元素自撰腔。」《勸金船》據蘇軾之作即當是《泛金船》，它是楊繪的自度曲。可見楊繪不僅善作詞且精通音律。後來他還編過《本事曲子》既收詞又綴以詞話本事，蘇軾還為之搜集過，「已傳到百四十許曲」（《東坡續集》卷五，《與楊元素》）。可惜《本事曲子》早已散佚，而其詞今僅存一首《醉蓬萊》〔註5〕。

從上可知，六客中的李常、劉述、陳舜俞都不是詞人，此會前後他們唱和的詩是多於詞的。此次聚會很短暫：楊繪剛到任不久又準備還朝，李常也很快任滿而離湖州，蘇軾正赴密州之任。他們聚散匆匆，未遑也未能建立起一個類似詞社的組織。蘇軾自己只承認熙寧在杭州時有過「酒社」和「詩壇」。他在《元日次韻張先子野見和七夕寄莘老之作》詩云：「酒社我為敵，詩壇子有功。」離杭州後寄與錢塘縣令周邠的書信中談到六客之會時，強調的仍是詩酒酬唱而非作詞，《與周開祖》云：

> 某忝命，皆出獎借。尋自杭至吳興見公擇，而元素、子野、孝叔、令舉皆在湖，燕集甚盛，深以開祖不在坐為恨。別後每到佳山水處，未嘗不開懷想談笑。出京北去，風俗既椎魯，而遊從詩酒如開祖者，豈可復得！乃知向者之樂，不可得而繼也。令舉特來錢塘相別，遂見，送至湖。久在吳中，別去真作數日惡；然詩人不在，大家省得三五十首唱酬，亦非細事。（《東坡續集》卷五）

可見蘇軾與杭州同僚及諸友之間詩酒酬唱是主要的，雖然二三友人間有詞的唱和，他也開始作詞，但畢竟尚無詞社組織的出現，甚至終北宋之世都未出現過，而是到了南宋時才以杭州為中心先後出現過一些詞社的組織。

蘇軾的友人中楊繪對他作詞是起過慫恿作用的。楊繪是頗為浪

〔註5〕 見孔凡禮：《全宋詞補輯》第2頁，中華書局，1981年。

漫的風流人物，宋人魏泰述其早年之事云：「有王永年者，娶宗室女，得右班殿直、監汝州酒稅。時竇卞通判汝州，與之接熟，爾後卞知深州，永年復爲州監押，益相親昵，遂至通家。既而卞在京師，永年求監金曜門書庫，卞爲干提舉監司楊繪，繪遂薦之。永年置酒延卞、繪於私室，出其妻間坐。妻以左右手掬酒以飲卞、繪，謂之『白玉蓮花杯』，其褻狎至是……繪性少慎，無檢操，居荊南日事遊宴，往往與小人接，一日出家妓筵客夜飲……。」（《東軒筆錄》卷七）在知杭州時，他多次作詞並要求蘇軾唱和，付與官妓演唱；蘇軾不得不奉陪這位風流太守而漸漸增加了作詞的興味。張先在蘇軾開始作詞時也有一定影響，但不宜過分夸大這種影響，因從蘇詞風格和當時具體情形來看，這還不是很顯著的。

張先「有集一百卷」（《嘉泰吳興志》），有「詩二十卷」（《宋史・藝文志》）。南宋末年，周密還說：「余家又偶藏子野詩一帙，名《安六集》（「六」爲「陸」之誤），舊京本也。鄉守楊嗣翁見之，因取刻之郡齋。」（《齊東野語》卷十五）其傳於世者只有詞集，詩集早已不傳，詩今存者不到十首，《宋詩紀事》卷十二錄五首。蘇軾贈其詩有云「詩人老去鶯鶯在」和「詩壇子有功」。在他看來，張先主要是一位詩人，作詞乃其餘事。他《題〈張子野詩集〉後》云：

> 子野詩筆老妙，歌詞乃其餘波耳。《華州西溪詩》云：「浮萍破處見山影，小艇歸時聞草聲」；又和余詩云：「愁似鰥魚知夜永，懶同蝴蝶爲春忙」。若此之類，皆可追配古人，而世俗但稱其歌詞。昔周昉畫人物皆入神品，而世但知有周昉士女，蓋所謂「未見好德如好色」者歟？（《東坡題跋》卷三）

蘇軾因世人但稱其歌詞而不滿意，指責人們對於張先的誤解。蘇軾酬贈張先的詩有《和張郎中致仕春晝》、《元日次韻張先子野和七夕寄莘老之作》、《張子野年八十五，尚聞買妾，述古令作詩》、《和張子野見寄三絕句》共六首。酬贈其詞僅二首：《江城子・湖上與張

先同賦，時聞箏》、《南鄉子·送元素還朝與子野各賦一首》。張先酬贈蘇軾的存詞三首《定風波》（「次子瞻韻送元素內翰」、「再次韻送子瞻」、「雪溪席上同會者六人」）。從蘇軾對張先詩詞的評價及他們詩詞往來的情況來看，張先對其開始作詞的影響還不及楊繪。從子野詞的風格來看，其詞顯明地分為典雅的和艷麗的兩類。某些嚴肅的送別宴席上他寫典雅的詞，抒情或贈歌妓時他寫艷麗的詞。這兩類都具有凝重古拙的特點，使其詞獨具一格。他在當時詞壇的影響是遠遜於柳永、晏殊和歐陽修的，他對蘇軾詞風的影響也遠遜於柳永、晏殊和歐陽修。若從以詩為詞這一點而論，歐陽修在中年之後的詞作如《朝中措》、《漁家傲》、《采桑子》等數十首詞已出現了以詩為詞的傾向，對改革詞體已作了初步的嘗試。蘇軾繼承其宗師所領導的詩文革新運動，也繼承和發展了其以詩為詞的傾向。蘇軾開始作詞之時，他早已純熟地掌握了作詩的技巧，已形成很具特色的詩歌藝術風格，在詩壇上已有相當高的聲譽，其杭州的詩作已被書賈們編刻流行。因此，他必然由於藝術習慣力量的驅使而用作詩的技巧來試作詞。同時由柳永、晏殊、歐陽修等北宋前期所形成的婉約詞的傳統在詞壇所佔據的絕對優勢，也對蘇軾初期詞有著較大的影響。其初期詞中那些典雅曠達、句讀不葺的作品是受歐陽修後期詞風影響的；那些為歌妓而作的婉約之詞亦有柳七郎風味的嫌疑。當然其初期也顯露了某些自己的特點，但畢竟在藝術上還是不夠成熟的。若辨別蘇詞的藝術淵源，我們很難肯定「東坡作詞是從張子野入手」的。如果一定要探究張先對於蘇軾開始作詞的影響，可以說不是他的詞風，也不是他們三二首詞的酬贈，而是張先的文化娛樂生活方式。子野詞集裏百分之八十以上的詞作都是與樂舞歌妓有關的。淺斟低唱是他文化娛樂生活的主要方式。宋人葉夢得說：「張先郎中字子野，能為詩及樂府，至老不衰。居錢塘，蘇子瞻作倅時，先年已八十餘，視聽猶精強，家猶蓄聲妓。子瞻嘗贈以詩云：『詩人老去鶯鶯在，公子歸來燕燕忙』。蓋全用張氏故事戲之。」（《石林詩

話》卷下）鶯鶯燕燕，在宋代已是能歌善舞的家妓之代稱。蘇軾對張先那種「淺斟杯酒紅生頰，細琢歌詞穩稱聲」（《和張郎中春晝》）的士大夫消閒生活是表示欣羡的。這無疑誘發了他作詞的動機。

三

宋代取士沿襲唐制也將詩賦作爲科舉考試的科目之一。蘇軾少年時代習舉業之時便掌握了聲律對偶等作詩技巧，由於地處西鄙無機會接觸都市歌舞和流行的歌詞。他後來與堂兄書云：「記得應舉時，見兄能謳歌甚妙。弟雖不會，然常令人唱爲何詞」（《東坡續集》卷五，《與子明兄》）。可見他在北宋都城汴京參加科舉考試時還不會作詞，也不會謳歌，只是初次發覺其中的美妙。此後，服母喪三年，參加制科考試，初仕鳳翔。歐陽修二十四歲登進士第後爲西京（今河南洛陽市）留守推官，時詩人錢惟演爲西京留守，在其周圍積聚了一群文人名士，有一個歌舞宴樂、詩酒酬唱的環境。這時歐陽修開始了作詞。可是蘇軾初仕的情況卻很不同。嘉祐七年（公元 1062 年）至治平元年（公元 1064 年），即他二十七歲至二十九歲時在鳳翔簽判任的三年中，長官陳公弼是一位「清勁寡欲，長不逾中人，面瘦黑，目光如冰」令人生畏的嚴毅老人（《東坡續集》卷三十三，《陳公弼傳》）；而鳳翔乃西北邊陲之地，軍需物資供應任務極大，沒有一個昇平歌舞的環境，也沒有一群氣味相投的詩文朋友，因而缺乏練習作詞的條件。鳳翔任滿，接著參加館職考試，服父喪；待到父喪終制而還朝之時，正值王安石變法開始，立即被卷入激烈的政治鬥爭。這時他個人的私生活仍是清苦的，其《答楊濟甫》書云：「某此與賤累如常……都下春色已盛，但塊然獨處，無與爲樂。所居廳前有小花圃，課童種菜，亦少有佳趣。」（《東坡續集》卷四）自入京應舉以來的十五年間，蘇軾一直奮發向上，力求實現政治革新、建功立業的宏偉理想，在主觀和客觀條件方面都不容許他在花間尊前去消遣時光。熙寧四年（公元 1071 年）通判杭州，是蘇軾在

政治上受到第一次打擊，也由於進入中年後心理的變化，影響到他人生觀和生活方式的一些改變。在杭州的三年間，他顯得各方面都很矛盾：在詩歌中盡情發泄對現實的不滿，表現對新法實施的消極抵制情緒，而且以嬉笑怒罵的態度託事以諷；在實際的政務中卻又積極地「因法以便民」，盡量減輕人民的負擔和困難；在官餘之時又以管領湖山自許，「二浙處處佳山水，守官殊可樂」（《東坡續集》卷五，《與康公操都官》），於是與同僚友人詩酒酬唱、遊山泛湖、歌舞宴飲，過著一般上層社會的享樂生活。從這時起，他才像宋代多數士大夫那樣安排好自己的私生活，充分享受社會和現實所提供的享樂機會。這點不僅可以從六客雅集得到說明，而在其詩歌中也有偶然的透露。「錢塘風景古今奇，太守例能詩」（《訴衷情》），陳襄與楊繪當然也如此。蘇軾與這兩位長官很相契，又與張先、劉述、孫覺、李常、周邠、刁約、賈收、柳瑾等文人時相往來。有一次他與太守陳襄竟移廚彩舫飲酒泛湖，且有官妓作陪：「遊舫已妝吳榜穩，舞衫初試越羅新」（《有以官法酒見餉者，因用前韻求述古為移廚飲湖上》）。他們常在有美堂舉行盛大的歌舞宴會，蘇詩云：「歌喉不共聽珠貫，醉面因何作纈紋。」（《會客有美堂，周邠長官與數僧同泛湖往北山，湖中聞堂上歌笑聲，以詩見寄，因和二首》）王注附周邠原詩有云：「堂上歌聲響遏雲，玉人休整碧紗裙，妝殘粉落胭脂暈，飲劇杯深琥珀紋。」這些場合中，士大夫們並不掩飾他們與歌妓們的情誼，往往作詩相戲：「已煩仙袖來行雨，莫遣歌聲便駐雲；肯對綺羅辭白酒，試將文字惱紅裙。」（《刁景純席上和謝生》）蘇軾作的《贈別》、《席上代人贈別》等詩，都是送別宴席間替歌妓們作的。如「青鳥銜巾久欲飛，黃鶯別主更悲啼」，其中的「黃鶯」乃用唐代戎昱為官妓所作之詩，此亦借指官妓。這種宋代士大夫們的私人生活場景，若用歌詞來表達則是最恰當不過了。所以蘇軾初期詞基本上寫的是遊樂、宴飲、送別、贈妓等私人生活範圍的題材。社會生活在這裏得到間接的、曲折的然而是深刻的表現，故其中也迴盪著時代的聲

音、含蘊著作者的理想。如蘇軾初期詞中的「此去翱翔，編上玉堂金闕」(《泛金船》)；「何時功成名遂了，還鄉，醉笑陪公三萬場」(《南鄉子‧和楊元素時守密州》)；「投筆將軍因笑我，帕首腰刀是丈夫」(《南鄉子》)；「東府三人最少，西山八國初平」(《何滿子‧湖州寄南守馮當世》)。

　　宋僧惠洪說：「東坡倅錢塘日，夢神宗召入禁，宮女環侍。一紅衣少女，捧紅靴一雙，命軾銘之。覺而記其中一聯云：寒女之絲，銖積寸累；天步所臨，雲蒸雷起。既畢進御，上極嘆其敏，使宮女送出。睇視（其）裙帶間有六言詩一首，曰：百疊漪漪水重，六銖縱縱雲輕，植立含風廣殿，微聞珮環搖聲。」(《冷齋夜話》卷一)以精神分析法來試看這個夢是頗有意思的。當時蘇軾尚未進過皇宮，也未曾見過宮女，他所夢見的宮女只能是杭州所接觸到的歌妓印象；為紅靴作銘、為裙帶題詩也屬歌舞宴樂間常有的風韻之事；所題的詩為六言，宛曲接近詞體，而內容則全似小詞。可見杭州歌舞宴樂的生活在他的潛意識中也有所反映。這時他也像其他宋代士大夫一樣家蓄聲妓了。據云：「東坡有歌舞妓數人，每留賓客飲酒，必云：有數個擦粉虞侯欲出來祇應也。」(《軒渠錄》)熙寧七年，蘇軾又買來杭州頗有名的歌妓王朝雲，時朝雲年僅十二歲〔註6〕。他離杭赴密途中經朐山（今江蘇連雲港市西南錦屏山）臨海石室「嘗攜家一遊，時家有胡琴婢，就室中作《濩索》、《涼州》，凜然有冰車鐵馬之聲」(《東坡續集》卷五，《與蔡景繁》)。所有這些私人生活場景，它們與蘇軾開始作詞有密切的聯繫，是他開始追求生活享樂的願望的表現。蘇軾曾經對於歌詞的向往，有某種個人情感的新的覺醒和對審美與感官娛樂的需求，而詞這種淺斟低唱的文藝形式又是表達個人情感和滿足享樂願望最佳的工具了，因而產生了作詞的動機。這個動機遇到杭州湖山之美、文人的唱酬、歌舞宴樂、花間尊

〔註6〕　據宋人王宗稷《東坡先生年譜》：熙寧「七年甲寅，先生年三十九，在杭州通判任……是年，納侍妾朝雲……事先生年方十二云」。

前、送往迎來的環境，就如種子有了適宜的萌發條件，於是他開始作詞了。蘇軾作詞的動機，在宋代士大夫中是很有典型意義的，晏殊、歐陽修、張先等人，其最初作詞的動機又何嘗不是如此。蘇軾離杭不久，他初期的作品已漸漸流傳開來，友人劉邠為此作詩以戲云：

千里相思無見期，喜聞樂府短長詩。靈均此祕未曾睹，郢客探高空自知。不怪少年為狡獪，定應師法授微辭。吳娃齊女聲如玉，遙想明眸顰黛時。

詞這種新的文學樣式是難以掌握，劉邠羨慕友人竟學會了它，而且想像友人在歌妓們演唱時的歡快情景。此詩也側面地揭示了蘇軾作詞的動機。詞人自己在《滿庭芳》中也表示得形象而明白：「幸對清風皓月，苔茵展、雲幕高張；江南好，千鍾美酒，一曲《滿庭芳》！」蘇軾是最熱愛生活的，難道應辜負良辰美景，難道能捨棄賞心樂事嗎？他怎能不作詞來贊美生活呢！至於他改革詞體，一掃綺羅香澤之態，此是後話，暫且不提。

周邦彥詞的政治寓意辨析

　　周邦彥是北宋後期著名的詞人，在詞史上有崇高的地位。最早對其詞給予恰當評價的是宋人王灼。他評論周邦彥時總是聯繫到另一位北宋後期詞人賀鑄，認爲：「大抵二公卓然自立，不肯浪下筆，予故謂『意新語工，用心甚苦』。」在王灼看來，這兩位詞人的創作態度是謹嚴的，而且都能「各盡其才，自成一家」。他又說：「前輩云：『《離騷》寂寞千載後，《戚氏》淒涼一曲終』。《戚氏》柳（永）所作也。柳何敢知。世間有《離騷》，惟賀方回、周美成時時得之。賀《六州歌頭》、《望湘人》、《吳音子》諸曲，周《大酺》、《蘭陵王》諸曲，最奇崛。」（《碧雞漫志》卷二）有學者據此以爲賀鑄與周邦彥詞多寄託而有《離騷》的意味並批評說：「論者不考其行誼，徒觀其香草美人之態、悲歡離合之語，終不知其『有《離騷》』也」（註1）。於是極力尋繹周詞的政治寓意。

　　劉勰談到《離騷》對後世的影響時說：「其衣被詞人，非一代也。故才高者苑其鴻裁，中巧者獵其艷詞，吟諷者銜其山川，童蒙者拾其香草。」（《文心雕龍・辨騷》）可見，學習《離騷》僅拾其芳草是學之最下者。王灼謂周邦彥得《離騷》之意，細考其有關論述並非

〔註1〕　引自羅忼烈：《周清眞詞時地考略》，《兩小山齋論文集》第51頁 1982年中華書局出版。

指詞的寄託。「《離騷》寂寞千載後，《戚氏》淒涼一曲終」，這是以為柳永晚年之作《戚氏》的淒涼悲怨情調可以上繼屈原的《離騷》。王灼有意貶低柳詞，故否定前輩對柳詞的讚賞，而以為賀鑄與周邦彥始得屈子之意。從其所舉兩家詞例來看：賀鑄的《六州歌頭》直抒遊俠的豪氣，《望湘人》敘說傷春懷舊的情緒，《吳音子》備述羈旅行役之苦，三者全用賦的手法，並無寄託，詞意甚明；周邦彥的《大酺》咏春雨而流露出旅愁和傷春的情感，《蘭陵王》咏柳而抒寫離情別緒，兩詞都通過咏物而表現作者憂傷的情感，也用的是賦筆。因此，王灼所謂周邦彥得《離騷》之意是指其作品所表現的憂鬱怨抑情調和鋪采摛文模寫物態的特點，而不是香草美人的寄託。不僅王灼和其他宋人關於周詞的評論從未發現有政治寓意，甚至清代專以寄託論詞的張惠言在《詞選》裏雖選了四首周詞，也未找出有何政治寓意來。

北宋熙寧九年（1076）王安石第二次罷相，此後在神宗皇帝主持下依靠王珪、蔡確、章惇等人繼續推行新法。周邦彥約於元豐二年（1079）入太學學習，元豐六年（1083）他二十八歲時因進獻《汴都賦》歌頌神宗的豐功偉績和國家的昇平富庶而很為神宗賞識，於是被特昇為太學學正。邦彥由此躋入仕途，其政治命運便與後期變法派緊密地聯繫在一起，成為它的追隨者。獻賦一年多，神宗因內外交困憂瘁而死。元祐時期舊派執政，邦彥必然受到打擊。紹聖元年（1094）哲宗親政，變法派再度得勢，邦彥也從外地還京任職。元符元年（1098）六月，哲宗為宣揚紹繼神宗變法事業，命邦彥重進《汴都賦》。邦彥為此殊榮而特別感激，在《重進汴都賦表》中又大大讚頌神宗治迹，也順便恭維哲宗的聖明。這兩次獻賦都屬文人清客的行徑，冀圖以對統治階級的歌頌而乞求仕進，談不上是對王安石新政的支持，因為新政在王安石罷政之後已漸漸發生了質的變化。果然第二次獻賦後，周邦彥仕途通顯；到徽宗朝蔡京執政時，

他又因兩次獻賦而受到徽宗的恩顧。從周邦彥獻賦活動與其仕進情形來看，其政治態度是十分鮮明的，對後期變法派——包括蔡京集團的投靠也是十分確鑿的事實。當然，我們對周邦彥的評價不應因此而否定他在詞史上的重要意義，但也不宜以寄託的方法從清眞詞中尋求政治寓意而爲其政治態度曲說辯護。

詞因其具有入樂可歌的特點，小唱成爲宋人時尚的文化娛樂方式，因而宋人作詞主要是用於花間尊前遣興娛賓，一般不必在這種場合表現嚴肅的政治內容或搞政治影射。宋人習慣地將嚴肅的政治內容用詩文來表達，而往往將詞視爲「小道」或「艷科」。周邦彥的詩文與詞作的情形正是如此。王國維就曾以爲周詞表現「悲歡離合、羈旅行役之感」者爲多（《清眞先生遺事》）。因而將周邦彥那些抒寫男歡女愛與傷離感舊之作看成有屈原香草美人之遺意，不僅不符作者原意，也完全違反宋人特別是北宋人的習慣。例如《憶舊遊》：

> 記愁橫淺黛，淚洗紅鉛，門掩秋宵。墜葉驚離思，聽寒螢夜泣，亂雨瀟瀟。鳳釵半脫雲鬢，窗影燭光搖。漸暗竹敲涼，疏螢照晚，兩地魂消。　迢迢問音信，道徑底花陰，時認鳴鑣。也擬臨朱戶，嘆因郎憔悴，羞見郎招。舊巢更有新燕，楊柳拂河橋。但滿目京塵，東風竟日吹露桃。

這是一首代言體的作品，抒情主人公爲女性。她追憶當年與情人離別的纏綿悱惻的情景，以之突出目前的相思之苦。下闋的「嘆因郎憔悴，羞見郎招。舊巢更有新燕，楊柳拂河橋」，表明她是一位歌妓，像燕巢一樣年年迎新送舊，也像河橋楊柳一樣任路人攀折，使她羞見昔日情人，雖然因他而憔悴了。於此揭示了女主人公深刻的情感矛盾和劇烈的內心痛苦。顯然這是應歌之作，讓歌妓演唱起來是很眞切感人的。以寄託論詞者以爲此詞是周邦彥作於元祐時期，表示不受元祐黨人的政治拉攏，「住在華屋『朱戶』的『郎』，似乎比喻保守派的某人，這人也曾向他招手，希望他改變心腸。但

他因對方當權而痛苦『憔悴』，反以『見招』爲可羞的事。『舊巢更有新燕』一句，比擬更明顯：『巢』比喻朝廷，變法派的『舊巢』已經讓給保守派的『新燕』了」〔註2〕。這樣的解釋並無任何事實依據，僅屬於一種猜測，而且不能自圓其說。比如詞中「臨朱戶」的本是憑欄相思的女子卻被誤解爲「住在華屋，朱戶」的郎，人稱關係全弄顚倒了。這「郎」又被解釋爲指「保守派的某人」，「巢」也就成了「朝廷」的比喻，詞中的女性自然就是作者之自喻。那麼，這女性與「郎」「兩地魂消」的刻骨相思，就應解釋爲邦彥與「保守派的某人」相「戀」了，怎能說他的政治立場是堅定的呢？這與張惠言之解釋溫庭筠香艷之詞爲「感士不遇」是同出一轍的，全然無視作品的本意而純屬附會。清眞詞的壓卷之作《瑞龍吟》也同樣爲寄託論者加以附會。它本是詞人自我抒情之作，詞人重到京華因懷念舊情而去坊曲人家訪尋那位癡小嬌美的歌妓，但已物是人非，一切都成爲過去了，僅留下一點淡淡的傷春意緒。詞中所反映的文人與歌妓的關係是受到封建等級制度約束的，它不可能有更好的結局，如周濟所說：「看其由無情入，結歸無情。」（《宋四家詞選》）此詞流露出作者對歌妓的輕薄與玩賞的態度，其實並無眞情，而又欲效唐代詩人杜牧「贏得青樓薄幸名」那樣頗以風雅爲榮。詞中的「劉郎」是作者借劉晨或劉禹錫而風流自命之意，如俞平伯先生所說：「本事原出《神仙記》，劉、阮入天臺遇仙，而詞中所謂劉郎者實兼借用唐詩，陳（元龍）注引《劉禹錫集》是也。」〔註3〕從全詞的旨意來看，作者並未發揮劉禹錫咏玄都觀桃花的政治寓意。以寄託論詞者卻從「劉郎重到」一語裏找出了微言大義，認爲：「周邦彥因變法派倒臺而在外飄零十年，保守派不少附從者也在他去後才

〔註2〕　自此以下引文未註明者均見羅忼烈：《漫談北宋詞人周邦彥》，《文學遺產》雜誌 1983 年 2 期。

〔註3〕　俞平伯：《清眞詞釋》，《論詩詞曲雜著》第 620 頁，1983 年上海古籍出版社。

栽培出來的，這種情形和劉禹錫有點相似。」於是整首詞便是寄寓變法派在哲宗親政後再度得勢，「其中如『定巢燕子，歸來舊處』，比喻變法派像燕子一樣，昔年離開政治老巢遠去，現在又回來了」，而且「這個『歸來舊處』的燕子同時又比喻自己，從前是『年年，如社燕，飄流瀚海，來寄修椽』，現在終於『定巢』了」；「『吟箋賦筆，猶記燕臺句』兩句，表面上是用李商隱《柳枝》詩的典故，實則指他的《汴都賦》……詞中的『舊家秋娘』亦隱約指擬當權的人，按紹聖四年章惇獨任宰相，不知道是否指此人。」像這樣毫無根據的比附，不僅詞意弄複雜了，而且留下不少破綻。比如，那「燕子」歸來的「舊處」坊曲人家即歌樓妓館，若以燕子喻變法派，則將歌樓妓館喻爲朝廷了，豈不荒謬！而且「燕子」既指變法派，變法派重回朝廷亦好似劉郎重到，則他曾經戀愛過的「個人癡小」又指誰呢？難道會是神宗皇帝嗎？《燕臺詩》爲李商隱少年時贈洛中女子柳枝而作，周邦彥重到京都坊曲因懷念舊情而有感於《燕臺詩》是很自然的聯想，但將它喻爲《汴都賦》，則神宗皇帝就會成爲柳枝一類的人物了，而風韻猶存的秋娘當然就成爲章惇宰相的比喻了。神宗紹述時期變法派得勢，周邦彥如果要歌頌變法完全可以理直氣壯，根本沒有必要去採用隱晦曲折的寄託方式。他如果眞的用寄託的方法而將閨幃之語影射朝廷政治，不倫不類，荒唐可笑，必定會犯下大不敬之罪的。清代常州詞派的理論家周濟論詞也主寄託，可是他一眼就看出《瑞龍吟》「不過『桃花人面』舊曲翻新耳」，是言男女之情的。周邦彥的《玲瓏四犯》也約作於紹聖還京之時：

> 穠李夭桃，是舊日潘郎，親試春艷。自別河陽，長負露房煙臉。憔悴鬢點吳霜，細念想夢魂飛亂。嘆畫欄玉砌都換。才始有緣重見。　夜深偷展香羅薦。暗窗前醉眠蔥倩。浮花浪蕊都相識，誰更曾抬眼。休問舊色舊香，但認取芳心一點。又片時，一陣風雨惡，吹分散。

　　此詞《草堂詩餘》和《花草粹編》均題爲「春思」，是不甚爲人們注意的作品，前人評論周詞亦未涉及，但它確是作者自抒春日情思的佳作。全詞多用比興，「穠李夭桃」比喻作者舊所戀者之嬌艷，藉以指代人；以下敘述別後的思念，事隔多年，終於舊夢重溫，兩情濃摯，然而卻不得不匆匆分散。當我們沒有其他任何直接或間接的本事線索之時，只能就詞題試作如此解釋。持寄託論詞者也承認這首詞比起《瑞龍吟》來「並沒有明顯的（寄託）痕跡可尋」，但還是從「浮花浪蕊」一語裏發現了寄託的痕跡，以爲它「很可能是在影射那些沒有操守、鑽營謀私利的政客」。這樣解釋的唯一依據是結句「又片時，一陣風雨惡，吹分散」，因爲，「與花街柳陌中女子交往，事態必不至於此，可以斷定，這乃是借艷情之體以針砭時事。紹聖中新黨重新執政後，已非復往昔，內部分裂，勾心鬥角，投機鑽營者乘時以圖進，而正直耿介者卻難免作無謂黨爭與派系傾軋的犧牲品。」似乎作者周邦彥是很清高的，根本瞧不起那些鑽營的政客。可是，我們不應忘記：周邦彥也在紹聖時期以《重進汴都賦表》乘時以進而被擢昇爲秘書省正字的。從這首詞的結尾來看，實際並無政治寓意，而是以驚風惡雨對春花的摧殘比喻愛情受到某種阻礙而與情人不得不分散。這是傳統詞中所慣見的。例如晏殊詞的「無端一夜狂風雨，暗落繁枝」（《采桑子》）和陸游的「東風惡，歡情薄」（《釵頭鳳》），都明白地表述了此意。周邦彥在己作《拜星月》裏就有「眷戀雨潤雲溫，苦驚風吹散」，這與「又片時，一陣風雨惡，吹分散」都一樣是抒寫與情人的分離，並無其他的寓意。詞中的「浮花浪蕊都相識，誰更曾抬眼」，是作者向所戀女子表示自己情感的專注，眷念舊情，不爲其他浮浪女子所動心。若將「浮花浪蕊」解釋爲指政客們，詞中男主人公所戀者竟是「堅持始終的思想信念」，那麼又如何解釋「潘郎親試春艷」和「夜深偷展香羅薦」呢？這樣便在人稱關係方面陷入混亂和矛盾了。

　　北宋的國運從哲宗時便明顯地轉向衰敗了，這時的新法已失去

進步與改革的意義而成為統治階級壓迫和掠奪人民的工具，後期的新法派早失去了政治聲譽而充分暴露了兇惡的反動面目。為了美化周邦彥的政治品格，以寄託論詞者從清眞詞中尋找到一些具有政治寓意的比喻，以證明邦彥和後期變法派的決裂。如認爲「從紹聖四年還朝以後，他不但不趨炎附勢，而且對於假借新法之名來進行爭權奪利的勾當的當權派非常反感。這一類，在現存的佚詩文裏看不出來，但在詞裏卻有迹象可尋。他一再以『冶葉倡條』比喻他們⋯⋯楊柳枝軟葉輕，堅強不得，只會隨風搖擺，好像水性楊花的倡妓，所以叫做『冶葉倡條』。當權派中的投機分子也是朝三暮四沒有骨氣的人，跟『冶葉倡條』一般，因爲周邦彥用來諷刺他們。他爲官作宦，不能不同這班『冶葉倡條』混在一起，心情不免矛盾苦悶，對著青山綠水就興起歸隱的念頭，於是說『回頭謝冶葉倡條，便入釣魚樂』。如果說周邦彥不願與後期變法派同流合污並對之進行諷刺，作爲一種推測固然可以，但必須有可靠的事實或可信的文字依據，僅從詞中尋找一點似是而非的寄託則將是難以證明的。「冶葉倡條」的本義是以柳枝借指倡妓，周詞中用到它時也是這個意思，如寫羈旅行役的《尉遲杯》下片云：「因念舊客京華，長偎傍、疏林小檻歡聚。冶葉倡條相識，仍慣見珠歌翠舞。如今向、漁村水驛，夜如歲、焚香獨自語，有何人、念我無聊，夢魂凝想鴛侶。」大意是說：作者感念青年時代在京都歌樓妓館的生活，「冶葉倡條」與「珠歌翠舞」俱指代相識和慣見的歌妓；而今羈旅於漁村水驛之際甚覺無聊，因而又凝想鴛侶，以致思念成夢。這是詞人生活與情感的眞實寫照，以賦筆鋪敘，並無寄託。如果將「冶葉倡條」比喻爲後期變法派，便與詞情太不相符。作者對「冶葉倡條」實際上並無厭棄之意，卻是「夢魂凝想」欲與重歡，因此不可能得出同「這班『冶葉倡條』混在一起，心情不免矛盾痛苦」的結論。周邦彥另詞《一寸金》也是寫羈旅之情的，下闋云：「自嘆勞生，經年何事，京華信漂泊。念渚蒲汀柳，空歸閑夢，風輪雨楫，終孤前約。情景牽心眼，流連處，

利名易薄。回頭謝、冶葉倡條，便入釣魚樂。」詞情與《尉遲杯》相似，但對京華往事頗有一點感悟，以爲過去由於流連坊曲致使「利名易薄」，到頭來落得薄倖而「終辜前約」；現在詞人年事已高，準備謝絕曾經相識的歌妓們——「冶葉倡條」，去追求一種恬淡的樂趣。如果將這「冶葉倡條」解釋爲指後期變法派，又怎樣解釋與之相聯繫的「京華信漂泊」、「終辜前約」和「舊情牽心眼」呢？何況事實上，周邦彥在紹述時期重進《汴都賦》而聲援了後期變法派，官運逐漸亨通起來了。

在徽宗朝，周邦彥與蔡京集團是有一定關係的，王國維在《清眞先生遺事》中也不否認這點。蔡京生辰，邦彥獻上的賀壽詩有云：「化行禹貢山川內，人在周公禮樂中」。他揚頌蔡京爲制禮作樂的儒家理想政治人物周公，蔡京爲此「大喜」（《揮麈餘話》卷一）。爲了否定邦彥與蔡京集團的關係，以寄託論詞者又從五首咏柳的《蝶戀花》中找到政治寓意了：「猜想詞中的『窗牖』、『亭牖』、『疏牖』喻朝廷，『騷人手』、『遊人手』、『先手』、『柔荑手』、『東君手』影射把持政權的手，『新雪後』、『落梅後』、『人寂後』，暗指異己者被排除以後。『漸欲穿窗牖』是勢力初起，『苒苒垂亭牖』是勢力已成長，『便與春色秀』是權力儼然像個小皇帝，『鶯擲金梭飛不透』比喻蔡京集團牢不可破了。所以如此，是因爲趙佶昏庸，只知荒淫逸樂，大權就落到蔡京的手上：『舞困低迷如著酒，亂絲偏近遊人手』，『午睡漸多濃似酒，韶華已入東君手』就是這個意思。」這段微言大義很有趣。其實《蝶戀花》五首咏柳是寄寓了作者惜春、傷別、感舊的情緒，屬傳統的「體物寫志」方法。試看其第二首：

> 桃萼新香梅落後。暗葉藏鴉，苒苒垂亭牖。舞困低迷
> 如著酒。亂絲偏近遊人手。　　雨過朦朧斜日透。客舍青
> 青，特地添明秀。莫話揚鞭回別首。渭城荒遠無交舊。

詞用王維《渭城曲》詩意甚爲明顯。若將「亭牖」解釋爲喻朝廷，「遊人手」爲蔡京集團，則「冶葉倡條」的柳枝就應是徽宗皇帝

了。那麼詞中的「桃萼新香」、「暗葉藏鴉」、「客舍青青」又比喻的是什麼呢？既然「大權已落到蔡京的手上」，那麼「客舍青青，特地添明秀」以形容春光大好，是否可比喻爲蔡京集團當權時國家熙盛、皇恩如春光浩蕩呢？可見，要比附和尋找此詞的政治寓意只會自我困惑。我們對古人作品的解釋由於時代與生活的距離，也由於具體寫作背景的模糊，必然帶有一些主觀的性質。「昔賢往矣，心事幽微」，有的解釋也很難達到準確，但無論怎樣的解釋總得在一篇之中能做到自圓其說，能講得通。從以上數例可見：按政治寄託來解釋周詞卻是不能自圓其說的。近人楊鐵夫對於清眞詞深有研究，他比較清眞詞與夢窗詞說：「清眞用意明顯，不如夢窗之晦澀；清眞用筆勾勒清楚，不如夢窗縱橫穿插在若斷若續或隱或見之間」﹝註 4﹞。清眞詞雖然多用代字，喜融化前人詩句，有典雅的趨向，但許多詞的意旨還是可以理解的；刻意搜尋其政治寓意，比附穿鑿，故弄玄虛，只能使本來易於理解的東西變得迷糊起來。

　　北宋從仁宗天聖元年（1023）至神宗熙寧九年（1076）王安石罷政的五十餘年間，是一個尋求社會改革和社會進步的時代。這個時代是北宋的文化高潮：政治生活活躍，學術思想自由，文學藝術繁榮，涌現了許多傑出的政治家、思想家和文學家。王安石罷政標誌著變法的失敗，北宋社會也向衰敗的後期轉移。由於社會危機的加深，政治生活黑闇和文化專制政策的結果，開始出現了文化的低潮。周邦彥便是北宋後期文化低潮中的典型文人。他的獻賦活動體現了這時期文人依附變法派的政治勢力乘機以求仕進的傾向。他的詞在內容上不涉及時事，不選取較重要的社會性題材，局限於感離傷舊和羈旅情懷，表現出退避社會的心理；在情感的表達方面缺乏誠摯眞切和深厚熱烈，而表現爲一種淡漠、消閒、玩賞、厭倦的情愫；在藝術形式方面卻又特別追求精整、典雅和法度，藝術技巧十分高超：這體現了北宋後期詞人脫離現實的形式主義的普遍趨勢。

﹝註 4﹞ 楊鐵夫：《清眞詞選箋釋・序》，民國 21 年上海醫學書局出版。

周邦彥的文人清客式的政治態度和藝術傾向，受中國封建社會後期某些消閒文人的特別激賞，所以一再出現賡和其詞的風氣，同時往往過高地評價了其詞的成就。南宋陳郁以爲周邦彥「二百年來以樂府獨步」（《藏一話腴外編》），近世王國維甚至以爲「詞中老杜，則非先生（邦彥）不可」（《清眞先生遺事·尙論》），他們評價的共同特點是只從周詞的寫作技巧和聲韻格律著眼的，於是將周詞極不恰當地推上了宋詞藝術的高峰。但很明顯，這樣的評價是形式主義的和片面的，與宋詞發展的實際情況不符，只反映了評論者頗具偏見的審美趣味。我們不能因爲周詞的藝術技巧高超便奉爲圭臬，也不應以爲凡是對周詞有所批評指摘便屬不會作詞的人所說的外行話。近年對周邦彥佚文佚詩的搜集整理有功於詞學界，使我們能較全面地來研究這位作家，而且還可發現這位作家與社會政治有著較爲密切的關係。但是近年對周邦彥及其詞的評價也出現了新的傾向，即曲解《汴都賦》的時代背景、夸大其社會進步意義以證明周邦彥是支持王安石新政的愛國的政治改革者；以寄託論詞來發掘周詞的政治寓意而予以過高的評價。周詞自身存在著高度藝術技巧與思想平庸、格調低下的深刻矛盾，呈現較爲複雜的情形。這有待我們在全面研究的基礎上作出較爲公允的論斷。

李師師遺事考辨

　　李師師與北宋末年重要的歷史人物和歷史事件有著複雜而隱微
的關係。靖康之難以後，人們談起這位北宋汴京著名歌妓，總是聯想
到中州盛日，並記起北宋王朝覆滅的慘痛歷史教訓。李師師的事跡不
可能見諸史傳，宋人的筆記雜書中卻有不少的記載。而且不僅詩人和
詞人歌咏她，南宋以來民間流傳的話本《宣和遺事》，對師師與皇帝
宋徽宗的風流遺事也有詳盡的敘述〔註1〕，南宋後期更出現了文人傳
奇作品《李師師外傳》〔註2〕。宋以後的小說、戲曲也將她作爲重要
歷史題材之一。由於傳聞的訛誤與文藝作品的敷衍夸張，以致師師的
事跡被弄得真僞難辨，本來面目全非。近世學者雖然對李師師事跡進
行了考證〔註3〕，但在一些主要問題上尙有很大的意見分歧〔註4〕。

〔註1〕　《新刊大宋宣和遺事》成書年代頗有爭議。魯迅先生認爲：「抑宋人
　　　　舊本，而元時又有增益，皆不可知，口吻有大類宋人者，則以抄撮
　　　　舊籍而然，非著者之本語也。」（《中國小說史略》見《魯迅全集》
　　　　第9卷第119頁）筆者同意胡士瑩先生意見：「可斷爲宋人舊編。」
　　　　（《話本小說概論》第718頁，中華書局1980年版）
〔註2〕　《李師師外傳》有不少學者斷爲明人僞作，筆者從版本源流及民俗
　　　　材料等方面證實爲南宋後期文人所作，詳見拙文《〈李師師外傳〉考
　　　　辨》，《文獻》叢刊第20輯，1984年6月出版。
〔註3〕　錢鍾書先生：《宋詩選注》（人民文學出版社，1979年版）第175頁
　　　　《汴京紀事》注，鄧之誠先生《東京夢華錄注》（中華書局1982年
　　　　版）第133頁《京瓦伎藝》注，均有關於李師師之專條注釋。

本文擬對較有爭議的問題，略呈一得之見，以就教於學界前輩先生。

一、關於李師師生活的歷史時期

在宋人有關李師師的記載中，找不出她生卒年的線索，而關於她生活的歷史時期也只能作大致的推測。據宋人孟元老《東京夢華錄》卷五「京瓦伎藝」條記：「崇觀以來，在京瓦肆伎藝……小唱李師師、徐婆惜、封宜奴、孫三四等，誠其角者。」「崇觀」，指北宋徽宗崇寧至大觀間（1102～1110），「角者」即「角妓」。「角」乃較藝之謂，在京瓦伎藝中經過伎藝的較量而獲優勝的女藝人被稱爲「角妓」或「角者」。又據張邦基云：「政和間李師師與崔念月二妓，名著一時」（《墨莊漫錄》卷八）；周密云：「宣和中，李師師以能歌舞稱」（《浩然齋雅談》卷下）。政和與宣和（1111～1125）也是宋徽宗的年號。可見，自崇寧迄宣和的二十餘年間是李師師活躍歌壇的著名時期。如果以崇寧元年師師爲十六歲計算，到宣和六年她便是三十八歲了。但關於師師生活的歷史時期的推測，牽涉到對一些宋人詩詞的理解，而這卻是頗令人感到困惑的。

（一）「師師垂老」解。南宋初年劉子翬（1101～1147）作《汴京紀事》詩二十首，有云：

> 輦轂繁華事可傷，師師垂老過湖湘。縷衣檀板無人識，
> 一曲當時動帝王。

劉子翬於北宋滅亡之時年已二十六歲，他對汴京生活是熟悉

〔註4〕 羅忼烈先生有專文《談李師師》，見《兩小山齋論文集》第 117～132 頁，中華書局 1982 年版。羅先生認爲：「北宋只有一個李師師，她大約生於宋仁宗嘉祐七年（1062）。準此推算，她比周邦彥小六歲，比趙佶大二十歲。她在熙寧末未及見張先，在元豐時曾與晏幾道、秦觀、周邦彥交遊，在元祐時曾與晁沖之交遊，崇寧大觀時雄據瓦肆歌壇，政和後趙佶曾聽她歌唱，靖康時被抄家放逐，終年在南宋初，壽六十五歲以上。由於年齡懸殊，趙佶不可能『幸』她，周邦彥和趙佶不可能因她而打破醋罈。」以下筆者與羅先生商榷時，凡引用羅先生之文便不再註明。

的，其紀事較眞實可信。師師在靖康之後確實到了湖湘，時間約爲
南宋高宗建炎元年（1127）。怎樣理解這「垂老」的含義呢？有學者
以爲：「只有一個飽歷滄桑的李師師，靖康亂後她已六十開外，才是
眞地『垂老』了。」並由此推斷她「大約生於宋仁宗嘉祐七年
（1062）……終年在南宋初，壽六十五歲以上」。這樣來理解「垂老」
是不夠確切的。唐代詩人杜甫有《垂老別》，寫安史之亂的戰爭期間
一位垂老從戎的軍人，「男兒旣介冑，長揖別上官」，猶離別故園奔
赴戰場。不能設想這位軍人便已「六十開外」。「垂」，將也。《後漢
書・何進傳》「今董卓垂至」，謂卓將至也。故「垂老」，意謂將老，
實際上只是接近老境而已。杜甫筆下的這位軍人估計年僅五十左
右。但是「垂老」之用於婦女，尤其是用於歌舞場中青春易逝之婦
女，情形就更不同了。更不能理解爲六十開外。舊時稱老而色衰之
婦女爲徐娘。徐娘乃梁元帝蕭繹之妃徐氏。《南史》卷十二《徐妃傳》
云：「妃無容質，不見禮，帝三二年一入房……帝左右暨季江有姿容，
又與淫通。季江每嘆曰：『柏直狗雖老猶能獵，蕭溧陽馬雖老猶駿，
徐娘雖老猶尙多情。』……太清三年，遂逼令自殺，妃知不免，乃
透井死。」梁元帝（508～554）卒年爲四十七歲，徐妃當比元帝小
數歲，她死於太清三年（549），早卒於元帝五年，死時約四十歲。
當暨季江稱「徐娘雖老」之時，她只有三十餘歲。從劉子翬詩中描
述師師「縷衣檀板」的情形來看，師師當時也不過徐娘之年。她雖
歷盡艱辛，顏色憔悴，仍身著縷衣、手執拍板在賣藝，她的歌聲尙
使流落江南的中原士大夫最爲感動。因此，不能想像這縷衣檀板歌
聲動人的李師師竟會是六十開外的老太婆。所以確定師師此時爲四
十一歲，無論就「垂老」之義而言還是就其賣藝情形而論都是較爲
恰當的。

　　（二）關於晁沖之《都下追感往昔因成二首》的寫作時間。晁
沖之字叔用，早年因黨禍曾隱居河南禹縣具茨山，自號具茨先生。
《晁具茨先生詩集》十五卷，爲其子晁公武南宋初年所集，卷十三

有《都下追感往昔因成二首》。張邦基《墨莊漫錄》卷八記其寫作經過云：

> 政和間……李師師、崔念月二妓，名著一時。晁叔用
> 每會飲，多召侑席。其後十餘年再來京師，二人尚在，而
> 聲名溢於中國，李生者門第尤峻。叔用追往昔，作二詩以
> 示江子我云。

清初《宋詩鈔》的編者吳之振等於《具茨詩鈔》所附晁沖之小傳，謂其「少年豪華自放，挾輕肥遊帝京，狎官妓李師師，纏頭以千萬，酒船歌板，賓從雜遝，聲艷一時。紹聖初，黨禍起，群從多在黨中，被謫逐，遂飄然栖遁於具茨之下，號具茨先生。十餘年後重過京師，憶舊遊，作無題詩二首，為時所傳」。此乃據宋人喻汝礪的《晁具茨先生詩集序》與張邦基所記抄撮而成，但對時間關係卻有誤解，以致矛盾錯亂：以為沖之交遊師師係在紹聖以前，作二詩乃在政和間；又以師師為「官妓」，二詩為「無題」，皆屬疏忽失考。有學者沿襲《宋詩鈔》小傳之誤而認為：「他（沖之）和李師師的交遊，當在元祐年間，那時候她大約二十五歲至二十九歲。到了政和重來京師的時候，她已經五十左右了。」政和共七年（1112～1117），據張邦基說，此時師師已「名著一時」，「時晁叔用每會飲多召侑席」，第二個「時」乃承上指「政和間」；「其後十餘年再來京師」，此「其」亦指「政和間」，「其後」即自此之後，「其後十餘年」明指政和之後十餘年。指代關係是很清楚的。沖之作二詩便是在政和十餘年後再來汴京之時的宣和年間了。北宋哲宗紹聖間（1094～1097）新黨再度執政時，晁氏兄弟因與舊黨政治上的牽連而被放逐，沖之居於具茨山下。他此時作的《田中行》有云：「吾母性慈儉」、「伯也久吏隱」。又在後來徽宗大觀元年（1107）作的《積善堂詩序》中猶云「沖之小子也，因願以文，列名父兄之末」。可見他父母伯叔兄弟皆在，且自稱小子，其年齡不會太大，估計大觀元年約三十左右，年齒略長於李師師。政和間，沖之約三十餘歲

到京師由蔡攸之薦而在大晟府任協律郎。這時每會飲便多召師師侑席。此後十餘年的宣和間，沖之約四十餘歲再到京都便作了《都下追感往昔因成二首》。宣和間師師因得徽宗的寵倖，賜賚頗多，故「門第尤峻」而「聲名溢於中國」。沖之所作二詩及有關記述，都可證實師師主要活動時期是崇寧至宣和的二十餘年間。而所謂沖之作二詩在政和間、師師時五十歲左右，乃屬誤解所致。

（三）關於北宋詞人在作品中所提到的「師師」。唐代孫棨《北里志》所記平康妓有名「李師師」，宋人羅燁《醉翁談錄丙集》記有歌妓名「張師師」。《李師師外傳》云：「汴俗，凡男女生，父母愛之，必爲捨身佛寺……爲佛弟子者，俗呼爲『師』，故名之日『師師』。」可見，女子拜寄佛門取名「師」或「師師」，乃是當時民俗，宋時歌妓名師師者甚多。張先、晏幾道、秦觀詞中所提到的「師師」，無法考其姓氏，如果以爲這些「師師」都是李師師，便必然將李師師的生年推得過早，而得出南宋初年她已六十餘歲的結論。可以說，這樣的推斷是很不可靠的。

張先有《師師令》一首，爲誰而作不可考知。據夏承燾先生考訂之《張子野年譜》（見《唐宋詞人年譜》）：張先於宋英宗治平元年（1064）致仕，時年已七十五歲，歸浙江烏程家居，旋移居杭州，自此便無汴京之行迹，宋神宗元豐元年（1078）以八十九歲高齡卒於杭州。他是根本不可能見到李師師的。但有學者以爲：「張先在《熙州慢》『送述古（陳襄）』詞中又提到師師說：『況值禁垣師師，惠政流入歌謠。』據夏承燾先生《張子野年譜》，這首詞作於神宗熙寧七年（1074），《師師令》的寫作時間相信和《熙州慢》很接近，寫的是同一人，斷然不是泛寫一般歌妓。」查所引張先《熙州慢》中的「師師」，據《彊村叢書》所用黃子鴻校《知不足齋叢書》本《張子野詞拾遺》卷上，此實爲「師帥」之誤，聯係詞之上下文亦當作「師帥」，否則何得有「禁垣」「惠政」可言。可見，據以確定《師師令》係熙寧七年爲「師師」而作，乃因誤再誤者。張先所塡《師師令》

為流行曲調，原題「春興」非為李師師而作。

　　晏幾道兩首《生查子》中有云：「遍看潁川花，不似師師好」；「醉後莫歸家，借取師師宿。」據夏承燾先生《二晏年譜》，晏幾道約生於宋仁宗天聖八年（1030），約卒於徽宗崇寧五年（1106），卒年七十四、五歲。崇寧五年雖然李師師已二十五歲，但晏幾道《生查子》非其晚年之作。幾道於元豐五年（1082）曾監潁昌許田鎮，時年約五十餘歲。潁昌乃潁水流經之地，詞中「遍看潁川花」，可知詞當作於監潁昌之時，兩詞寫作時間相同。詞中之「師師」很可能也是汴京某歌妓，但不會是李師師，因為元豐五年李師師尚未出生。

　　秦觀的《一叢花》，首句即云「年時今夜見師師」，顯為「師師」而作。秦觀卒於元符三年（1100），卒年五十三歲。此詞抒寫與歌妓師師的相戀，是他青年時代的作品。即使說秦觀此詞作於元祐間（1087～1093）四十餘歲在汴京任秘書省正字兼國史院編修之時，那也不可能是為李師師而作的，因為她這時年僅幾歲。

　　可見，張先、晏幾道、秦觀生活於北宋中期，他們與李師師不是同時代人，李師師生活於北宋後期。因此，他們作品中雖曾提及「師師」，但指的並不是李師師。

二、李師師與周邦彥

　　周邦彥（1056～1121），字美成，是北宋後期著名詞人。《宋史·文苑傳》稱他「疏雋少檢，不為州里推重，而博涉百家之書」。北宋神宗時，邦彥因獻《汴都賦》為神宗賞識，遂由太學諸生召為太學正。徽宗時入拜秘書監，進徽猷閣待制、提舉大晟府。關於他與李師師的遺事，最早的記述見於南宋後期張端義《貴耳集》卷下，謂徽宗幸李師師家，周邦彥因來不及走出，遂匿床下，徽宗去後，邦彥作《少年遊》敘及此事，徽宗聞之大怒，因事罷其監稅，押出國門，師師送之，邦彥作《蘭陵王》，徽宗復幸師師家，聞歌《蘭陵王》，遂復召邦彥為大晟府樂正，後官至大晟樂府待制。王國維先生對此曾辯云：「是徽

宗微行始於政和而極於宣和。政和元年先生（邦彥）已五十六歲，官至列卿，應無冶遊之事。所云開封府監稅，亦非卿監侍從所爲。至大晟樂正與大晟樂府待制，宋時亦無此官也。」（《王忠慤公遺書內編‧清眞先生遺事》）宋末周密《浩然齋雅談》卷下也有類似記述，王國維先生亦指出其相牴牾之處。《少年遊》與《蘭陵王》兩詞俱見周邦彥《清眞集》。關於《少年遊》，龍榆生先生認爲：「似《少年遊》一類溫柔狎昵之作，自不是五六十歲人所寫，假定此爲邦彥少居汴贈妓之詞，殆無疑義。」〔註5〕則邦彥作此詞時，徽宗與師師皆未出生。關於《蘭陵王》，宋人毛《樵隱筆錄》云：

> 紹興初，都下盛行周清眞咏柳《蘭陵王慢》，西樓南瓦皆歌之，謂之「陽關三疊」。此詞凡三換頭，至末段聲尤激越，惟教坊老笛師能倚之以節歌者。其譜傳自趙忠簡（鼎）家。忠簡於建炎丁未南渡，泊舟儀眞江口，遇宣和大晟樂府協律郎某，叩獲九重故譜，因令家伎習之，遂流傳於外。

可見，此詞係周邦彥晚年在大晟府任職期間作的，以咏柳爲題，抒寫了十餘年來宦遊生活的感慨，此時詞人已是「京華倦客」了。從內容來看也與被逐出國門之事毫無關係。這兩詞都非爲李師師而作。

據王國維先生的《清眞先生遺事》，周邦彥在汴京的時期共有三次：第一次是神宗元豐二年（1079）至元豐八年（1085），二十四至三十歲爲太學生及太學正時；第二次是哲宗紹聖四年（1097）至徽宗政和元年（1111），四十二至五十六歲爲秘書省正字遷秘書郎之時；第三次是政和六年至七年（1116～1117），六十一至六十二歲，提舉大晟府之時。李師師既是汴京角妓，而且《清眞集》有許多贈歌妓之作，邦彥在汴京時，從當時社會風習來看，他與師師的交遊是很可能的。周邦彥第一次在京時，師師尚未出生；第二次在京時，師師方在瓦市中嶄露頭角。李師師是在政和間紅極一時的人物，所

〔註5〕 龍榆生：《清眞詞敘論》，《詞學季刊》第 2 卷第 4 號，1935 年 7 月版。

以周邦彥第三次在汴京時可能見到李師師。雖然這時詞人已年逾六十，但他在大晟府任職，負責朝廷音樂並選製新詞，由於業務上的關係而從李師師瞭解民間新聲和小唱藝術，或將新詞以之試歌。這種詞人與歌妓的關係在宋代是極常見的，而且當時歌妓主要是賣藝，並非如後世所理解的賣淫的妓女那樣。李師師的住處，據明人《如夢錄》云：「大梁驛，原是宋時小御巷，風鈴寺故基，徽宗行幸李師師處，僭稱師師府。」孔憲易先生注云：「大梁驛，唐爲上源驛，宋爲都亭驛。」查《東京夢華錄》卷二「景德樓前省府宮宇」條，大晟府與都亭驛互爲鄰近，則大晟府詞人到師師家或召喚師師均極方便。所以當時晁沖之政和間在大晟府爲周邦彥僚屬時常召師師侑席，周邦彥可能被邀或同沖之徑到師師家。宋人記述師師與周邦彥的關係雖有傳訛的可能，但確有根據，只是在流傳的過程中加上一些附會，則也是完全可能的。

三、李師師與宋徽宗

南宋以來流行的《宣和遺事》與《李師師外傳》，都較詳地記述了宋徽宗幸李師師家之事。雖然前者作了庸俗猥褻的描寫，而後者又將師師的形象過於理想化，但基本事實應該是有所依據的。有學者由於將張先等詞中的「師師」誤認爲宣和中的李師師，將李師師的生年早推了二十餘年，於是認爲：「以年考之，李師師的年紀要比趙佶約長二十歲，是媽媽一輩了；趙佶要嫖，大概也不會看中她」；「如果趙佶眞的『幸李師師家』，大概不會『幸』這年紀老邁的老闆娘，也許『幸』她的『手下大將』吧？」這僅僅是一般性的推論。關於此事，史籍中有間接而可信的記載。

出自南宋人手筆的《續宋編年資治通鑒》於「宣和元年九月癸亥」條有云：「始（蔡）攸嘗勸上曰：『所謂人主當以四海爲家，太平爲娛，歲月能幾何，豈徒自勞苦。』上納其言，遂微行都市，妓館酒肆，亦皆遊幸。」（《續資治通鑒長編拾補》卷四十引）《宋史》

卷二十二《徽宗紀》宣和元年十二月：「丙申，帝數微行，正字曹輔上書極論之。」宋人莊綽云：「宣和中余深爲太宰，王黼爲少宰。是時上皇多微行，而司諫曹輔言之。」（《雞肋編》卷下）《宋史》卷三五二《曹輔傳》：

> 自政和後，帝多微行，乘小轎子，數內臣導從。置行幸局，局中以帝出日謂之有排當，次日未還，則傳旨稱瘡痍，不坐朝。始，民間猶未知。及蔡京謝表有「輕車小輦，七賜臨幸」，自是邸報聞四方，而臣僚阿順莫敢言。輔上疏略曰：「陛下厭居法官，時乘小輿，出入塵陌之中、郊坰之外，極遊樂而後反。道涂之言，始猶有忌，今乃談以爲常，某日由某路適某所，某時而歸；又云輿飾可辨而避。臣不意陛下當宗廟社稷付託之重，玩安忽危，一至於此……」

從以上可知：一、「自政和以後帝多微行」，即政和已前已偶有微服出幸之事；二、徽宗七幸蔡京家並非主要遊樂目的，否則不會受到朝臣疏論；三、徽宗縱情聲色，「妓館酒肆，亦皆遊幸」，「極遊樂而後反」。然而是否徽宗幸過李師師家呢？南宋初年據實錄撮要而成的《靖康要錄》卷一，有欽宗御筆聖旨，籍沒李師師等「曾祗應娼優之家」之家財。則李師師確屬「祗應」過徽宗的，他「幸」李師師家是無疑的了。這也可證南宋以來流傳的有關遺事並非純屬烏有。《李師師外傳》記徽宗初幸李師師家是在大觀三年（1109），這年師師二十三歲，正是她成爲汴京角妓之時；此後，二幸於大觀四年（1110）正月，三幸於同年三月；四幸於宣和二年（1120）；五幸於宣和四年（1122）三月。這與《宋史》所載「政和以後帝多微行」及宣和中「帝數微行」，在時間上是較吻合的。徽宗實際幸師師家之次數當尚不只於此。

宋徽宗本是一個昏庸荒淫的皇帝。據《宋史》所載，他在位的二十五年間，將宮中色衰的宮女放遣民間者共有十三次之多，放宮女二千三百二十三人，其中最多一次竟達六百人。對宮人的不斷放遣而又新選補進，後宮宮人總數當達數千。但徽宗皇帝對後宮佳麗

頗感厭膩，甚至「厭居法宮」，而多次微服幸李師師等娼優之家。徽宗怠於政事，卻特別喜好文學藝術，對於音律尤其熟諳。他的詞也作得很好，至今尚存詞十二首。李師師之「色藝絕倫」，具有民間歌妓的特殊風韻，因而引起了徽宗強烈的興趣。詩人劉子翬謂師師曾「一曲當時動帝王」，這「動」字真是傳神之筆，表現了師師美妙的歌聲使這位皇帝為之傾倒、為之動心的神態。徽宗對師師的寵倖，所給予的貴重賞賜自然是很多的，於是政和以後師師在娼優之家中一時富裕暴發，而到宣和晁沖之再來汴京時便不得不驚訝其「門第尤峻」了。

四、關於李師師的結局

金兵的鐵蹄聲驚破了徽宗皇帝霓裳羽衣的荒唐之夢。宋金聯兵滅遼之後，於宣和七年（1125）十二月，金人背盟南侵，準備強渡黃河，北宋都城受到威脅，朝野大震。徽宗束手無策，祇得下罪己詔，罷道宮、大晟府、行幸局及花石綱，號令郡邑率師勤王，並傳位與太子趙桓，是為欽宗。靖康元年（1126）正月，以欽宗為首的北宋統治集團接受了金人議和退兵的條件。金兵圍困汴京，為繳納金人數千萬巨額金帛，於是在汴京城內「括借金銀，籍倡優家財」。《靖康要錄》卷一「靖康元年正月十二日聖旨御筆」：

> 將趙元奴、李師師、王仲瑞及曾祗應娼優之家，並袁絢、武震、史彥、蔣翊、郭老娘，逐人家財籍沒，並內侍省官、道官、樂官曾經特賜金銀許繫金帶人，及楊建、張補、姜堯臣、李宗寶、張師寶、李宗振、宋暉、董癢金銀，並仰轟山、何、周懿文、李光，只令直取。

此條即為稍後徐夢莘《三朝北盟會編》卷三十籍沒李師師等家財的史事所據，時間則作正月十五日。當靖康二年（1127）正月，徽宗父子被拘於金營之時，金人乘機要挾，大量索取金銀、宮女、樂工、妓女，而開封府官員竟可恥地追捕宮女、妓女及其他婦女，

捕至教坊選擇後押送金營，絡繹不絕，哭聲遍野，慘不忍聞。據《靖康要錄》卷十五記：

> （靖康二年正月二十六日）帝在虜營……脅帝傳旨取……教坊樂工四百人……又取內人、街巷子弟、女童及權貴戚里家細人，指名要童貫、蔡京家祗應，凡千餘人，選端麗者。府尹悉捕諸倡於教坊中，以俟采擇。里巷爲之一空。上皇所出內人，雖已嫁者，亦往取以往。告報下，如鵝鴨趨湯火，開封府下捉事、小火下搜捕。免一人至千緡，或願人小火下之家充其婢妾者。至府皆蓬首垢面而不食，作羸病狀，覬得免。而尹徐秉哲自置釵粉，冠插鮮花，衣令膏沐，粉黛盛飾畢，滿車送軍中。父母夫妻相抱持而哭，觀者莫不歔欷隕涕。

李師師既然「聲名溢於中國」，甚至爲金主所知，必然成爲指名追索的對象。當金人求索女妓之時，自然師師在開封府搜捕之中，可是她卻未被捕、未被押送金營，而是早在此前一年或數月便已逃難到江南去了。師師被抄家時，形勢已經非常危急，中原官吏及居民已紛紛向南方避難。師師被抄家後，在羞愧而又無立足之地的情形下，悄悄隨著難民，歷盡艱辛，流落到了湖湘。劉子翬詩「輦轂繁華事可傷，師師垂老過湖湘」，便是眞實地記述此事。中州詞人朱敦儒也是逃難到南方的。他曾在一次宴會上聽到師師的歌聲，激動而感慨地寫下了一首《鷓鴣天》，詞云：

> 唱得梨園絕代聲，前朝惟有李夫人。自從驚破霓裳後，楚奏吳歌扇底新。　　秦嶂雁，越溪砧。西風北客兩飄零。尊前忽聽當時曲，側帽停杯淚滿巾。

詞中的「前朝」指北宋，「李夫人」是對師師的尊稱。朱敦儒與師師都是因靖康之難而流落江南的北客。在這異鄉，重聽師師唱起當年舊曲，怎不引起他國破家亡之痛與身世淒涼之感而爲之落淚呢？《宣和遺事後集》也有「李師師流落荊楚」一節。這時師師已

是徐娘之年，憂患餘生，容顏憔悴，不復當年風韻。她隱姓埋名，依舊縷衣檀板賣藝為生，不料偶然為汴京故人識破，在詩詞中有所透露，才使人們略知她靖康之後的一點萍踪。古今中外曾有許多紅極一時的歌伶名妓，她們離開歌舞場之後，總是銷聲匿迹，不願讓人們知道其晚年的不幸，不願讓人們見到衰老憔悴的容顏，只願人們在記憶中保存著她們昔日美麗青春的形象。所以南渡之初雖有人在湖湘見到過她賣藝，據說還「流落於浙中，士大夫猶邀之以聽其歌」（《墨莊漫錄》卷八），但很快她似乎就從人生舞臺上消失了。據《宣和遺事後集》說，她終於「為商人所得」。自然「老大嫁作商人婦」是民間歌妓一般的歸宿。此後就無法知道關於師師的任何消息了。

關於李師師的結局還有另一種傳說。《李師師外傳》云，金人破汴，金將求索李師師，張邦昌潛追捕以之獻金營，師師大罵漢奸，自殺殉國。傳奇小說作者這樣的處理是屬藝術的真實。作者去師師的時代不遠，不會不知道其真正的結局，這樣處理是有其深刻社會意義的。從《外傳》所附具有勸懲意義的「論曰」便可理解作者的用意：

> 李師師以娼妓下流，猥蒙異數，所謂處非其據矣。然觀其晚節，烈烈有俠士風，不可謂非庸中佼佼者也。道君奢侈無度，卒召北轅之禍，宜哉！

這是將娼籍「賤民」的李師師捐軀殉國所表現的民族氣節，與皇帝徽宗之投降媚敵可恥偷生作了鮮明的對照，贊美了師師的晚節，譴責了徽宗奢侈荒淫致有靖康之恥。作者的傾向是明顯的，正是以此來批判和諷刺南宋統治集團所一貫奉行的投降主義路線，曲折地表達了作者在特定歷史條件下的愛國主義思想情感。從這虛構的結局，也可想像師師在人們心目中是一個可愛而值得同情的人物。因此，人們相信：假如師師真的不幸被開封府官員捕獲而押送金營，她一定會同當時許多婦女一樣慷慨以身殉國的。

　　李師師是我國北宋後期汴京民間著名的小唱藝人。她約生於北宋哲宗元祐元年（1086），徽宗崇寧、大觀年間正值青春妙齡，遂以小唱在民間瓦市中顯露藝術才華；政和年間她二十六、七歲，以色藝絕倫而紅極一時，詞人晁沖之與周邦彥都曾與之交遊，宋徽宗也前後多次微服幸其家；因此，至宣和時她竟「聲名溢於中國」；靖康元年她被籍沒家財之後逃難到了江南；南宋高宗建炎元年（1127）她約四十一歲，流落南方，賣藝爲生，中原士大夫還聽到過她的歌聲。師師是封建社會中的「賤民」歌妓，雖曾一度得到封建帝王的寵倖，畢竟是社會中被侮辱與被損害者。她不幸的結局，更引起人們對她的同情，由她往往引起人們對於興亡盛衰歷史現象的思考。在人們的記憶中，她永遠是縷衣檀板、嬌艷豪放、歌聲動人，活躍在民間並爲民眾熱情演唱的歌妓李師師。

辛棄疾以文爲詞的社會文化背景

一

　　每個歷史時期的文化思潮，總是通過各種社會聯繫而影響作家的，並在其作品中間接或曲折地反映出來。如果我們縱觀南宋愛國詞人辛棄疾一生的社會交遊和詩、文、詞全部創作，便可發現他與南宋中期文化主潮的理學存在著千絲萬縷的聯繫。這有助於從更廣闊的文化背景來進一步認識稼軒詞的藝術特徵。

　　我國理學興於北宋中期，因理學家著重研究和注釋儒家經典，他們以爲孔子儒家之道至「孟子沒而不傳」，便以繼孔孟之道爲己任，故又稱道學。理學在南宋中期是一個發展的高峰，出現了一群著名的理學家並形成了許多派別，理學的研究與爭論出現興盛的局面，加以張栻、呂祖謙、楊萬里、趙汝愚等名公的大力提倡，理學思潮遂成爲南宋中期的文化主潮。周密追述當時盛況說：

> 伊洛之學行於世，至乾道、淳熙間盛矣。其能發明先賢旨意，溯流祖源，論著講解卓然自爲一家者，惟廣漢張氏敬夫（栻）、東萊呂氏伯恭（祖謙）、新安朱氏元晦（熹）而已。朱公尤淵洽精詣，蓋以至高之才，至博之學，而一切收斂，歸諸義理。其上極於性命天下之妙，而下至於訓詁名數之末，未嘗舉一而廢一。蓋孔孟之道，至伊洛而始

－291－

得其傳，而伊洛之學，至諸公而始無餘蘊。(《齊東野語》卷
十一)

辛棄疾正生活在宋代理學發展高峰時期，他較爲明顯地受到時
代文化主潮的影響。宋季學者謝枋得稱贊辛棄疾說:「公有英雄之
才，忠義之心，剛大之氣，所學皆聖賢之事。朱文公所敬愛，每以
『股肱王室，經綸天下』奇之。」(《祭辛稼軒先生墓記》) 在他看來，
辛棄疾儼似儒者傚法的榜樣，還特別強調了理學大師朱熹的敬愛。
辛棄疾在自己生活的社會環境裏頗爲自覺地通過各種渠道與理學家
交遊，取得與南宋理學思潮的聯繫。朱熹曾惋惜辛公尚未眞正加入
理學家的隊伍，以爲他如果有較爲純正的理學修養，其事業必定會
有更加輝煌的成就。朱熹說:「今日如此人物，豈易可得。向使早向
裏來，有用心處，則其事業俊偉光明，豈但如今所就而已耶!」(《答
杜叔高書》，《朱文公集》卷六十) 辛棄疾一生的交遊中結識了當時
著名的理學家張栻、呂祖謙、陸九淵、朱熹、黃幹等人，友人陳亮
也屬理學別派的人物。近世稼軒詞的研究者梁啓勛說:「先生交遊雖
廣，然擇友頗嚴。惟與朱晦翁、陳同甫二人交最篤……」(《稼軒詞
疏證·序例》) 辛棄疾與理學家們的交誼，反映了其思想和政治傾向
的一個方面，其愛國而急於事功的積極人生態度與理學家提倡儒家
的兼濟思想有相通之處。宋孝宗乾道六年 (1170)，他三十一歲，在
都城臨安任司農寺主簿職，張栻時任尙書吏部員外郎兼侍講，呂祖
謙任太學博士兼國史院編修。通過張栻的引見，他得與呂祖謙相識;
此後又因張、呂的關係而與朱熹結識。辛棄疾在其《祭呂東萊先生
文》中談到當時理學發展情形說:「厥今上承伊洛 (二程之學)，遠
訴洙泗 (孔子之道)，僉曰朱 (熹)、張 (栻)、東萊 (呂祖謙)，屹
鼎立於一世。學者有宗，聖傳不墜。」作爲北方「歸正人」而仕於
南宋朝廷，辛棄疾在政治上受到很大的歧視，既要用而又不敢大用，
因而多次「讒擯銷沮」、「陷絕失望」，兩次落職罷祠，閑廢十有八年，
致使英雄老於江左。在南渡不久，他便感到了「歸正人」的艱難政

治處境，所以利用統治集團的內部矛盾，通過種種社交關係而結識「有中原文獻之傳」的呂祖謙和中興貴胄之後的張栻，並與深孚儒者之望的朱熹結爲知交。這樣可以改變他政治處境的孤立狀況和提高個人在政界與文壇的聲望，因此其政治命運與理學在南宋中期的兩起兩落都潛伏著一定聯繫。辛棄疾與理學家們的密切交往並顯著地受到理學思潮的影響是淳熙八年（1181）落職閒居上饒帶湖之後。

上饒爲信州之治所，江西信州在南宋時爲衣冠人物匯聚之地。因爲「國家行在武林（浙江杭州市），廣信（信州）最密邇畿輔，東舟西車，蜂午錯出，勢處便近，士大夫樂寓焉」（洪邁：《稼軒記》）。信州境內的鉛山鵝湖寺，自淳熙二年（1175）呂祖謙企圖調合朱陸之爭，約陸九淵兄弟與朱熹在此論辯以來，便成爲理學的中心。辛棄疾閒居上饒時，陸九淵在附近的貴溪象山精舍講學，朱熹在閩西武夷精舍講學，陳亮居住於浙東永康縣。元初戴表元說：「廣信爲江閩二浙之交，異時中原賢士大夫南徙，多僑居焉。濟南辛侯幼安居址關地最勝，洪內翰所爲記稼軒者也。當其時，廣信衣冠文獻之聚，既名聞四方，而徽國朱文公諸賢實來，稼軒相從遊甚厚。於時鵝湖東興，象麓西起，學者隱然視是邦爲洙泗闕里矣。」（《稼軒書院興造記》，《剡源集》卷一）闕里爲孔子在曲阜開始講學之地，洙泗爲孔子在曲阜聚弟子弦歌之處。南宋以後學者們竟將辛棄疾居住之地視爲理學家們匯集之所，宛如儒學發源聖地洙泗闕里了。這雖然有些夸大其辭，但元初在此營建了稼軒書院確是事實。辛棄疾閒居上饒直到晚年，與朱熹的交遊唱和對其思想產生了不可忽視的影響。今存辛詩有兩首《壽朱晦翁》，其中一首有云：「先生坐使鬼神伏，一笑能回宇宙春。歷數唐堯千載下，如公僅有兩三人，」以爲自古以來的兩三聖賢，便是朱熹和孔孟了。朱熹則稱頌辛棄疾「卓犖奇材，疏通遠識。經綸事業，有股肱王室之心；遊戲文章，亦膾炙士林之口。軺車每出，必能著名；制閫一臨，便收顯績。」（《答辛幼安啓》，《朱文公集》卷八十五）以爲辛公有濟世之才。紹熙四年（1193）

辛棄疾以集英殿修撰起知福州，時朱熹築室於福建建陽考亭。辛公往訪，二公同遊武夷山。朱熹原作有《武夷棹歌十首》，吟咏山水，寄寓哲理。辛棄疾繼而和作《遊武夷作棹歌呈晦翁十首》，有云：「人間正覓擎天柱，無奈風吹雨打何」；「費盡烟霞供不足，幾時西伯載將歸」。以擎天柱和帝王師美譽朱熹，並以其有似姜尚不遇周文王而嘆惋。這次相會，辛棄疾與之「極談佳政」，朱熹則以儒家教義「克己復禮」相勉。在理學大師看來，辛棄疾的私慾尚盛，未能淨盡，故以孔子之言勉之。辛棄疾第二次罷職，正值韓侂冑等執政者攻擊理學之時，史稱「慶元黨禁」，列入僞學黨人有趙汝愚、朱熹等理學家及其追隨者五十餘人。朱熹於慶元六年（1200）去世。辛棄疾得知噩耗時正讀《莊子》，感慨之餘，作了《感皇恩》詞：

> 案上數編書，非《莊》即《老》。會説忘言始知道。萬言千句，不能自忘堪笑。今朝梅雨霽，青天好。　　一壑一丘，輕衫短帽。白髮多時故人少。子云何在，應有《玄經》遺草。江河流日夜，何時了。

詞的上闋用《莊子·外物篇》：「言者所以在意，得意而忘言；吾安得忘言之人而與之言哉。」忘言者爲眞正得道之士，朱熹的去世，使他失去了可與之言的友人。詞的下闋將朱熹比作繼《周易》而草《太玄經》的漢代儒者揚雄。結尾用杜詩《戲爲六絕句》中肯定初唐四傑價值的詩句「爾曹身與名俱滅，不廢江河萬古流」，預言朱熹的成就將萬世長存。「熹歿，僞學禁方嚴，門生故舊至無送葬者，棄疾爲文往哭之，曰：『所不朽者，垂萬世名；孰謂公死，凛凛猶生』」（《宋史》卷四〇一）。在「禁僞學」的政治環境裏，對朱熹能作這樣崇高的評價確是難能可貴的。

辛棄疾在渡江之初「致身須到古伊（尹）周（公）」的信念，在理學思潮影響下得到加強。其進退出處、立朝大節都較符合儒家的倫理規範而受到理學家的欽佩。從他所生活的南宋中期和江西上饒的文化環境，及其社會交遊來看，正處於大發展的理學思潮對他有

著較爲重要的影響。這種影響在其創作中也有所反映，而明顯地在詩歌創作中見到。

二

南宋時辛棄疾即「以詞名天下」，但他也能文善詩。辛派詞人劉克莊認爲其文富於雄辯，「筆勢浩盪，智略輻湊，有《權書》、《衡論》（蘇洵）之風」（《辛稼軒集序》）。他談到辛詩說：「（稼軒詩）皆佳句，然爲詞所掩」（《後村詩話續集》卷四）。可惜辛公詩文大都散佚。從幸存的一百二十四首詩來看〔註1〕，它主要是學邵雍理學詩體的，在許多詩裏發揮儒家學說義理，而且有散文化的傾向。

宋代理學的創始者之一的邵雍（1011～1077）字堯夫，諡康節。他的《伊川擊壤集》二十卷是一部詩歌集，收詩一千五百八十三首，對理學家很有影響，使他們在探究「窮理盡性至命」的義理之外，「以詩人比興之體，發聖人義理之秘」。理學詩被稱爲「康節體」並自此形成了理學詩派〔註2〕。南宋中期理學詩曾流行一時，「要皆經義策論之有韻者」，以致「理學興而詩律壞」（劉克莊：《竹溪詩序》，《林子顯詩序》）。辛棄疾因與理學家的交遊，受到理學思潮的影響，當詩壇風行理學詩時，他學習康節體是完全可理解的。在其《書停雲壁》詩裏說「學作堯夫自在詩」，在《讀邵堯夫詩》裏又表示「作詩猶愛邵堯夫」。還有一首《有以事來請者效康節體作詩以答之》：

> 未能立得自家身，何暇將身更爲人。借使有求能盡與，也知方笑又生嗔。器才滿後須招損，鏡太明時易受塵。終日閉門無客至，近來魚鳥卻相親。

詩的語言平易樸質，表述生活中感悟的人生哲理，風格極近康節體。辛詩也有康節體的散文化特點，如「何況人生七十少，云胡

〔註1〕 鄧廣銘：《辛稼軒詩文鈔存》（1957 年古典文學祖先版）輯詩一○七首；孔凡禮《辛稼軒詩詞補輯》（《文史》第九輯，1980 年中華書局出版）補詩十七首，共一二四首。

〔註2〕 參見謝桃坊：《略論宋代理學詩派》，《文學遺產》，1986 年 3 期。

不歸留此耶」(《書清涼境界壁》);「《圓覺》十二菩薩問,吾取一二餘鄙哉」(《戲書圓覺經後》);「淵明避俗來聞道,此是東坡居士云」(《書淵明詩後》)。辛詩還多處闡發儒家學說義理,使用儒家經典語言,如「要識死生真道理,須憑鄒魯聖人儒」;「屏出佛經與道書,只將《語》《孟》味真腴」(《讀〈語〉〈孟〉二首》);「此身果欲參天地,且讀《中庸》盡至誠」(《偶作》)。這些詩句表示了作者對儒家聖人孔子和孟子的崇敬、對儒家學說的信仰,而且學習儒者的修養功夫,潛心探究儒家哲學的要義。理學家們都以孔門弟子顏回之處貧泰然、不以害其樂為修身榜樣。伊川先生程頤說:「顏子之樂,非樂簞瓢陋巷也,不以貧窶累其心,而改其所樂也。故夫子稱其賢。」朱熹說:「程子之言,引而不發,蓋欲學者深思而自得之,今亦不敢妄為之說。學者但當從事於博文約禮之誨,以至於欲罷不能而竭其才,則庶幾有以得之矣。」(《四書集注・論語》卷三)朱熹關於「天道」解釋說:「天下至誠,謂聖人之德之實,天下莫能加也……與天地參,謂與天地並立為三也。此自誠而明者之事也。」(《四書集注・中庸章句》)辛棄疾求顏子之樂、用「明誠」功夫,與當時理學家思想如同一轍,而且竟以詩歌的方式表述出來,也似「以詩人比興之體,發聖人義理之秘」了。他在詩歌創作上實際成了理學詩派的附庸。

顯然辛詩具有理學詩散文化、議論化和用經史語言的特點,深受當時理學詩派的影響。但學習康節體愈成功,便愈喪失了自己的藝術個性而失之平庸。它雖偶爾得到劉克莊的稱許,卻並未引起詩壇的重視,甚至遠不及朱熹等理學家詩歌所產生的社會影響。

在辛棄疾詩、文、詞三類文學作品中,詞作是最豐富和最成功的,使他無愧為詞史上最傑出的詞人。如果我們將其詞作與詩作加以比較,便可發現其以文為詞的傾向確實與其詩學康節體用經史語等散文手段,二者之間表現方法上有驚人的相似之處。它們都可說明南宋中期文化主潮與辛棄疾創作存在著較為密切的聯繫。自中唐

以來，韓愈在詩歌創作中開始了以文爲詩，進行了詩歌藝術革新。
北宋詩歌革新運動之後，以文爲詩的傾向有了發展而成爲宋詩顯著
特點之一。理學詩出自另外的淵源和表述學理的需要，使用了大量
經史散文語言，將以文爲詩的傾向推至極端。文學現象往往是非常
複雜的。在我國文學史上，作家在某種文學體裁的創作中移置鄰近
的文學種類的藝術表現方法，有時竟能取得意外的良好效果，北宋
蘇軾以詩爲詞和周邦彥以賦爲詞就是成功的典型範例。辛棄疾繼而
以文爲詞也同樣取得成功。是否可以這樣理解：南宋中期文化主潮
以理學詩爲中介而與稼軒詞發生了間接的聯繫，表現出以文爲詞的
傾向。如果說辛棄疾以理學詩的散文表現手段入詞而實現了藝術創
新，眞是無獨有偶，同時的姜夔又以江西派瘦硬生新的詩筆入詞，
從另一方面也實現了藝術創新。這些文學現象都發生在南宋中期是
絕非偶然的。

三

使事用典、議論縱橫和散文化自來被認爲是稼軒詞的特點。宋
人潘牥說：「東坡爲詞詩，稼軒爲詞論。」（《懷古錄》卷中引）以爲
蘇軾用作詩的方法作詞，辛棄疾則在詞中發表議論，是他們的藝術
創新。蘇軾以詩爲詞確實促進了詞體的改革，但以議論爲詞的情形
在范仲淹、蘇軾、賀鑄、朱敦儒、李綱等人的作品中皆已出現，與
辛棄疾同時的陳亮以詞略陳「經濟之懷」，譏時議政；可見爲詞論並
非始自稼軒。關於在詞作中大量使用事典，在清眞詞中已常見，放
翁詞也時時「掉書袋」。稼軒詞的議論和用典只是在程度上大大甚於
前人而已，「以文爲詞」才是其獨創，並由此使其議論與用典服從於
散文表現手段的需要。劉辰翁對於這點理解得最確切。他在《辛稼
軒詞序》裏比較蘇、辛的成就說：

　　　　詞至東坡，傾蕩磊落，如詩如文，如天地奇觀，豈與
　　群兒雌聲學語較工拙；然猶未至用經用史，牽《雅》《頌》

入鄭衛也。自稼軒前，用一語如此者必且掩口。及稼軒橫
豎爛熳，乃如禪宗棒喝，頭頭皆是；又如悲笳萬鼓，平生
不平事並巵酒，但覺賓主酣暢，談不暇顧，詞至此亦足矣。

這指出了辛詞的一個重要特點是「用經用史」。它與作爲遣興娛
賓工具的小詞甚不協調，而在辛詞中卻變得「橫豎爛熳」、「頭頭皆
是」，以此表達了被壓抑的愛國思想情感。的確，用經用史的古文表
現手段在詞中發表議論，在辛棄疾之前必定令人絕倒，而他卻意外
地出奇制勝。辛棄疾以特殊的藝術手段形成以文爲詞的傾向是在創
作的中期開始的。他閒居上饒帶湖之初，約於淳熙九年（1182）寫
作了第一首以文爲詞的作品《踏莎行·賦稼軒集經句》：

進退存仁，行藏用舍。小人請學樊須稼。衡門之下可
栖遲，日之夕矣牛羊下。　　去衛靈公，遭桓司馬。東西
南北之人也。長沮桀溺耦而耕，丘何爲是栖栖者？

此詞集了儒家經典《周易》、《論語》、《詩經》、《孟子》、《禮記》
中的經句，表現了作者取法儒家「用之則行，舍之則藏」的進與退的
處世態度。它是辛棄疾創作道路上的里程碑，標誌其以文爲詞的開
始。從整個稼軒詞來看，散文化很明顯的作品只有數十首，但卻是詞
史上的創舉。如《沁園春·將止酒戒酒杯使勿近》：

杯汝來前，老子今朝，點檢形骸。甚長年抱渴，咽如
焦釜；於今喜睡，氣似奔雷。汝說「劉伶，古今達者，醉
後何妨死便埋。」渾如此汝於知己，眞少恩哉！　　更憑
歌舞爲媒。算合作、人間鴆毒猜。況怨無小大，生於所愛；
物無美惡，過則爲災。與汝成言：「勿留亟退，吾力猶能肆
汝杯。」杯再拜，道「麾之即去，招亦須來。」

詞表現了作者罷職閒居的苦悶和豪放的氣概。詞中不僅大量使
用了古文辭語和句式，還採用雜文小品的筆墨遊戲的構思方法，夾
敘夾議，穿插對話，冷嘲熱諷。所以宋人陳模以爲此詞「如《賓戲》
（班固）、《解嘲》（揚雄）等作，乃是把古文手段寓之於詞」（《懷古
錄》卷中）。辛棄疾送別門人范開而作的《醉翁操》仿《離騷》體，

是宋詞中奇特的散文化作品。詞云：

> 長松，之風。如公，肯余從，山中。人心與吾兮誰同？
> 湛湛千里之江，上有楓。噫送子於東，望君之門兮九重。
> 女無悅己，誰適爲容？　　不龜手藥，或一朝兮取封。昔
> 與遊兮皆童，我獨窮兮今翁。一魚兮一龍，勞心兮忡忡。
> 噫命與時逢。子取之食兮萬鍾。

詞中除大量使用《楚辭》語句外，還伎用了《世說新語》、《史記》、《詩經》、《莊子》、《孟子》中的語句，拉雜並用，筆勢粗豪，寫出深蘊的「平生不平事」。在瓢泉「獨坐停雲」作的《賀新郎》，是辛棄疾以文爲詞的最有代表意義的作品，也是其平生得意之作。詞云：

> 甚矣吾衰矣。帳平生、交遊零落，只今餘幾！白髮空
> 垂三千丈，一笑人間萬事。問何物能令公喜？我見青山多
> 嫵媚，料青山、見我應如是。情與貌，略相似。　　一尊
> 搔首東窗裏。想淵明《停雲》詩就，此時風味。江左沉酣
> 求名者，豈識濁醪妙理。回首叫、雲飛風起。不恨古人、
> 吾不見，恨古人、不見吾狂耳。知我者，二三子。

詞抒寫獨坐園亭中的感受，神思飛動，詞意曲折，表達了作者複雜矛盾的心情。詞人「了卻君王天下事，贏得生前身後名，可憐白髮生」，頗有衰遲之感，極力以放達的態度對待現實，尋求陶淵明田園隱逸的閒適趣味。作者常將南宋比作偏安江左的東晉王朝，批判東晉諸公沉酣江左，徒求虛名，嘲笑他們沒有淵明清高。這流露出對國事的憂慮，在無能爲力的情形下只能以酒解愁的苦悶心情。但其愛國的理想、英雄的氣概、激動不平的情緒，卻在「回首叫雲飛風起」一語裏含蓄而形象地表現出來，希望不久便能風起雲涌，轟轟烈烈幹一番事業。這種心情，確實只爲二三知交所理解。詞裏用了經籍、史傳和陶、杜、李詩句意，採用了古文表現手段，但情感豐富，氣韻生動，讀之並無冗散枯燥之感，更突出作者豪邁的個性。因此，它是辛棄疾以文爲詞的成功範例。像這樣的作品，雖然

採用散文的表現方法，卻使它服從於詞體內在的藝術結構，並未破壞詞體，仍具詞的藝術特徵。它給人以異於傳統詞的美的感受，宜其爲詞之別調。至於在詞中偶爾插入個別古文語句的情形，稼軒詞裏是極其常見的。嘉泰三年（1203），辛棄疾晚年起知紹興府兼浙東安撫使，登會稽蓬萊閣懷古作的《漢宮春》在藝術上已達到精純的程度。蓬萊閣爲五代時吳越錢鏐所建，附近的秦望山是秦始皇登高以望東海處，相鄰的若耶溪是古代吳越故事中的西子浣紗處。作者登臨憑弔，撫今追昔，不勝感慨：

> 望山頭，看亂雲急雨，倒立江湖。不知雲者爲雨，雨者雲乎？長空萬里，被西風、變滅須臾。回首聽、月明天籟，人間萬竅號呼。　　誰向若耶溪上，倩美人西去，麋鹿姑蘇？至今故國人望，一舸歸歟。歲云暮矣，問何不鼓瑟吹竽？君不見、王亭謝館，冷煙寒樹啼烏。

秦皇刻石紀功，登山觀海，已成歷史往事。詞人在蓬萊閣上似乎爲歷史上宏偉事業所感動，出現「人間萬竅號呼」的幻覺；於是激起對功成身退而泛舟五湖的范蠡的神往歆羨。這一切的幻象又都被興衰更替的歷史洪流所淹沒了。詞裏隱藏著作者偉大事業成空的嘆喟，詞情悲壯蒼涼，詞意含蘊空靈，是辛詞的傑構。上下闋都出現了散文的句式，但全詞卻無散文化之嫌，幾個散文句子使詞筆顯得老健奇崛。辛棄疾晚年的名篇《永遇樂·京口北固亭懷古》以「廉頗老矣，尙能飯否」的散文語句結尾，也使全詞顯得豪邁而耐人尋味。清代詞學家譚獻甚至發現辛公摧剛爲柔的《漢宮春·立春日》乃是「以古文長篇法行之」（《復堂詞話》），無散文痕跡而卻運用了散文的結構方法，詞意特別綿密。像這樣成功地適當使用散文手段，確實增強了詞的藝術表現能力，收到了很好的藝術效果。

當然，辛棄疾使用散文手段也有一些失敗的例子，句讀不葺，枯燥乏味，破壞了詞的音節和結構。例如《哨遍·秋水觀》的「於是焉河伯欣然喜，以天下之美盡在己。渺滄溟、望洋東視，逡巡向若驚嘆，謂我非逢子，大方達觀之家未免，長見悠然笑耳」；《六州歌頭》的「刪

去竹，吾乍可，食無魚；愛扶疏，又欲為山計，千百慮，累吾軀。凡病此，吾過矣，子奚如」；《水調歌頭·題吳子似縣尉壋山經德堂》的「此是壋山境，還是象山無？耕也餒，學也祿，孔之徒」。這些詞多屬逞才使氣的純粹筆墨遊戲，不足為法的。任何作家採用一種新的藝術表現方法時，很可能在某一些作品中出現內容與形式不協調之處而成為敗筆的。

開禧三年（1207）辛棄疾病篤臨終時作的《洞仙歌·丁卯八月病中作》結尾云：「羨安樂窩中泰和湯，更劇飲無過，半醺而已。」北宋理學家邵雍隱居洛陽，「歲時耕稼，僅給衣食。名其居曰安樂窩，因自號安樂先生。且則焚香燕坐，晡時酌酒三四甌，微醺即止，常不及醉也」（《宋史》卷四二七）。邵雍稱酒曰泰和湯。他的詩歌有《安樂窩中吟》和《泰和湯吟》以抒寫閒適生活。這首辛棄疾的絕筆之作仍是以文為詞的，詞中所表述的哲理也深受康節體詩的影響。從其以「賦稼軒集經句」開始，又以學習邵雍閒適自況為終，這都為我們留下稼軒以文為詞與南宋中期社會文化思潮之間的聯繫的線索。

辛棄疾在創作中表現出對儒家聖人孔子孟子的敬仰，深刻領會儒家經典要義，羨慕顏子之樂，這些都是深受當時南宋理學思潮影響所致。這種影響的積極成果是他學習理學詩體，從而將用經史古文手段的理學詩表現方法引入詞的創作裏來，以文為詞，適應了時代的需要和詞體革新的要求。雖然辛棄疾與理學思潮和理學家有較密切的思想和政治的聯繫並受到影響，但他畢竟不是理學家，也不可能成為理學家，只是接近這個社會文化圈子而已。他弓刀遊俠的個性、將帥的風度和特殊的生活經驗都與理學家在氣質上太不相類了。關於這點，朱熹是最理解的，所以只將他視為朋友和爭取的對象。在辛棄疾整個的詞作中，以文為詞的作品只是一部份。以文為詞的傾向雖是稼軒詞創新的主要方面，但並不能概括其所有藝術特點。對於形成稼軒詞的藝術風格，以文為詞僅僅是一個較為重要的

姜夔事跡考辨

　　南宋時詞人張輯曾撰有《白石小傳》〔註1〕，早已散佚。明人張羽及清人嚴傑、陸心源等所擬之姜夔傳〔註2〕皆據宋元人筆記雜書，疏於考訂，錯誤頗多。清乾隆間有寫本《白石道人集》，爲姜夔二十世孫姜虬綠編定並書，自稱「爰搜取各家刊本，彼此讎勘，附以累朝詩話掌故，有入近代者，並爲箋略」。附有《姜氏世系》和《白石年譜》〔註3〕。此本「清季歸江標靈鶼閣，江氏旋以貽鄭文焯，況周頤過得一本」〔註4〕，至今無從得見。近世詞學家陳思著有《白石道人年譜》〔註5〕，夏承燾有《姜白石繫年》及《行實考》〔註6〕。陳、夏兩譜對姜夔事跡考證精詳，有助於治白石詞者知人論世；然竊以爲兩譜尚有疏漏之處，茲考辨數事，謹就教於詞界專家們。

一、姜夔的生年

　　陳譜定爲南宋紹興二十八年（1158）姜夔一歲，夏譜定爲紹興二十五年（1155）一歲，則其生年應當各提前一年。目前可據以推測姜

〔註1〕　見周密《齊東野語》卷十二。

〔註2〕　見《詞林考鑒》、《詁經精舍文集》卷五，《宋史翼》卷二十八。

〔註3〕　況周頤：《蕙風詞話》續編卷二。

〔註4〕　見夏承燾：《姜白石詞編年箋校》第179頁，上海古籍出版，1981年。

〔註5〕　陳思：《白石道人年譜》，《遼海叢書》第三冊，遼瀋書社出版，1984年。

〔註6〕　夏承燾：《姜白石繫年》，《唐宋詞人年譜》上海古籍出版社，1979年。

夔生年的唯一可靠的文獻資料是其《探春慢詞序》。序云：

> 予自孩幼從先人宦於古沔，女須因嫁焉。中去復來幾
> 二十年，豈惟姊弟之愛，沔之父老兒女子亦莫不予愛也。
> 丙午冬，千巖老人約予過苕雪，歲晚乘濤載雪而下，顧念
> 依依，殆不能去。作此曲別鄭次皋、辛克清、姚剛中諸君。

丙午爲南宋孝宗淳熙十三年（1186）。如果能確定「孩幼」所指
的具體年歲和其「先人」（父親）宦於「古沔」（漢陽）的時間，便
可上推出姜夔的生年；其「從先人宦於古沔」之時下距淳熙十三年
「幾二十年」，亦可間接再推證其生年。

關於「孩幼」所指的具體年齡，《禮記·曲禮》云：「人生十年
曰幼學。」《禮記注疏》卷一解釋云：「幼者自始生至十九時，故《檀
弓》云『幼名者，三月爲名稱幼。』《冠禮》云『棄爾幼志』，是十
九以前爲幼。《喪服傳》云『子幼』，鄭康成云『十五以下』。皆別有
義。今云十年曰幼學，是十歲而就業也。」陳思據此認爲：「序曰『孩
幼』斷非十九以前，必十五以下，當依十年曰幼之訓，以定從宦古
沔之年」。夏承燾亦沿之「以十歲左右計」。陳氏依孔穎達之訓只解
釋了「幼」，但「孩」與「幼」聯合構成一詞，其義便與「幼」略有
異了。孩當爲幼童，《說文》「小兒笑也」；《玉篇》「幼稚也」。《國語·
吳語》「今王播棄黎老，而孩童焉比謀」；《易林》十四《漸》之《大
畜》「襁褓孩幼」，皆謂孩幼指小兒童。可見，「孩幼」最大可理解爲
八歲，而不可能在十歲或十歲以上。

姜夔之父噩，字肅父〔註7〕。其宦遊漢陽的時間，姜虬綠定爲
隆興初年（1163），夏譜沿之。陳思則以爲「噩（紹興）三十二年始
賜出身，爲新喻丞當在孝宗乾道初，譜（姜譜）云隆興癸未，甲辰
宰漢陽，似未核」。他雖表示懷疑，但未進一步考證。據《姜氏世系
表》，姜夔七世祖姜洴爲「饒州教授，因家上饒」，父姜噩「紹興三

〔註7〕 據姜虬綠：《姜氏世系》和《白石年譜》，轉引自《姜白石詞編年箋
　　　　校》第224頁。

十年進士，知漢陽縣」〔註8〕。姜夔自稱鄱陽人，鄱陽屬饒州，不知何世從上饒遷至鄱陽。據《德興縣志》卷七《選舉志》載：「紹興三十年庚辰梁克家榜，姜噩新喻丞」，注云「三十二年始賜進士出身」。可知姜噩參加鄉試是在江西饒州屬縣德興，名列該邑進士。案宋制，進士須經殿試後始賜出身，有出身便可放官。《文獻通考》卷三十二《宋登科記總目》記「紹興三十年進士四百一十二人，省元劉朔，狀元梁克家」。姜噩便是此榜進士，由於因故以致紹興三十二年（1162）始賜出身；姜噩知漢陽之前曾爲新喻（江西省新喻縣）縣丞。則他在賜進士出身後當於紹興三十二年至孝宗隆興二年（1164）在新喻丞任上。宋制，選人（初等地方職官）昇遷稱爲「循資」，三年一遷爲循一資。姜噩在新喻丞任滿後循一資，則當在孝宗乾道元年（1165）遷爲漢陽知縣，因而不可能於隆興初年知漢陽縣。姜夔所謂「從先人宦於古沔」便當在乾道元年至三年（1165～1167）間。

姜夔自述云「某早孤不振」（《齊東野語》卷十二），又云「早歲孤貧」（《昔遊詩序》）。其父乾道間卒於漢陽官次（據姜譜）。其伯姊在父知漢陽時「因嫁焉」（《探春慢序》）·姊「家沔之山陽」（《浣溪沙序》）。姜夔孤貧往依。淳熙十三年丙午，他別漢陽時說「中去復來幾二十年」。幾，副詞，有幾乎或將近之意。陳思解釋爲：「幾者十九以滿，二十未足之辭。」這是較爲恰當的。

從以上對《探春慢詞序》幾個重要辭語的理解，可作如下的推斷：一、由淳熙十三年（1186）上推十九年則爲乾道三年（1167），是姜夔從父宦於漢陽之年，亦其父卒於官次之年；二、姜夔孩幼從宦漢陽，時約八歲，則由乾道三年再上推八年，此年即宋高宗紹興二十九年（1159）便是姜夔出生之年。根據姜夔生於紹興二十九年，便可進一步推證其生平幾件要事之時限：

〔註8〕 據姜虬綠《姜氏世系》和《白石年譜》，轉引自《姜白石詞編年箋校》第 224 頁。

（一）姜夔約八歲時其伯姊出嫁。姜夔《春日書懷四首》其一有云：「九眞何蒼蒼，乃在清漢尾。衡茅依草木，念遠獨伯姊。春來眾芳滋，春去眾芳萎。兄弟各天涯，啼鳩見料理。」可見其上有兄，而其姊爲最長。其姊從父宦漢陽時出嫁之年若爲十八歲，則長姜夔十歲，以情理推之亦屬恰當。

（二）姜夔初學書時爲十四歲。姜夔於宋寧宗嘉泰二年壬戌（1202）六月六日跋《晉王大令保母帖》有云：「予學書三十年，晚得筆法於單丙文，世無知者。」〔註9〕由嘉泰二年上推三十年，則爲乾道九年（1173）。此年姜夔十四歲，已開始精研書法。古人學書一般都在少年時期。姜夔書法造詣極精深，絕不可能遲至十九歲始「初學書」〔註10〕。

（三）姜夔與其外甥年齒相若。姜夔伯姊長夔十歲，若伯姊二十歲生子，則其外甥僅小於夔九歲，年齒相近。姜夔淳熙十三年所作《浣溪沙》詞有序云：「子女須家沔之山陽，左白湖，右雲夢；春水方生，漫數千里，冬寒沙露，衰草入雲。丙午之秋，予與安甥或盪舟採菱，或舉火置兔，或觀魚籪下；山行野吟，自適其適；憑虛悵望，因賦是闋。」此年姜夔二十七歲，甥安十八歲，俱屬青年，故於漢川有採菱、置兔、觀魚、山行等遊樂，並憶及情事，「恨入四弦人欲老，夢尋千驛意難通」，似相偕曾有冶遊之事。

（四）姜夔作《揚州慢》約在十七歲時。其青少年時代曾往來湖湘、江西和江蘇等處。自言「某早孤不振，幸不墜先人之緒業；少日奔走，凡世之所謂名公鉅儒，皆嘗受其知矣」（《齊東野語》卷十二）。可見他少年時即奔走干謁了。姜夔屬於早熟的詞人。其《除夜自石湖歸苕溪》詩有云：「少小知名翰墨場，十年心事只凄涼。舊時曾作梅花賦，研墨於今亦自香。」《揚州慢》便是其早年得意之作，後來詩人蕭德藻「以爲有黍離之悲」，因此在詞壇享有盛名。

〔註9〕　葉紹翁：《四朝聞見錄》附錄。
〔註10〕　引自《唐宋詞人年譜》第 429 頁。

此詞作於淳熙三年（1176），當時作者正十七歲。關於「舊時曾作梅花賦」，陳思考證云：「《全芳備祖》蕭東父（德藻）《古梅二首》：『湘妃危立瘦蛟瘠，海月冷掛珊瑚枝。醜怪驚人能嫵媚，斷魂只有曉寒知。百千年蘚著枯樹，三兩點花供老枝。絕壁笛聲那得到，只愁斜日凍蜂知。』本集《小重山賦潭州紅梅》用支韻，枝知二字俱押。『湘皋』、『斷魂』、『綠筠枝』等字，與千巖（德藻）『湘妃』、『斷魂』、『蘚著枯樹』等字相應。……梅花賦即謂此闋賦潭州紅梅。」姜夔作《除夜自石湖歸苕溪》為紹熙二年（1191），上推十年即淳熙九年（1182）。此年作《小重山・賦潭州紅梅》時，姜夔二十三歲，但卻不一定是和蕭德藻韻的。

　　（五）姜夔出生時，陸游已三十五歲，范成大三十四歲，楊萬里三十三歲，尤袤三十三歲，朱熹三十歲，辛棄疾二十歲，張鎡七歲，韓淲六歲。

二、吳興詞事與初寓合肥

　　白石詞中許多懷人之作留有本事線索可尋，但其具體懷念對象卻是較為複雜的，絕非始終眷念合肥所認識的兩姊妹。宋代文人在詞裏所描寫的愛情，大都是與歌妓的關係。這種愛情絕不是我們現代所想像的那樣專一執著、純潔美好、眞摯平等，而是具有封建等級的嚴格制約和帶著封建文人對女性的玩賞性質的，到頭來總是像唐代的杜牧一樣「贏得青樓薄倖名」。姜夔在青年時代也曾有過冶遊生活。淳熙十三年，他二十七歲時作的詞有云「沈思年少浪迹，笛裏關山，柳下坊陌」（《霓裳中序第一》），「拂雪金鞭，欺寒茸帽，還記章臺走馬。……長恨離多會少，重訪問竹西，珠淚盈把」（《探春慢》）。「浪迹」即放浪不拘形迹。「坊陌」指舞榭歌館等處的「坊陌人家」，亦稱「坊曲」或「章臺」。「竹西」乃古亭名，在揚州，唐以來借指揚州烟花之地。可見作者已承認曾經浪迹和留連過這些地方，而在重訪時還特別感傷。白石詞裏有不少這類作品，其抒情對

象爲一些民間歌妓，情事模糊，線索難尋；然而在有關吳興與合肥的情詞的系列作品裏，卻留下了可尋的情事線索。近世學者往往誤將吳興與合肥兩件情事混而爲一了〔註11〕。

淳熙十三年秋，姜夔在漢陽作的《浣溪沙》云：

著酒行行滿袖風，草枯霜鶻落晴空。銷魂都在夕陽中。

恨入四弦人欲老，夢尋千驛意難通。當時何似莫匆匆。

夏承燾先生認爲「懷合肥情人詞始見於此」。其根據是：「此客漢陽遊觀之詞，而實爲懷合肥人作；其人善琵琶，故有『恨入四弦』句。序與詞似不相應，低徊往復之情不欲明言也。」〔註12〕這樣的根據是很不可靠的。詞的下闋固有懷人之意，卻沒有留下與合肥的任何聯繫。唐以來善琵琶之歌妓甚多，姜夔所相識的歌妓亦多善琵琶者。此所懷者應爲其早年相識的某歌妓，並非合肥人，因爲姜夔此時尚未去合肥。淳熙十四年元日，姜夔至金陵江上感夢而作的《踏莎行》云：

燕燕輕盈，鶯鶯嬌軟，分明又向華胥見。夜長爭得薄情知？春初早被相思染。　　別後書辭，別時針線，離魂暗逐郎行遠。淮南皓月冷千山，冥冥歸去無人管。

唐宋文人習慣將歌妓借稱鶯燕。作者夢見舊日所戀之歌妓，此詞第三句以下乃擬託女子語氣訴說別後相思之情。這應是姜夔的懷人詞之一。因詞中女子自言於月夜向淮南歸去，吳無聞注云：「淮南，指安徽合肥，宋時屬淮南路。白石有戀人在合肥」〔註13〕；夏承燾箋云「此詞明云『淮南』爲懷合肥人作無疑」〔註14〕。淮南在宋代並不專指合肥，它爲至道十五路之一，治所在揚州（今江蘇省揚州市），轄境南至長江，東至海，西至今湖北黃陂、河南光山、北逾淮

〔註11〕　夏承燾：《合肥詞事》，見《姜白石編年箋校》第269～282頁；又《白石懷人司考》，見《唐宋詞人年譜》第448～454頁。

〔註12〕　《姜白石詞編年箋校》第16頁。

〔註13〕　《姜白石詞校注》第34頁，廣東人民出版社，1983年。

〔註14〕　《姜白石詞編年箋校》第20頁。

水。包有今江蘇、安徽的淮北地區各一部分和河南的永城、鹿邑等縣，自北宋熙寧五年，淮南分為東路和西路。南渡後，東路治所揚州，包括揚、楚、海、泰、泗、滁等九州；西路治所壽春，包括廬、蘄、和、濠、光、黃六州；合肥僅是廬州屬縣之一〔註15〕可見將《踏莎行》中的「淮南」解釋為合肥是不恰當的。姜夔於淳熙三年曾到過淮南東路首府揚州，作有《揚州慢》，十年之後再經揚州有「重訪問竹西（揚州），珠淚盈把」（《探春慢》）的感慨。因此淳熙十四年作的《踏莎行》，其所夢見的淮南女子，應是指其在淮南首府揚州昔日所認識的歌妓而不是「合肥人」。

自淳熙十三年（1186）冬，姜夔應詩人蕭德藻之約前往吳興（今浙江省湖州市境吳興縣）。時千巖老人蕭德藻甚看重姜夔之詩才。此後三年間（淳熙十四年至十六年），姜夔依蕭德藻居住於吳興和吳興附近的武康。從姜夔於淳熙十六年己酉所作的幾首間來看。他確實在吳興有一段情事發生。《浣溪沙》詞云：

> 春點疏梅雨後枝。剪燈心事峭寒時。市橋攜手步遲遲。
> 蜜炬來時人更好，玉笙吹徹夜何其。東風落屐不成歸。

詞前有序云：「己酉歲客吳興，收燈夜闔戶無聊，俞商卿呼之共出。因記所見。」南宋時「正月十五日元夕節。……至十六夜收燈，舞隊方散」（《夢粱錄》卷一）。姜夔在吳興與友人於收燈之夜出遊。詞的上闋敘述夜間無聊，前往市橋遊玩；詞的下闋寫「所見」。其所見不是收燈的盛大場景，而是極暖昧地寫一段情遇。「蜜炬」即蠟燭。當蠟燭點上時發現伊人更其美好。他們聽她吹笙，為其笑靨傾倒，以致留連深夜不忍歸去。顯然這個晚上，他們不是去看收燈的熱鬧，而是到小曲幽坊等處去了。如果說《浣溪沙》將情事表現得過於隱晦，清明時作的《琵琶仙》則表現得較為清楚了。詞序云：「《吳都賦》云『戶藏烟浦，家具畫船』，唯吳興為然，春遊之盛，西湖未能過也。己酉歲，予與蕭時父載酒南郭，感遇成歌。」詞云：

〔註15〕 據《宋史》卷八十八《地理志》。

　　　　雙槳來時，有人似、舊曲桃根桃葉。歌扇輕約飛花，
　　蛾眉正奇絕。春漸遠，汀洲自綠，更添了、幾聲啼鴂。十
　　里揚州，三生杜牧，前事休說。　　　又還是、宮燭分煙，
　　奈愁裏匆匆換時節。都把一襟芳思，與空階榆莢。千萬縷、
　　藏鴉細柳，爲玉尊、起舞回雪。想見西出陽關，故人初別。

　　詞的具體時間和地點都是很清楚的，題爲「感遇」，從內容來看
是寫的一段艷遇。上闋敘述歌妓似應約而來，驚嘆其風韻之奇絕，
深感三生有幸而得以相識，尤其以杜牧自喻而點明情事的性質；下
闋著重渲染離別之情景。如果僅僅偶然地「感遇成歌」便不可能敘
述一段由相愛到離別的過程，因而很可能與收燈之夜「所見」有聯
繫，否則她怎能劃著雙槳前來相會呢！秋天作的《鷓鴣天》所寫的
「京洛風流絕代人」和《念奴嬌》所寫的「情人不見，爭忍凌波去」
等，都有寄寓吳興情事的痕跡。在這一年裏和以往的十餘年間，姜
夔都不可能有合肥情事，因而此期間的懷人之作也不可能是爲「合
肥人」作的。他關於吳興的懷人詞當是爲吳興某歌妓而作的。

　　姜夔有一段時間（淳熙十六年）曾客寓行都臨安（杭州市），認
識了前輩名士陳造。陳造（1133～1203）字唐卿，高郵人；淳熙二
年進士，官至淮南西路安撫司參議。自以爲無補於世，宜置江湖，
遂號江湖長翁，著有《江湖長翁集》四十卷。陳思以爲姜夔初寓合
肥的時間是在淳熙十六年，其依據是陳造詩有《徐南卿友竹軒二首》
和《番陽姜堯章以詩寄贈用次原韻五首答之》。他說：「白石之《竹
友爲南卿作》一首亦咏友竹軒也。似南卿又號竹友。白石餞南卿詩
已佚。唐卿有《用僧樸翁韻送徐南卿南歸兼簡湖上諸友》，又《次堯
章餞徐南卿詩二首》。蓋是秋南卿南歸，白石以詩餞之。餞南卿後，
白石又有合肥之遊。故（陳造）《次韻贈行詩》云：『姜郎未仕不求
田，倚賴生涯九萬籖。捆載珠璣肯分我？北關尚有合肥船。風調心
期契鑰同，誰教社燕辭秋鴻。暮年孤陋仍漂泊，可得斯人慰眼中。』

據社燕秋鴻知白石赴合肥時秋已深矣」〔註16〕。徐南卿也是姜夔在臨安認識的友人，其生平事跡無考。《白石道人詩集》卷下存《竹友爲徐南卿作》七絕二首，而《餞徐南卿二首》已佚。陳思誤解了陳造《次堯章餞南卿韻二首》之意，遂得出此年「白石赴合肥時秋已深矣」的結論。陳造詩第一首乃贊譽姜夔詩才之辭。意謂姜夔不求仕進利祿，以著作爲生涯；「珠璣」以贊其詩文句句皆華美，希能得到詩文稿以供欣賞。因陳造曾有淮南西路之任，自謂至今臨安北關尚存有由合肥歸西湖之船，姜稿若有許多，他可用舊船以載。後兩句屬於友人間相戲，語多夸張，並非暗示姜夔已有合肥之行。陳造詩第二首主旨是表示作者與姜夔「風調心期」的相契合，感嘆自己與姜夔俱似社燕秋鴻，寄迹江湖，行踪無定。這並非表示姜夔深秋要去合肥之意。

白石詞標明客寓合肥時間的有兩首詞：《浣溪沙》詞序云「辛亥正月二十日發合肥」，《摸魚兒》詞序云「辛亥秋期予寓合肥」：辛亥爲南宋光宗紹熙二年（1191）。在沒有另外的可靠根據的情形下，只能據以上兩則詞序而認爲紹熙二年正月姜夔前往合肥，這年的秋天仍居該地。「發合肥」即出發前往合肥也。《史記》卷八十六《荊軻傳》：「今太子遲之，請辭決矣，遂發。」此「發」爲出發、啓程之意。唐人岑參有《奉和杜相公發益州》，據《舊唐書》卷一〇八《杜鴻漸傳》：「永泰元年十月，劍南西川兵馬使崔旰殺郭英義據成都，自稱留後。……明年二月，命鴻漸以宰相兼充山劍副元帥劍南西川節度使，以平蜀亂。」杜鴻漸將啓程前往成都，岑參在長安作詩送別。姜夔「發合肥」當是前往合肥，非離別合肥也。夏承燾《姜白石繫年》於紹熙二年辛亥下云：「正月二十四日，發合肥」，「晦日泛巢湖」，「六月復過巢湖」，「七夕在合肥」，「寓合肥」。從行迹來看，「發合肥」也應是由江南前往合肥的。陳思由於誤解陳造詩而誤認

〔註16〕 陳思：《白石道人年譜》，《遼海叢書》第三冊第2134頁。

姜夔於淳熙十六年有合肥之行，因而斷定《浣溪沙》乃是離去合肥時的「惜別之作」，以致將它理解爲抒寫惜別「合肥人」之情。《浣溪沙》詞云：

> 釵燕籠雲晚不忺。擬將裙帶繫郎船。別離滋味又今年。
>
> 楊柳夜寒猶自舞，鴛鴦風急不成眠。些兒閒事莫縈牽。

　　詞擬託女子語氣，表達其依依惜別之情。姜夔前往合肥之時，上距其吳興情事發生整整兩年。這段時期他曾與吳興戀人有過離別，如《琵琶仙》與《念奴嬌》所述。詞中「別離滋味又今年」顯然是再次的別離，很可能就是發合肥而惜別吳興的某相好的歌妓。在理解姜夔懷人詞時，只有將吳興詞事與合肥詞事加以區分，纔可能較確切地理解這些詞裏所涉及的時地關係，也纔可能進一步探明姜夔的行迹。

三、蕭夫人來歸

　　蕭德藻字東夫，自號千巖居士，福州長樂縣人，紹興二十一年進士；在南宋初年甚有詩名。楊萬里將他與大詩人尤袤、范成大、陸游並稱〔註17〕。姜夔曾向蕭德藻學習詩法，甚爲其賞識。《白石道人詩集自敘》云：「余識千巖於瀟湘之上，東來識誠齋（楊萬里）、石湖（范成大），嘗試論茲事（作詩），而諸公咸謂其與我合也。」所謂「識千巖於瀟湘之上」當是在湖南初識。姜夔於淳熙十三年丙午（1186）曾客遊湖南，其《一萼紅》詞序云：「丙午人日予客長沙別駕之觀政堂。」當時蕭德藻正由湖北參議移任湖南通判，通判又稱別駕。姜夔很可能認識蕭德藻，因爲據《湘月》詞序云：「丙午七月既望，（楊）聲伯約予與趙景魯、景望、蕭和父、裕父、時父、恭父，大舟浮湘。」其中蕭和父、裕父、時父、恭父，皆是蕭德藻子侄輩。秋季，姜夔曾一度返漢陽。多天，蕭德藻已歸居湖州，約姜夔前往。他遂別漢陽親友而東下，《探春慢序》云：「丙午多，千巖

〔註17〕　見楊萬里：《進退格寄張功父姜堯章》，《誠齋集》卷四一。

老人約予過苕霅，歲晚乘濤載雪而下。」淳熙十四年正月姜夔至湖州，三月到行都臨安；由蕭德藻的關係而得見詩人楊萬里，又由楊萬里介紹〔註18〕前往蘇州見詩人范成大。淳熙十五年（1188）姜夔還寓湖州，居住於湖州轄境武康縣苕溪上與白石洞天爲鄰。宋人陳振孫說：「千巖蕭東夫識之（姜夔）於年少客遊，以其兄之子妻之。」（《直齋書錄解題》卷十二）蕭德藻以其姪女與姜夔爲妻，陳思考定爲淳熙十五年「蕭夫人來歸」、這是較爲可信的。姜夔當時二十九歲。

張鎡《因過田悴坐間得姜堯章所贈詩卷以七字爲報》詩云：「京塵輿馬競揚埃，何礙騷人獨往回。我住水邊奚自識，詩如雲外寄將來。一從風袖携歸看，屢向松亭靜展開。應是冰清逢玉潤，只因佳句不因媒。」詩後原注云「千巖居士蕭東夫即姜婦翁也，」〔註19〕此詩當作於姜夔由臨安返湖州，定居武康之後。詩首兩句意謂京都塵埃喧囂，未曾阻礙姜夔獨自往返於湖州。詩結兩句謂蕭德藻與姜夔相識甚得，若冰清之逢玉潤；德藻因賞識其詩才而以兄之子妻之，並不因媒也。可見蕭夫人來歸當在姜夔由臨安返湖州，娶蕭夫人後便定居武康苕溪了。在淳熙十五年以前，雖然姜夔在湖南長沙已經與蕭德藻相識，但他兩年多的時間內匆匆往來數地，奔走干謁，難以家爲。從宋人有關文獻或傳聞來看，一般談到蕭夫人來歸都是在姜夔認識范成大之後，張鎡詩也證實了此點。

夏承燾先生以爲淳熙十三年「蕭夫人來歸」，根據是：「詩集《奉別沔鄂親友》之八云：『宦達羞故妻，貧賤厭邱嫂。上書雲雨迥，還舍笋蕨老。江皋鉏帶經，決計恨不早。士無五羖皮，沒世抱枯槁。』是贈妻詩。《別沔鄂親友》十詩作於淳熙十三年冬從德藻發漢陽往湖州時，是娶蕭夫人必在此前」〔註20〕。據《探春慢詞序》，《以長歌意無極爲好老夫聽爲韻奉別沔鄂親友》確爲淳熙十三年冬天所作、

〔註18〕 楊萬里：《進退格寄張功父姜堯章》，《誠齋集》卷四一。
〔註19〕 見《南湖集》卷六。
〔註20〕 《姜白石詞編年箋校》第295頁。

姜夔自謂「識千巖於瀟湘之上」，雖然蕭德藻於淳熙十二年乙巳
（1185）在湖北任參議，但從現有文獻來看並無他們相識的線索。
若據《奉別沔鄂親友》以爲在淳熙十三年以前蕭夫人已來歸，是屬
於對詩意誤解所致。此組詩共十首，前七首皆敘述與沔鄂諸友惜別
之意。此第八首乃抒寫窮途不遇之感慨。全詩用典較多，皆爲虛擬，
不宜當作實有其事。首句「宦達羞故妻」用朱買臣事。西漢時朱買
臣因家貧而負薪讀，其妻因之離異；後買臣貴爲太守，「縣吏並送迎
車百餘乘，入吳界，見其故妻，妻夫治道。買臣駐車，呼令後車載
其夫妻到太守舍，置園中給食之。居一月，妻自經死」（《漢書》卷
六十四）。姜夔布衣終身。並未宦達，其作詩時也無所謂故妻，只是
借朱買臣之事以抒寫鬱積而已。正如第二句用漢高祖劉邦微時爲其
大嫂所厭之事一樣以自期許將有富貴之日。然而他多年的客遊干謁
毫無結果，加之屢試不第，意志頗爲沮喪，深感要學漢代倪寬那樣
「時行賃作，帶經而鉬，休息則讀誦」（《漢書》卷八十五），都不可
能了：「決計恨不早。」所以「鉬帶經」也屬虛擬的，因而結兩句反
用春秋時百里奚飯牛事以悲枯槁不遇。從全詩內容來看，是不能以
「宦達羞故妻」一句而得出蕭夫人已來歸的論斷的。

朱熹之詞體觀念與詞作

一

　　宋代新儒學派的理學家們持「文以載道」的觀念對於以艷科為特色的詞體是表示厭惡和否定的；然而他們畢竟又是文人，難忘情於吟風弄月的愛好，所以在作詩之餘亦偶爾涉獵於小詞。在南宋理學家中如朱松、劉子翬、胡寅、趙汝愚、周必大、劉光祖、朱熹、眞德秀、魏了翁、吳泳、王柏等，皆有或多或少的詞作傳世，也曾略表示過對詞體的看法。其中朱熹的影響最爲深遠，這固由其在中國文化史上之崇高地位所使然。清代康熙皇帝在《御製詞譜序》裏言及詞體文學之價值時特舉「故紫陽（朱熹）大儒而詩餘不廢」。稍後學者焦循發揮此意，他說：

> 　　談者多謂詞不可學，以其妨詩、古文，尤非説經尚古者所宜。余謂非也。人稟陰陽之氣以生，性情中所寓之柔氣，有時感發，每不可遏。有詞曲一途分泄之，則使清純之氣，長流行於詩、古文。且經學須深思默會，或至抑塞沉困，機不可轉。詩詞是以豁其情而移其趣，則有益於經學者正不淺。古人一室潛修，不廢嘯歌，其旨深微，非得陰陽之理未得與知也。朱晦翁眞西山俱不廢詞，詞何不可學之有？（《雕菰樓詞話》）

這爲清代尊崇詞體的運動找到了理論依據，促進了詞學復興。朱熹是理學之集大成者，他關於詞體的片斷論述及少量的詞作，雖然在其整個著作中是微不足道的，但卻在理學家之詞中極有代表性。近世詞曲家王易說：「理學能詞者，朱熹《晦庵詞》無論矣」〔註1〕；薛礪若亦以爲「其詞則頗清暢淡遠，不類一位道學家嚴肅的口吻」〔註2〕。可見朱熹在中國詞史上是有一席之位的。我們探討他的詞體觀念與詞作，這有助於全面地認識這位理學大師。

朱熹關於詞體的認識是一種中庸的態度，不像正統的理學家那樣固執，其某些見解還是很精深的。宋人將詞所配合的新燕樂稱爲「今樂」以區別於傳統的「古樂」。詞是音樂文學，這與古代詩樂結合的情形相似，於是理學家遂由「今樂」聯想到古代儒家的詩樂教化。伊川先生程頤以爲自禮崩樂壞之後，這種教化作用已不能實現，因而厭惡今樂。朱熹對於「今樂」的淵源與性質有較爲清楚的認識。他簡述隋唐燕樂之來源云：

> 南北之亂，中華雅樂中絕。隋文帝時，鄭譯得之於蘇祇婆。蘇祇婆乃自西域傳來。故知律呂乃天地自然之聲氣，非人之所能爲。譯請用旋宮，何妥耻其不能，遂只用黃鐘一均，因言：佛與吾道不合者，蓋道乃無形之物，所以有差；至如樂律，則有數器，所以合也。（《朱子語類》卷九二）

隋代音樂家鄭譯在新燕樂形成過程中有巨大功績，他使印度系的西域音樂經過華化而成爲一種新樂。朱熹引述了《隋書·音樂志》，對鄭譯的主張表示同意，因而很清楚「今樂」的性質。他說：

> 今之樂皆胡樂也，雖古之鄭衛亦不可矣。今《關雎》、《鹿鳴》等詩，亦有人播之歌曲，然聽之與俗樂無異，不知古樂如何？古之調與今之宮調無異，但恐古樂用濁聲處多，今樂用清聲處多。（《朱子語類》卷九二）

自從鄭譯推演燕樂八十四調以來，古樂被淘汰而失傳，新的燕

〔註1〕　王易：《詞曲史》第142頁，中國文化服務社，1946年。
〔註2〕　薛礪若：《宋詞通論》第218頁，上海開明書店，1930年。

樂爲雅樂和俗樂所通用，所以《詩經》的某些篇章播之歌曲也實用的燕樂宮調，並非古樂了。朱熹斷定「今之樂皆胡樂」，這是確切的，唐宋詞正是與此樂配合的歌詞。鄭譯推演燕樂宮調時，所用名稱皆是中國古代宮調名，使人們易於接受。朱熹發現古今樂的區別是前者多用濁聲，後者多用清聲。濁聲即低音，清聲即高音。這個發現也是切合實際的。關於詞體的起源，朱熹作了一個假說：

> 古樂府只是詩，中間卻添許多泛聲。後來人怕失了泛
> 聲，逐一聲添個實字，遂成長短句，今曲子便是。（《朱子語
> 類》卷一四〇）

這裏「古樂府」是指唐代的齊言聲詩，它與長短句形式的詞體有密切的關係，出現同一曲調的歌詞既有齊言聲詩又有長短句律詞的情況。但怎樣從聲詩發展爲長短句呢？這是一個很複雜的學術問題，曾令許多詞學家感到困惑。朱熹最早提出了「泛聲」說，成爲詞體起源說之一；此說在詞學史上很有影響，直到現代猶有詞學家祖述。

在宋人文化生活中，詞以小唱的方式深爲上層社會及下層民眾所喜愛。理學家們在社會交往之際便不可避免地接觸到小唱和小唱女藝人，這會使他們處於很尷尬的境地。宋人筆記雜書裏即有關於程頤、尹焞等的此類記述。朱熹對於妓樂是採取較爲明智通脫的隨俗態度。弟子問他：「今俗妓樂不可用否？」他回答：「今州縣卻用，自家如何用不得！亦在人斟酌。」（《朱子語類》卷九二）朱熹不像伊川先生和象山先生那樣固執。詞爲艷科，因此若持「文以載道」的觀念來看待詞體，它必然遭到理學家禁止的。朱熹以爲若詞義出於雅正，是不會「害道」的。他說：「小詞，前輩亦有爲之者，顧其詞義如何，若出於正，似無甚害；然能不作更好也。」（《答孫敬甫書》、《晦庵集》卷六三）他的態度較切合實際情形，並不盲目反對作詞，但也頗爲輕視詞體，所以他僅偶爾作詞。朱熹欣賞那些有益於世教民彝的詞。他於淳熙元年（1174）特將張祁、張孝祥父子的

愛國詩詞刻於官署並作題記云：

> 右紫微舍人張伯和父所書父子詩詞以見屬者。讀之使
> 人奮然有擒滅讎寇，掃清中原之意。淳熙庚子刻置南康軍
> 之武觀，以示文武吏士。(《書張伯和詩詞後》，《晦庵集》卷八四)

南康軍治所在星子，轄境相當於今之江西星子、永修、都昌等
縣地。詞當指張孝祥氣酣興健、悲壯激烈之傳世名篇《六州歌頭》。
朱熹宣揚和擴大此詞的社會意義，用以激勵文武吏士，表示了對詞
壇愛國運動的支持。他還欣賞南宋初年名臣胡寅的《水調歌頭》，以
爲它體現了「懷仁輔義」的精神。詞云：

> 不見嚴夫子，寂寞富春山。空留千丈危石，高出暮雲
> 端。想像羊裘披了，一笑兩忘身世，來插釣魚竿。肯似林
> 間翮，飛倦始知還？ 中興主，功業就，鬢毛斑。驅馳
> 一世人物，相與濟時艱。獨委狂奴心事，未羨癡兒鼎足，
> 放去任疏頑。爽氣動星斗，終古照林巒。

此詞朱熹特鈔錄，賴以傳世。其《晦庵題跋》卷三於詞後跋云：

> 頃年屢過七里灘，見壁間有胡明仲丈題字刻石，拓出
> 嚴公懷仁輔義之語，以勵往來。士大夫未嘗不爲之摩娑太
> 息也，然亦不能盡記其語。後數十年再過，因覓其石，已
> 不復存。意或惡聞而毀之也。獨一老僧年八十餘，能誦其
> 詞甚習（悉），爲予道之，俾書之冊。比予未久而還，則亦
> 爲好事者裂去矣。因覽兩峰趙傻醉筆釣臺樂府，偶記向所
> 嘗見一詞，正與同調，並感胡公舊語，聊爲書此。慶元己
> 未人日。

胡寅晚年曾外任嚴州（浙江建德），東漢高士嚴子陵釣臺即在此
州境內富春江畔。胡寅借此詞表達了其政治苦悶的心情，它對朱熹又
產生了共鳴。理學家們事實上很難處理好用舍行藏之矛盾的。朱熹對
詞的欣賞是特重其內容的，他也曾從審美的角度言及詞的藝術，如致
友人陳亮論詞書云：

> 熹衰病杜門，忽此生朝；孤露之餘，方深哽愴。乃蒙

不忘，遠寄新詞，副以香果佳品；至於裁材，又出機杼，此意何可忘也。但兩詞豪宕清婉，各極其趣，而投之空山樵牧之社，稱之衰退老朽之人，似太不著題耳。示喻縷縷，殊激懦衷。以老兄之高明俊傑，世間榮悴得失，本無足動心者，而細讀來書，似未免有不平之氣。（《答陳同甫書》，《晦庵集》卷三六）

「豪宕清婉，各極其趣」，這是對陳亮詞藝術風格的最早的、最恰當的概括與評價，反映了評論者的審美水平。陳亮的《龍川詞》今存與朱熹的壽詞三首，而朱熹信中所說的兩首壽詞已早佚，不可考了。

上述朱熹的詞體觀念是最能代表理學家見解的，由此可以認識其詞的獨特的藝術風格。

二

關於朱熹的詞作，《晦庵集》卷十附詞十六首：又卷五詩篇內有《奉懷敬夫》之《憶秦娥》二首，共存詞十八首。清代江標將它們刊入《宋元名家詞十五種》，名爲《晦庵詞》，《全宋詞》採用江標本。

自蘇軾改革詞體以來，其名篇《沁園春·赴密州早行馬上懷子由》、《水調歌頭·丙辰中秋歡飲達旦大醉作此篇兼懷子由》和《念奴嬌·赤壁懷古》等的言志抒懷內容與豪放曠達風格對宋詞的發展產生了重大影響，它在南渡之後尤爲顯著。朱熹雖然在學術思想上極力攻擊蘇軾，也攻擊歐陽修與蘇軾領導的北宋古文運動〔註3〕，但在詞風上卻不自覺地接受了蘇軾的影響。朱熹的《水調歌頭》是很能代表其長調風格的，詞云：

富貴有餘樂，貧賤不堪憂。誰知天路幽險，倚伏互相酬。請看東門黃犬，更聽華亭清唳，千古恨難收。何似鴟夷子，散髮弄扁舟。　　鴟夷子，成霸業，有餘謀。致身

〔註3〕 參見拙文《新儒學派與傳統文學觀念之修正》、《中國文化月刊》第192期，東海大學1995年10月。

千乘卿相，歸把釣魚鈎。春晝五湖煙浪，秋夜一天雲月，
此外盡悠悠。永棄人間事，吾道付滄洲。

作者慨嘆世路艱險，禍福無常。李斯臨刑時，思牽黃犬，臂蒼鷹出上蔡東門去打獵已不可能了；陸機臨刑時神色自若，既而嘆曰「華亭鶴唳豈復可聞乎！」他們的權勢與雄才都不能免其仕途中偶然的災禍。作者向往的是鴟夷子范蠡在功成名就之後迅即隱退，泛舟五湖煙浪之間。理學家們以儒家道統自任，當其兼濟天下之志受到挫折便轉向消極的獨善其身。朱熹「登第五十年，仕於外者僅九考，立朝才四十日。家故貧，少依父友劉子羽，寓建陽之崇安，後徙建陽之考亭，簞瓢屢空，晏如也」（《宋史》卷四二九）。他在禁黜道學時數次遭到政治打擊，仍堅持其儒家精神。他很喜愛此詞，將它刻於福建建陽考亭滄洲精舍石壁上。據明人朱世澤《考亭志》卷一《滄洲形勝·考亭圖說》云：「（考亭）路壖有洲，洲水瀠回無灘，舊名龍舌，蓋以形象，文公（朱熹）更曰滄洲，紀以《水調歌頭》。」滄洲有深遠闊大、隱居治學之意〔註4〕。「永棄人間事，吾道付滄洲」，正表現了這位理學大師的學術追求。此詞後又傳爲《滄洲歌》。在《念奴嬌·用傅安道和朱希眞梅詞韻》裏，朱熹藉以表達高潔的情懷，詞云：

臨風一笑，問群芳誰是，眞香純白？獨立無朋，算只有、姑射山頭仙客。絕艷誰憐，眞心自保，邈與塵緣隔。天然殊勝，不關風露冰雪。　　但笑俗李粗桃，無言翻引得，狂蜂輕蝶。爭似黃昏閑弄影，清淺一溪霜月。畫角吹殘，瑤臺夢斷，直下成休歇。綠陰青子，莫教容易披折。

此詞構思精巧，寓意深刻，技巧圓熟，自是咏物佳作。朱熹之三傳弟子王柏《跋文公梅詞眞迹》云：「昔南軒先生（張栻）與先大父石簡翁在長沙賞梅分韻有曰『平生佳絕處，心事付寒梅』。今又獲拜觀文公先生懷南軒之句曰『和羹心事，履霜時節。』（朱熹《憶秦

―――――――――――――――――――
〔註4〕　見高令印：《朱熹事跡考》第268頁，上海人民出版社，1987年。

娥》)。由是知二先生心事與梅花一也。然此八字雖平熟,極有深意。蓋和羹之用,正自履霜中來。自昔賢人君子,有大力量、立大功業者,必為孤潔挺特之操,百煉於奇窮困厄之中而不變者也。異時先生又曰『絕艷誰憐,真心自保』,所以指示學者尤親切。梅花與二先生之心,果何心哉?不過一『真』字而已。」(《魯齋集》卷十一)這指明咏梅詞寓意之所在,其「真」乃性情之本真。此外朱熹在《水調歌頭・次袁機仲韻》的「與君吟風弄月,端不負平生。何事車塵不到,有個江天如許,爭肯換浮名」,對閒適生活的喜悅;在《滿江紅・劉知郡生朝》的「喜尊前現在,鏡中如昔。兩鬢全期煙樹綠,方瞳如映寒潭碧」,對現實生活的執著;這些真實地表現了作者的思想情緒。它們的作風是近於作者的好友辛棄疾的。

　　理學家吟風弄月之時,習慣在觀物之際感悟哲理,其文學作品往往追求一種哲學的理趣。朱熹在詩歌裏表現理趣非常成功,有許多佳篇流傳。他在詞裏也有表現理趣的作品,例如《西江月》詞云:

　　　　睡處林風瑟瑟,覺來山月團團。身心無累久輕安,況有清池涼館。　　句穩翻嫌白俗,情高卻笑郊寒。蘭膏元自少陵殘,好處金章不換。

　　　　堂下水浮新綠,門前樹長交枝。晚涼快寫一篇詩,不說人間憂喜。　　身老心閒益壯,形臞道勝還肥。軟輪加壁未應遲,莫道前非今是。

　　這兩首詞都是描述詩歌創作的心境。第一首詞描述主體在林風瑟瑟、山月團團和池館清涼的環境中身心無累,意度超然。唐代詩人元稹和白居易之詩盛行於元和間,後之作者學淺於白居易,學淫靡於元稹;又孟郊與賈島之詩清峭瘦硬,好作苦吟。蘇軾以其雄視百代之才,不喜這四家詩,所以他說:「元輕白俗,郊寒島瘦。」(《祭柳子玉文》,《東坡前集》卷三五)朱熹在這一點上是贊同蘇軾意見的,鄙視輕俗寒瘦的風格,力圖從句穩情高之中去學習杜甫的精神。他以為詩藝的高境得來不易,即以金章紫綬之貴也不願換去的。第

二首詞描述主體在水浮新綠、樹長交枝、晚涼悠閒時突然產生創作衝動。作者已歷盡塵世滄桑，忘卻人間憂喜，不計輿論是非，只准備在作品裏表現安詳悟道的喜悅之情。此兩詞實爲論詩之作；前者表示藝術境界的追求，後者表示情志內容的選擇。它們是作者有感而得的創作體驗，其中饒有令人深思的哲理。

晦庵詞裏眞正的佳作應是一些既不寓意言志，亦無理趣的抒寫性靈之詞，如《浣溪沙·次秀野酴醾韻》：

　　壓架年來雪作堆，珍叢也是近移栽。肯令容易放春回？

　　卻恐陰晴無定度，從教紅白一時開。多情蜂蝶早飛來。

酴醾，據張邦基《墨莊漫錄》卷九云：「酴醾花，或作荼蘼，一名木香，有二品。一種花大而棘，長條而紫心者爲酴醾。一品花小而繁，小枝而檀心者爲木香。」作者珍重酴醾的花期。當其盛開似雪即預示春歸，爲了不讓春光輕易而去，似乎花也拖住春光，紅白競相開放。蜂蝶有知，眷戀春光，亦早早飛來。通過咏物，作者寄寓了珍惜現實美好時光的願望，體現了對生活的熱愛。此詞清新婉約，寫出自我的眞實感受。又如咏雪的《憶秦娥》：

　　雲垂幕，陰風慘淡天花落。天花落，千林瓊玖，一空
鶯鶴。　　征車渺渺穿華薄，路迷迷路增離索。增離索，
剡溪山水，碧湘樓閣。

詞是爲懷念學友南軒先生張栻而作的。詞的上片寫壯觀的雪景，妙於描繪和比喻，詞面不見「雪」字。詞的下片表達對友人的懷念，而其意是深隱的。晉人王子猷雪夜訪戴安道於剡溪，乘興而往，興盡而返，傳爲千古佳話。作者以此表示意欲乘興相訪之意。此詞形象鮮明，音韻流美，趣味優雅，是晦庵詞中最爲流傳的作品。朱熹還有一首詞風輕快的《鷓鴣天·江檻》詞云：

　　暮雨朝雲不自憐，放教春漲綠浮天。只令畫閣臨無地，
宿昔新詩滿繫船。　　青鳥外，白鷗前，幾生香火舊因緣？
酒闌山月移雕檻，歌罷江風拂玳筵。

　　這是在江樓酒宴席上有感即興而作的，詞意甚爲模糊，但仍留下一點可供追尋的線索。朱熹不像程頤那樣每遇歌妓侑觴時則怒形於色，他是主張隨俗而注意理性把持的。詞似爲某歌妓而作的。她酒闌歌罷，江風徐徐，餘音裊裊。她像巫山神女一樣「且爲朝雲，暮爲行雨」。青鳥傳信於雲外，白鷗結盟於眼前，這都是三生的因緣。作者以詩化的情緒和優美的意象，捕捉抒情對象所留下的淡淡的輕快的和美妙的感受，使詞情雅致空靈。因此它的撲朔迷離的藝術境界，可以給人以超然的聯想，喚起神秘的意念，從而達到最佳藝術效果。以上幾首小詞是朱熹的成功之作，眞正領悟了吟咏性情的眞諦，完全去掉了迂腐的「頭巾氣」。

　　朱熹喜作雜體詞。「雜體」本是中國古典詩歌體式之一，近於文字遊戲，樣式繁多，主要有檃栝、集句、回文、轆轤、嵌字、數名、藥品、禽言、離合等。宋代雜體詩甚爲流行，其某些規律被移置入詞，於是有雜體詞，詞因受音律的限制，寫作雜體的困難較多，亦愈見作者之技巧。朱熹今存雜體的詞有檃栝一首、回文二首和聯句一首。它竟占其詞總數的百分之二十二。

　　檃栝體在詞中爲蘇軾所創始，他的《哨遍》乃檃栝陶淵明《歸去來分辭》使就聲律。他還將杜牧《九日齊山登高》檃栝爲《定風波》。朱熹似乎亦欣賞杜牧此詩，也將它檃栝爲《水調歌頭》。杜牧原詩云：

> 江涵秋影雁初飛，與客攜壺上翠微。
> 塵世難逢開口笑，菊花鬚插滿頭歸。
> 但將酩酊酬佳節，不用登高恨落暉。
> 古往今來只如此，牛山何必獨沾衣！

朱熹《水調歌頭‧檃栝杜牧之齊山詩》云：

> 江水浸雲影，鴻雁欲南飛。攜壺結客，何處空翠渺煙霏。塵世難逢一笑，況有紫萸黃菊，堪插滿頭歸。風景今朝是，身世昔人非。　　酬佳節，須酩酊，莫相違。人生

如寄，何事辛苦怨斜暉！無盡今來古往，多少春花秋月，
那更有危機！與問牛山客，何必獨沾衣？

這與詩比較，韻味全殊，尤其增加了「風景今朝是，身世昔人
非」、「人生如寄」、「多少春花秋月、那更有危機」等深沉的古今人
生慨嘆。《晏子春秋》內篇《諫上》云：「（齊）景公遊於牛山，北臨
其國城而流涕曰：『何若滂滂去此而死乎！』這牛山淚的典故曾引起
杜牧的情感共鳴，又引起蘇軾和朱熹的興趣。

回文詞比回文詩簡單，只有順讀與倒讀兩法。常見者是以一句爲
單位，順讀爲一句，倒讀爲一句。朱熹的兩首《菩薩蠻》即是如此：

晚紅飛盡春寒淺，淺寒春盡飛紅晚。尊酒綠陰繁，繁
陰綠酒尊。　　老仙詩句好，好句詩仙老。長恨送年芳，
芳年送恨長。

暮江寒碧縈長路，路長縈碧寒江暮。花塢夕陽斜，斜
陽夕塢花。　　客愁無勝集，集勝無愁客。醒似醉多情，
情多醉似醒。

明人薛瑄說：「晦庵先生回文詞，幾於家弦戶誦矣。其櫽栝杜牧
《九日齊山登高》詩《水調歌頭》一闋，氣骨豪邁，則俯視辛、蘇；
高韻諧和，則僕命秦、柳：洗盡千古巾頭俗態。」（《歷代詞話》卷七
引《讀書續錄》）朱熹這些雜體詞竟受到如此好評，實出乎詞學家所
料。朱熹還有與張栻聯句的《水調歌頭》云：

雪月兩相映，水石互悲鳴。不知岩上枯木，今夜若爲
情？應見塵中膠擾，便道山間空曠，與麼了平生。與麼平
生了，□水不流行。　　起披衣，瞻碧漢，露華清。寥寥
千載，此事本分明。若向乾坤識《易》，便信行藏無間，處
處總圓成。記取淵冰語，莫錯定盤星。

上闋爲朱熹作，表示對山中故人思念之情；下闋爲張栻聯句，闡
述《周易》哲理，頭巾氣十分濃重。此詞中保存了張栻惟獨的半首佚
詞也可貴了。這些雜體詞，只能看作文字遊戲。朱熹對此甚有興趣，
表明這位理學大師也有文人的雅興，是其人格豐富之一例。

關於晦庵詞的評價，清人李寶嘉說：「詞盛於宋，而周（敦頤）程（程顥、程頤）皆不聞有作，晦庵偶一為之，而非所長。」（《南亭詞話》）朱熹是理學家、學者兼詩人，僅以餘事作詞，存詞不多，但其抒寫性情的數首小詞和詠梅的《念奴嬌》及檃栝體《水調歌頭》等篇都是藝術性很高的，應是宋詞佳作，而其雜體諸作頗有眩示藝術技巧之意。作詞雖非朱熹所長，但能達到如此成就，並在詞中表現高尚的情懷與優雅的趣味，這在正統的理學家中是難能可貴的。宋詞因有了這位理學大師的作品更顯出異樣的光彩。

三

在詞史上關於朱熹的評價率涉到他與歌妓嚴蕊的一歷史公案。南宋慶元黨禁期間，洪邁記述此事云：

> 台州官奴嚴蕊，尤有才思，而通書究達今古。唐與正（仲友）為守，頗屬目。朱元晦提舉浙東，按部發其事，捕蕊下獄。杖其背，猶以為伍伯行杖輕，復押至會稽，再論決。蕊墮酷刑，而繫樂籍如故。岳商卿霖提點刑獄，因疏決至臺，蕊陳狀乞自便……岳即判從良。（《夷堅志》支庚卷十）

稍後周密較詳地在《齊東野語》卷二○裏記述了此事，記錄了嚴蕊詞三首，尤其是她向岳霖陳述之詞《卜算子》「不是愛風塵，似為前緣誤」，「若得山花插滿頭，莫問奴歸處」，流傳甚廣，引起人們對她的同情。所以近世詞史及詞選等著述凡談到此詞則認為：「道學家朱熹曾以有關風化的罪名，把她關在牢裏，加以鞭打。她不屈服」；「嚴蕊是封建社會的弱女子，又身隸樂籍，所遭不幸，明顯是『殃及池魚』的事」；「這首詞充分反映出嚴蕊正直無私，氣骨剛正以及人格的高尚」。相形之下，朱熹則是嚴酷的衛道者了。此事是朱熹與唐仲友案件中的一個細節，宋代官方文獻及野史均有記載。淳熙九年（1182），朱熹任提舉浙東常平鹽茶公事，彈劾台州太守唐仲友的

不法行為。清人王懋竑《朱子年譜》卷三簡述云：

> 七月，先生行所部，將趨溫州，涉台州境，民訴太守
> ——新除江西提刑唐仲友不法者紛紛；急趨臺城，則訴者
> 益眾，至不可勝窮。因盡得其促限催稅、違法擾民、貪污
> 淫虐、蓄養亡命、偷盜官錢、僞造官會等事，節次劾之，
> 仍送紹興司理院鞫實。章三上，（宰相）王淮匿不聞。先生
> 論愈力，仲友亦自辨。淮乃以先生章進呈。上令宰屬看詳，
> 都司陳庸等乞命浙西提刑委清強官體究，仍令先生速往旱
> 傷州郡相視。先生時留臺未行，既奉詔，益上章，論前後
> 六上。淮不得已，奪仲友江西新命。

朱熹彈劾唐仲友的不法行為中即有關於唐氏與嚴蕊逾濫之事〔註5〕。宋代中央及地方官署都有歌妓，稱為官妓；因聚居於樂營，故又名營妓。朝廷規定閫帥、郡守等官，雖可以官妓歌舞佐酒，然不能私侍枕蓆。如果有違者將受到朝廷處分，而首先是拷詢官妓。唐仲友與嚴蕊逾濫，為其落籍，這都情有可原，而問題關鍵在於嚴蕊依仗權勢「招權納賂」，「主人宅堂，周密熟，出入無間」，濫用「公庫轎乘錢物」。朱熹對她的審處是出於公正無私的。洪邁等是在慶元禁「僞學」的政治背景下記述此事，有意喚起人們對嚴蕊表示錯誤的同情，藉以攻擊朱熹。後來文人美化了嚴蕊，這與歷史的真實是不合的。即如周密很同情嚴蕊，也記述了謝元卿之大量錢財被她在半載內騙盡。可見嚴蕊是一個貪婪奢侈、仗勢受賄、揮霍公款、詐騙錢財的歌妓，其入獄是罪有應得的，不值得人們同情。朱熹彈劾唐仲友，懲處嚴蕊，正說明這位理學大師的剛正品格，不應影響我們對他的評價。

〔註5〕 朱熹：《按唐仲友第三狀》和《按唐仲友第四狀》，《晦庵集》卷一八、一九。

魏了翁詞編年考

　　南宋後期理學成爲統治思想的過程中，魏了翁曾起了巨大的促進作用，因而吳潛以爲其於理學「蓋所謂兼精粗，一本末，集乾（道）淳（熙）之大成者也」〔註1〕。魏了翁，字華父，邛州蒲江（四川蒲江縣）人；學者稱鶴山先生。生於南宋淳熙四年（1177）〔註2〕，卒於嘉熙元年（1237）〔註3〕。在了翁下世十二年之後，其子近思、

〔註1〕　吳潛：《鶴山集後序》，《四部叢刊》初編本《鶴山先生大全文集》卷末。
〔註2〕　關於魏了翁之生年，《宋史》卷四三七本傳失載，錢大昕以爲「文靖生於淳熙戊戌」（《鶴山先生大全文集》卷末校語），繆荃孫《魏文靖公年譜》（煙畫東堂本）因之亦以爲「公戊戌六月八日生」，即宋孝宗淳熙五年。錢氏與繆氏當據《鶴山集》卷七七《鎮江府教授徐君墓誌銘》：「婺武義徐君以淳熙六年十一月丙申卒於鎮江府教授。……我生之明年而君卒，相去相後若此」；又《鶴山集》卷七三《朝請大夫太府少卿直寶謨閣致仕張君午墓誌銘》：「淳熙五年君舉進士，了翁始生。」此皆就其大率而言。《鶴山集》卷七一《榮州司戶何君尊墓誌銘》：「余生四年從鄉先生何君德厚受書術方名……厥二十有二年當慶元五年，上始御集英殿策進士，余與君偕試左右廊。」據此，慶元五年了翁二十二歲進士及第，逆推二十二年爲淳熙四年。又《鶴山集》卷七八《朝奉大夫太府少卿四川總領財賦累贈通議大夫李公墓誌銘》：「某生未及月而公卒……卒於淳四年閏六月壬辰。」了翁實生於淳熙四年六月，未及一月——閏六月而李公卒。繆荃孫訂淳熙五年了翁一歲，這是正確的，但其生年當在此前一年。
〔註3〕　關於魏了翁卒年，《宋史》本傳失載。《宋史》卷四二《理宗紀》：嘉熙元年三月「乙亥魏了翁薨，贈少師，賜諡文靖。」吳潛《鶴山集後序》：「端平二年冬……魏公由樞管督視淮京湖軍馬，……後二年，

克愚，搜集其父之文爲一百卷，名《鶴山先生大全文集》。此集於開慶元年（1259）在蜀中刊行〔註4〕。全集第九四至九六共三卷爲長短句，存詞一八九首〔註5〕。近世吳伯宛從諸暨孫廷翰所收宋刻全集本景寫《鶴山先生長短句》三卷付刊，陶湘編入《景刊宋金元明本詞》。魏了翁作詞直書詞題而不注調名，今唐圭璋《全宋詞》收錄時據紫芝漫鈔本《鶴山長短句》補調名並校正。鶴山詞基本上按時間順序編排，但亦有錯亂者；其註明紀年之詞僅三首。因詞題留下一些可考的線索，茲謹據《鶴山集》並參證有關之文獻資料，試爲鶴山詞編年。凡未有確切文獻依據者，恕不妄斷，付諸闕疑：文中引用宋人別集以《四庫全書》本爲主，參校《四部叢刊》本：爲便讀者檢索，每詞按通例標出調名，並註明所在《全宋詞》之頁數。疏漏與錯誤難免，祈讀者教正。

《蝶戀花・和孫蒲江口口上元詞》

（《全宋問》第 2366 頁），嘉定元年（1208）作。

詞有「十年奔馳今我里」，作者自謂十年離鄉，今日得還。魏了翁於慶元四年（1198）赴都城臨安應試，次年登進士第。《宋史》卷四三七本傳：「開禧元年（1205）召試學士院。韓侂胄用事，謀開邊以自固，遍國中憂駭不敢言。了翁乃言：『國家紀綱不立，國是不定，風俗苟偷，邊備廢弛，財用凋耗，人才衰弱，而道路籍籍，皆謂將有北伐之舉；人情洶洶，憂疑錯出。金地廣勢強，未可卒圖，求其在我，未見可以勝人之實：盍亦急於修內，姑遉外攘。不然舉天下而試於一擲，宗社存亡繫焉，不可忽也。』策出，眾大驚。改秘書省正字。御史徐枏劾了翁對策狂妄，獨侂胄持不可而止。明年遷校書郎，以親老乞補外，乃知嘉定府。行次江陵，蜀大將吳曦以四川叛，了翁策其必敗。又明年曦誅，蜀平，了翁奉親還里。」開禧三

公歿。」端平二年後二年爲嘉熙元年。
〔註4〕 據宋人：《鶴山先生大全文集跋》，見《四部叢刊》本卷末。
〔註5〕 參見拙文《論魏了翁詞》，《天府新論》，1996 年第 1 期。

年（1207）六月，魏了翁回到家鄉蒲江縣，離蜀爲十年。次年——
嘉定元年上元節（舊曆正月十五日）作此詞。

《鶴山集》卷三二《柬孫蒲江綱》：「某伏准使縣關報成肅大祥
齋筵，督令陪預三日，拈香契勘。祖宗故事：丁憂人既解官，不惟
元職位版綬，且並去階。候服關日，則須從朝廷再給告札，然後係
階受任。」寧宗之成肅皇后卒於嘉定二年六月，各地政府舉辦喪祭，
蒲江縣通知了翁參加；了翁以被解官並丁憂爲辭。孫綱時任蒲江縣
令。上元詞中之孫蒲江即是孫綱。

《水龍吟·登白鶴山借前韻呈同遊諸丈》

（《全宋詞》第 2368 頁），嘉定元年作。

白鶴山在蒲江縣。光緒《蒲江縣志》卷一：「白鶴山，縣北三里，
宋時白鶴翔舞數次。」魏了翁《鶴山書院始末記》：「開禧二年秋八
月，臨邛魏了翁請郡西還，既又三辭聘召，遂得遷延歲月，丘園之
樂者累年。先廬枕山，與古白鶴岡阜屬連。山之顛則修竹緣坡，循
坡而上，草木膠葛；又上焉，則荊棘之所於也。有烽燧故基，相傳
爲李唐時，西南夷數大入，是爲望敵之所；蓋居一縣之最高峰，故
縣人亦罕至其地。一日與家人窮隮，頗愛面前隈支一峰，欲即而不
得，則除剪其荊棘，蒙犯虺蝎，聚足而上，則其地平衍，衡廣二百
尺，縱數里，無復側峻凹凸，殆天閟而地藏者。隈支中峰復屹立其
前，有如巨人端士。」（《鶴山集》卷四一）魏了翁遂在此營建鶴山
書院。

詞後小字原注：「去冬來時，侂無恙也。」魏了翁於開禧三年六
月回到蒲江，冬日曾遊白鶴山，十一月韓侂胄被殺害於臨安玉津園。
次年——嘉定元年暮春，魏了翁重遊白鶴山，故詞云：「記曾犯雪，
重來已是，綠肥紅瘦。聞好語，憂端未歇，倚風搔首。」

《水調歌頭·吳制置獵生日》

（《全宋詞》第 2368 頁），嘉定元年作。

　　吳獵（1143～1213），字德夫，號畏齋，潭州醴陵人；《宋史》卷三九七有傳。《宋史》卷三八《寧宗紀》：開禧三年「夏四月戊申以吳獵兼四川宣諭使。……丁卯召楊輔詣行在，以吳獵爲四川制置使」。《鶴山集》卷三八《成都府學三先生祠堂記》：「開禧三年蜀盜既平，詔遣刑部侍郎長沙吳公獵諭蜀。始至則以崇化善俗爲大務，既遂，以制置使治成都。」《鶴山集》卷八九《敷文閣直學士贈通議大夫吳公行狀》：「嘉定元年夏四月至成都。蜀士學於成都者，春秋試率數千人，弟子員五百餘。公揭朱文公白鹿書院學規誨之，既又祠周、程三先生於學，朱、張氏配焉，俾某記其事。……秋八月乙丑，公被命召赴行在，候黃疇若到時起發。」吳獵於開禧三年四月，受命任四川制置使，嘉定元年四月至成都，八月被命赴行在。魏了翁祝壽之詞當作於嘉定元年。

《水調歌頭・虞永康剛簡所築美功堂於城南以端午日落成》

（《全宋詞》第 2366 頁），嘉定四年（1211）作。

　　虞剛簡（1164～1227），字仲易，四川仁壽人，虞允文之孫，學者稱滄江先生；《宋史翼》卷十六有傳。《鶴山集》卷七六《朝請大夫利州路提點刑獄主管沖佑觀虞公墓誌銘》：「公自幼趣尙不凡，故相趙文定公奇其才，以子妻之。生長見聞，薰習日異。銓選六年，未肯出仕，再舉於禮部。年二十有六始監成都府郫縣犀浦鎮酒稅，次華陽縣丞。丁母竇夫人憂，服除，辟差知成都府路鈐轄司幹辦公事堂，差知華陽縣，通判綿州，權知永康軍，未上；丁光祿憂，服除，再差知永康。」永康軍，今四川灌縣。關於虞剛簡知永康之時間，魏了翁作的墓誌銘無具體記載。《鶴山集》卷三八《永康軍花洲記》：「永康之城南曰花洲者，俗號果園，榴翳榛莽，歲久不治。陵陽虞仲易父來守是邦，更今名而築室於其上，取劉子臨河之嘆，曰『美功』；縱廣四仞，其衡之長如縱而加一；以嘉定之四年五月端午落成。賓朋翕合，憑欄縱觀，逝川騰輝，列巘獻狀，嘉卉輸秀，古

木樛翠，危堞突立，長橋臥空，奇雲落霞，杲日霽月，隨景變態，應接不暇。」據此，虞剛簡知永康軍時所建美功堂於嘉定四年端午落成，魏了翁即席爲賦。

《水調歌頭·安大使丙生日》

（《全宋詞》第 2372 頁），嘉定六年（1213）作。

安丙，字子文，四川廣安人；淳熙間進士，以在蜀誅叛將吳曦及叛軍張福有功。魏了翁曾作《廣安軍和溪縣安少保丙生祠記》和《安少保果州生祠記》以讚頌。

《宋史》卷三九《寧宗紀》：嘉定二年八月「乙丑，以安丙爲四川制置大使，罷宣撫司。」《宋史》卷四○二《安丙傳》：「右丞相史彌遠復起，丙移書曰：『昔仁宗起復富鄭公、文潞公，孝宗起復蔣丞相，皆力辭。名教所繫，人言可畏，望閣下速辭成命，以息議者之口。』論者韙之。昇大學士、四川制置大使兼知興元府。」安丙任四川制置大使，時在嘉定二年至六年。詞云「七年塡拊方面，帷幄自金湯」，謂安丙自開禧三年任四川宣撫副使，至嘉定六年任蜀中要職共七年。詞作於嘉定六年。嘉定七年，安丙離蜀中任。

《臨江仙·張邛州師夔生日》

（《全宋詞》第 2369 頁），嘉定六年作。

張師夔，字清父，眉州人；乾道中進士。《鶴山集》卷三九《邛州新創南樓記》：「眉山張侯師夔來守是州，崇教化，表遺逸，禮儒士，課子弟員；凡以崇化善俗，迪彝明倫者，侯既盡心焉耳矣。又以南離之方，爲一州文明之氣所萃，效靈輸秀，世載其英也。思益有以作而大之，循郡譙而南，一目數里，砥平矢直，爰薄江瀕，度其地而樓焉。……始嘉定五年，迄於明年之三月。……余同年友天官侍郎陽安許公奕既爲之扁其所曰南樓。厥七月，士以書來，諗俾某記其事之成。」詞當作於嘉定六年，魏了翁時在眉州任，鄰近邛

州，得與張師夔交往。

《南鄉子·和黃侍郎疇若見貽生日韻》

（《全宋詞》第 2368 頁），嘉定六年作。

　　黃疇若（1154～1222），字伯庸，號竹坡，豐城人，淳熙五年
（1178）進士；《宋史》卷四一五有傳。《鶴山集》卷六十《跋黃侍
郎疇若送虞永康剛簡赴召詩》：「嘉定二年豫章黃公被命帥成都，詔
西蜀軍民利病，吏治臧否，咸得驛聞。」《鶴山集》卷八九《敷文
閣學士贈通議大夫吳公行狀》：嘉定元年「秋八月乙丑公（吳獵）
被命召赴行在，候黃疇若到日起發。……明年四月癸亥解印去。」
黃氏以華文閣待制知成都府以代吳獵，於嘉定二年四月到任。本
傳：嘉定四年「進龍圖閣待制，仍舊知成都府。……疇若留蜀四年」，
於嘉定六年去蜀。了翁詞有云：「憶昔從容下帝京，冉冉七年如昨
夢。」了翁於開禧二年八月離京，至嘉定六年恰為七年。詞當作於
此年。

《念奴嬌·廣漢士民送別用韓推官韻為謝》

（《全宋詞》第 2367 頁），嘉定六年作。

　　魏了翁於嘉定四年冬知漢州（四川廣漢），於嘉定六年秋復官知
眉州（四川眉山）〔註6〕。詞作於離廣漢任時。

《水調歌頭·李參政壁生日十一月二十四日》

（《全宋詞》第 2371 頁），嘉定六年作。

　　詞有「回首十年事，解後裘衣鄉」。此指魏了翁於嘉泰四年
（1204）任臨安國子學正時，識鄉人李壁，時壁為禮部侍郎。十年
之後，即嘉定六年，魏了翁在眉州任，李壁罷祠居故鄉丹稜。丹稜
為眉州屬縣。詞作於此時。

〔註6〕 參見蔡方鹿：《魏了翁評傳》第 36～38 頁，巴蜀書社，1993 年。

《朝中措・和劉左史光祖人日遊南山追和去春詞韻》

（《全宋詞》第 2380 頁），嘉定七年（1214）作。

劉光祖（1142～1222），字德修，號後溪，簡州（四川簡陽）人；《宋史》卷三九七有傳。眞德秀《劉閣學墓誌銘》：「公以乾道五年對策廷中，天子親擢爲第四；其後以簽書樞密院趙公推薦，詔眞班列。明年再對便殿，議論偉然，有契聖心，謂輔臣曰：『光祖人材端重，全類楊輔。』蓋自是以人主爲知己。今皇帝毓德潛藩，方議擇傅。孝宗首命輔，而以公繼之，屬任之意，蓋有在矣。既而諫官闕，將用公爲右正言，不幸適以憂去。終淳熙世，雖弗果再用，然留遺兩朝，出入中外，清芬姱節，耆德碩聞，嶷然爲當世名臣。雖鄙夫囂童，亦知有所謂劉左史也。」（《西山文集》卷四三）宋寧宗初年，劉光祖進起居舍人，故尊稱爲「左史」。

詞後原注：「公所論聖忌日事，凡歷二十年，而所上疏亦半年餘才見施行，故云。」此指宋孝宗崩時，劉光祖上疏之事。《劉閣學墓誌銘》云：「聞孝宗疾，日浸篤，而車駕省謁不以時，則致書左相留公、知樞密院趙公，勉以三事。其一，宜與群賢并心一力，損文而務實，若上未過宮，宰相以下皆不可歸安於私第。其二，謂林陳二寺，自以獲罪重華，日夜交構其間，宜用韓魏公去任守忠故事，而釋兩宮疑謗。其三，謂今國家阽危，爲大臣者不當徒憂自沮，或爲明哲保身之計，所當收總兵柄，密佈腹心，使緩急有可倚仗。繼聞孝宗崩，又貽書趙公，勉以安國家、定社稷之事。」孝宗於紹熙五年（1194）崩，二十年後爲嘉定七年，詞當作於此時。劉光祖於嘉定六年由荊襄制置使除知潼川府（四川三臺），嘉定七年在潼川府任。

《摸魚兒・餞黃侍郎疇若勸酒》

（《全宋詞》第 2373 頁），嘉定七年作。

詞有云：「料當局諸公，斂容縮手，日夜待公至。」此爲送別黃氏赴行在而作。《宋史》卷四一五《黃疇若傳》：「疇若留蜀四年，……

以制置使留漢中，則獲諸將爲得宜。召赴行在，入對延和殿，遷權兵部尚書，太子右庶子。」《宋史》卷三九《寧宗紀》：嘉定七年三月「成都府路安撫使董居誼爲四川制置使」以代黃疇若。黃氏離蜀在嘉定七年三月，魏了翁作詞送別。

《木蘭花慢・生日謝寄居見任官載酒，三十七歲》

（《全宋詞》第 2374 頁），嘉定七年作。

魏了翁生於淳熙四年（1177）六月八日〔註7〕，三十七歲爲嘉定七年。此年魏了翁在眉州任。

《水調歌頭・燕甲戌進士歸自成都》

（《全宋詞》第 2375 頁），嘉定七年作。

甲戌爲嘉定七年。

《浣溪沙・李參政壁領客訪環湖瑞蓮席間索賦》

（《全宋詞》第 2377 頁），嘉定七年作：

李壁（1159～1222），字季章，號雁湖居士，四川丹稜人，李燾第六子，紹熙元年（1190）進士，開禧三年（1206）參知政事；《宋史》卷三九八有傳。魏了翁於嘉定六年知眉州，次年秋新開環湖成。《鶴山集》卷四十《眉州新開環湖記》：「臨邛魏某居郡之明年，歲熟時康，教孚訟清，圖惟寬閑之鄉，有以節宣勞佚，疏瀹幽滯也。郡故有沼而區分壤別，港絕橫斷。昔人又以爲矼杠以室之，曾不能容刀焉。乃宣乃理，悴以小艇，於圃之西爲洞；循洞之西爲亭，榜曰西港；港有步可上下舟，舟行而西爲高樑，榜曰環湖；樑之下可藏舟，又西爲傳館；由館之北，湖光眇瀞，縱廣百丈，其衡之長如縱而加倍，北迤東爲松菊亭，易亭榜曰柏港；又東爲亭菱嶼，直百坡亭；又東北爲雲橋，爲遊環靮樑乃濟；又東爲起文堂，泓涵演瀆，深廣繚繞，於是環

〔註7〕 魏了翁生日，據其《洞庭春色・生日謝同官》詞原注「六月八日」。

圍皆湖也。」嘉定七年秋，環湖成，李壁來訪，了翁作此詞。

《摸魚兒·送張總領》

（《全宋詞》第 2371 頁），嘉定七年作。

詞有云：「但遠景樓前，追陪杖屨，莫忘卻，別時語。」此在眉州送別總領四川財賦張氏作，時當嘉定七年，魏了翁在眉州任。

遠景樓在眉州，爲北宋時太守黎希聲所建。蘇軾《眉州遠景樓記》：「今太守黎侯希聲，軾先君之友人也。……既留三年，民益信，遂以無事。因守居之北墉而增築之，作遠景樓，日與賓客僚吏遊處其上。」（《東坡集》卷三二）魏了翁在眉州既與張總領「追陪杖屨」，相處當在兩三年間。

《賀新郎·生日謝寓公載酒》

（《全宋詞》第 2377 頁），嘉定八年（1215）作。

詞有「笑傍環湖花月」、「容易過三十八」，則詞作於魏了翁三十八歲生日；時嘉定八年，在眉州任。

《賀新郎·虞萬州剛簡生日用所惠詞韻》

（《全宋詞》第 2378 頁），嘉定八年作。

《鶴山集》卷四二《簡州見思堂記》：「剛簡字仲易，爲學以義理爲宗，嘗召赴都堂審察，前後凡六受郡。」同上書卷七六《朝請大夫利州路提點刑獄主管沖佑觀虞公墓誌銘》：「起知渠州，改黎州、果州、萬州，皆未上。」剛簡有萬州之命而未上任。魏了翁《洞仙歌·和虞萬州所惠叔母生日詞韻》作於嘉定九年（見後），《賀新郎》詞當作於前此一年——嘉定八年。

《賀新郎·許邃寧奕生日》

（《全宋詞》第 2379 頁），嘉定八年作。

許奕（1170～1219），字成子，簡州（四川簡陽）人，慶元五年

（1199）進士第一；《宋史》卷四○六有傳。《鶴山集》卷六九《顯謨閣直學士提舉西京嵩山崇福宮許公奕神道碑》：「嘉泰三年五月召赴行在，明年五月造朝，授秘書省正字，遷校書郎，兼吳興郡王府教授，尋遷秘書郎、著作佐郎、著作郎兼權考功郎官。開禧三年遷起居舍人。明年改元嘉定，爲通謝使聘金，遷起居郎兼權給事中，使還除權禮部侍郎，俄兼侍講，昇侍讀。二年十月遷吏部侍郎：三年正月朔，兼修玉牒，官三月，又以給事中闕官，申命兼權；八月除顯謨閣待制知瀘州。五年二月除知夔州，表辭不行；十月改知遂寧府。」嘉定八年二月魏了翁已奉命攝（代理）遂寧府事，準備接替許奕；詞作於此年十月許奕生日。次年許奕由遂寧改知潼川。

《水調歌頭‧叔母生日》

（《全宋詞》第 2381 頁），嘉定九年（1216）作。

　　魏了翁稱其生母爲叔母。魏了翁的父親魏士行和生父高孝璹本是親兄弟，同屬魏家。因祖母高氏之兄高黃中無子，便將孝璹過繼高家。高孝璹之妻譙氏生六子；了翁排行第五，還繼魏家爲後，故稱生母譙氏爲叔母〔註8〕。

　　詞云：「人道三十九，歲暮日斜時。兒今如許，才覺三十九年非。」魏了翁三十九歲，時在嘉定九年。

《滿江紅‧賀劉左史光祖進職奉祠》

（《全宋詞》第 2383 頁），嘉定九年作。

　　眞德秀《劉閣學墓誌銘》：嘉定三年「除寶謨閣待制知遂寧府，未行改荊襄制置使，……除寶謨閣直學士知潼川府。……在潼二年，六告老，進顯謨閣直學士提舉玉隆萬壽宮。潼人繪像牛頭山，命之曰全德堂。」（《西山文集》卷四三）據清人吳廷燮《南宋制撫年表》，劉光祖於嘉定三至六年在荊襄制置使任。其知潼川府兩年則爲嘉定七

〔註8〕　《魏了翁評傳》第 19、45 頁。

至八年；嘉定九年進職奉祠休致。詞爲此而作。嘉定九年二月至秋季，魏了翁在潼川府路提點刑獄任上。潼川府，劍南東川節度，本梓州，今四川三臺縣。

同時之作尙有《江城子·劉左史光祖別席和韻》、《江城子·約劉左史光祖謝會再和》、《江城子·同官作酒相賀再和前韻》。

《鷓鴣天·別許侍郎奕即席再賦》

（《全宋詞》第 2383 頁），嘉定九年作。

許奕於嘉定五年十月知遂寧府，至嘉定九年七月改知潼川府。《鶴山集》卷六九《許公奕神道碑》：嘉定「九年七月加寶謨閣直學士知潼川府」。許奕由遂寧改知潼川，接劉光祖職，因遂寧闕守，魏了翁奉命攝行遂寧府事。詞作於潼川，許奕到任時，故有云：「及公白遂移潼日，正我由潼使遂時。」

《步蟾宮·同官載酒為叔母壽，次韻為謝，時自潼過遂》

（《全宋詞》第 2380 頁），嘉定九年作。

叔母六十八歲，詞有云：「射洪官酒元曾醉，又六十八年重至。」時魏了翁赴遂寧府任，由潼川（三臺）途經射洪縣而作。同時之作尙有《賀新郎·叔母生日用許侍郎奕所和去歲詞韻爲謝》、《洞仙歌·和虞萬州剛簡所惠叔母生日詞韻》、《念奴嬌·叔母生日劉左史光祖以余春時所與爲壽詞韻見貺，復用韻謝之》。

《賀新郎·別李參政壁》

（《全宋詞》第 2379 頁），嘉定九年作。

李壁自「（嘉定）八年，以御史奏，削三秩仍罷祠」（《故資政殿學士李公神道碑》，《西山文集》卷四一），居故鄉丹稜。魏了翁自潼川赴遂寧任，李壁前往送別，別於牛頭山。詞有云：「上牛頭，淨拭乾坤眼。」牛頭山在今四川三臺縣城外，因形似牛頭，四面孤絕而

名。魏氏與李氏自嘉定七年在蜀重逢以來，至嘉定九年已三個年頭，故詞有云：「三年瞥忽如飛電。」

《八聲甘州‧約程漕使遇孫初筵勸酒》

（《全宋詞》第 2391 頁），嘉定九年作。

程遇孫，字達叔，四川仁壽人，累官太常寺丞，潼川漕使；事見《宋元學案》卷七二。《宋史》卷四十《寧宗紀》：嘉定十二年，興元軍士張福等以紅巾為號，叛亂；五月「張福薄遂寧府，潼川路轉運判官權府事程遇孫棄城遁。」轉運判官稱漕使，是程遇孫嘉定十二年仍在潼川漕使兼權府事任。他於嘉定九年來潼川接替魏了翁潼川府路提點刑獄兼權轉運判官任，新舊漕使辦理了移交公事。詞云「來使蜀東川」，指程氏任潼川之命；詞云「愧我推擠不去，尚新官對舊，後任如前」，即指移交公事。

《木蘭花慢‧許侍郎奕生日十月二十四日》

（《全宋詞》第 2384 頁），嘉定九年作。

嘉定九年七月魏了翁與許奕職務對換。十月二十四日許奕生日，魏了翁已在遂寧府任，作詞為壽。詞云「我愛慶元龍首」，指許奕與魏了翁同於慶元五年登進士第，而許奕為進士第一。詞云「數初度庚寅」，指許奕生於乾道六年庚寅。許氏卒於嘉定十二年，享年五十。

《小重山‧叔母生日，每歲兄弟多以較試莫遂彩衣團圞之樂，今歲復爾，良以缺然，小詞寄五兄代勸》

（《全宋詞》第 2386 頁），嘉定十年（1217）作。

魏了翁於嘉定十一年作的《小重山‧叔母生日同官載酒，用去年韻》，「用去年韻」即指嘉定十年作的同調詞。

同時之作尚有《洞仙歌‧次韻許侍郎為叔母生日》、《滿江紅‧叔

母生日劉左史光祖以余正月十日所與爲壽詞韻見貺，至是始克再用韻謝之》。

《洞庭春色‧生日謝同官六月八日》

（《全宋詞》第 2387 頁），嘉定十年作。

詞云：「四十元年，頭顱如此，豈不自知。」魏了翁生於淳熙四年（1177），嘉定十年（1217）滿四十歲。

《臨江仙‧與同官飲於海棠花下燃燭照花即席賦》

（《全宋詞》第 2385 頁），嘉定十年作。

魏了翁《臨江仙‧再和四年前遂寧所賦韻》有「因花識得自家天，炯然長不夜，活處欲生煙」。此意指在遂寧任上夜賞海棠事：他於嘉定九年秋至十一年春在遂寧府任，夜賞海棠的《臨江仙》當作於嘉定十年春。

同時之作尚有《海棠春令‧同官約瞻叔兄飲於郡圃海棠花下遣酒代勸》、《朝中措‧次韻同官約瞻叔兄及楊仲博賞郡圃牡丹並遣酒代勸》。《臨江仙‧再和四年前遂寧所賦韻》則當作於嘉定十三年，時魏了翁在家鄉蒲江守制。

《玉樓人‧叔母慶七十》

（《全宋詞》第 2391 頁），嘉定十一年（1218）作。

魏了翁於嘉定九年作的《步蟾宮‧同官載酒爲叔母壽，時自潼過遂》，此年其叔母六十八歲。今叔母七十歲壽辰，時在嘉定十一年。

《江城子‧次韻西叔兄訪王宣幹萬》

（《全宋詞》第 2392 頁），嘉定十三年（1220）作。

詞後原注：「時聞山東河北歸附之人方費區處。」「山東」，五代以來指太行山以東，宋爲京東路，金改宋京東東路爲山東東路，轄境爲今山東地區。《宋史》卷四十《寧宗紀》：嘉定十三年「秋七月戊戌，

以京東河北諸州守臣空名官告付京東河北節制司，以待豪傑之來歸者。」詞注指此事，時在嘉定十三年。

《喜遷鶯・即席次韻南叔兄同親友餞王萬里萬回宣幕》

（《全宋詞》第 2392 頁），嘉定十三年作。

　　王萬（？～1234），字萬里，號淡齋，邛州蒲江人，嘉定三年（1210）省試第一；事見《宋元學案》卷八十。《鶴山集》卷八六《太常博士知紹興府朝散郎王聘君墓誌銘》：「萬里名萬，家邛之蒲江，……篤博通經術，尤善戴氏《禮》。嘉定三年類省試以第一一人充賦，歷官資州教授，以母喪，後改敘州。四川宣撫司辟，準備差遣，召赴都堂審察，除吏部閣架文字，遷太學錄，又遷太學、國子、太常博士，出，五年起，通判成都，未上，知廣安軍，又知紹熙府，積階至朝散郎。……端平元年三月某日終於治寺。」詞當作於王萬赴四川宣撫司時。據上詞《江城子・次韻西叔兄訪王宣幹萬》，兩詞皆作於嘉定十三年。

《水調歌頭・即席和李潼川韻》

（《全宋詞》第 2393 頁），嘉定十三年作。

　　李壒（1161～1238），字季允，號悅齋，四川丹稜人，李燾第七子，紹熙元年（1190）進士；《宋史翼》卷二五有傳。《鶴山集》卷五七《潼川府新城銘・序》：「嘉定十二年春，眉山李侯被命守潼。夏四月庚午興元禁旅（張福）爲亂，批利、閬，擣果、遂，將窺潼川。永嘉曹君奉使按刑，盛守備以待。侯聞變急趨，厥既領州，益大修武備，威聲外懾，賊不涉境。秋七月庚子，賊平，乃建治城隍。」嘉定十二年許奕卒於潼川任，李奉命守潼。魏了翁《水調歌頭・約李潼川飲即席賦》有「記相逢，一似昨，兩經年」，指李在潼川任兩年。《鶴山集》卷七二《貴州文學高君道充墓誌銘》：「嘉定十有三年，……明年授貴州文學，某時守潼川。」嘉定十四年了翁在潼川

任。《鶴山集》卷八二《永康軍通判杜君墓誌銘》:「李季允改知常德府,予代爲守,新故侯飲酒樂。」此事在嘉定十三年,魏了翁接替李𡒄守潼川,餞別時,魏了翁作詞相送,詞結尾云:「不負此邦去,笑口也應開。」

同時之作尙有《水調歌頭・約李潼川飲即席賦》、《水調歌頭・賀李潼川改知常德府》。

《水調歌頭・虞簡州剛簡生日》

(《全宋詞》第 2395 頁),嘉定十三年作。

《鶴山集》卷四二《簡州四先生祠堂記》:「昔者虞侯仲易嘗爲我言:『伊洛之學,非伊洛之學,洙泗之學也;洙泗之學,非洙泗之學,堯舜三代之學也。』余以其言爲然。其後又見侯以是贈言於朋友,勒石於斯宮,率縷縷申言之。嘉定十有三年,復以書抵了翁曰:剛簡始至郡,會盜薄鄰邑,效死弗敢去;以爲民守,荷宗社之靈……。」又據《鶴山集》卷七六《虞公墓誌銘》,此年虞剛簡應四川制置使董昌誼之辟,往利州(四川廣元);則其在簡州不足一年。詞當作於此年。

清人陸心源《宋史翼》卷十六虞氏傳,謂「嘉定十一年詔知簡州」,誤。

《水調歌頭・劉左史光祖生日慶八十》

(《全宋詞》第 2393 頁),嘉定十四年(1221)作。

劉光祖卒於嘉定十五年五月,八十一歲。其八十歲生日當在嘉定十四年。

《最高樓・劉左史光祖生日》

(《全宋詞》第 2396 頁),嘉定十五年(1222)作。

詞云:「陸續看,武公逾九十;從九九,到千千。」「九九」爲

八十一，是慶光祖八十一歲生日。魏了翁祝願他「逾九十」，「到千千」。劉光祖生日在正月十日。眞德秀《劉閣學墓誌銘》：「俄以疾薨於竑之（次子）官舍（龍安，四川平武縣），年八十有一，實嘉定十五年五月。」（《西山文集》卷四三）魏了翁《哭李參政璧文》：「五月辛酉哭後溪翁。」（《鶴山集》卷九一）「後溪」爲劉光祖別號。魏了翁作此詞不數月，劉光祖便下世了。

此年魏了翁四十五歲，春三月奉召赴朝人對，離蜀，劉光祖以言送行。了翁行至江陵，得劉光祖去世消息〔註9〕。

《木蘭花慢·孫靖州應龍生日八月八日》

（《全宋詞》第2398頁），寶慶二年（1226）作。

孫應龍，字從之，福建長溪人，開禧元年（1205）武舉廷試第三。《鶴山集》卷八○《孫武義墓誌銘》：「嘉泰末某爲武學博士，福唐孫從之應龍以舍選奏名。後二十年，某待罪史臣。從之以守敘州還，奏事闕下，過余（請爲其父作墓誌銘）……應龍今積官至武節郎新差知靖州。」靖州，治所渠陽縣（湖南靖縣），南宋時屬荊湖北路。

宋理宗即位之初——寶慶元年（1225）召魏了翁入對，「俄權尚書工部侍郎。了翁力以疾辭，乃以集英殿修撰知常德府。越二日諫議大夫朱端常遂劾了翁欺世盜名，朋邪謗國，詔降三官，靖州居住」（《宋史》卷四三七《魏了翁傳》）。寶慶二年春，魏了翁謫居靖州。當其寶慶元年在都城遇到二十年前故人孫應龍還都奏事，應龍隨即有靖州之任。「後二十年某待罪史臣」即指寶慶元年之事。寶慶二年，魏氏與孫氏俱在靖州，而勢位則相異了。詞作於此年。

《水調歌頭·又孫靖州應龍生日》當是寶慶三年作。

〔註9〕《魏了翁評傳》第53頁。

《念奴嬌‧綿州表兄生日紹定壬辰五月》

（《全宋詞》第 2399 頁），紹定五年（1232）作。

壬辰爲紹定五年。此年初，魏了翁由靖州返回鄉里，五月在綿州（四川綿陽）與高氏兄弟相會。

《水調歌頭‧江東漕使兄高瞻叔生日，端平丙申五月》

（《全宋詞》第 2401 頁），端平三年（1236）作。

丙申爲端平三年。高定子，字瞻叔，號著齋，邛州蒲江人，魏了翁同母之兄，嘉泰二年（1202）進士；《宋史》卷四○九有傳。此年魏了翁以同簽書樞密院事督視江淮軍馬，二月初督府結束，於四月二十三日詔除資政殿學士知潭州，在建康（江蘇南京）與高定子相見。時高定子任江南東路轉運副使，稱漕使。

《水調歌頭‧建康留守陳尚書韡生日》

（《全宋詞》第 2401 頁），端平三年作。

陳韡（1180～1261），字子華，號抑齋，侯官人，開禧元年（1205）進士。《宋史》卷四一九《陳韡傳》：「端平元年……詔曰：『韡忠勤國體，計慮精審，身任討捕之責，江、閩、東廣，訖底寧輯。』乃進權工部侍郎，仍知隆興兼江西安撫使。未幾爲工部侍郎，改江東安撫使，知建康府兼行營留守。二年，入奏事，帝稱其平寇功。韡頓首言曰：『臣不佞，徒有孤忠，仗陛下威靈，苟逃曠敗耳，何功之有？』遷權工部尚書，又權刑部尚書，沿江制置大使，依舊江東安撫使，知建康府。」詞意已厭言兵，此當作於端平三年四月後，魏了翁在建康，時陳韡在建康留守任。

《八聲甘州‧偶書》

（《全宋詞》第 2402 頁），端平三年作。

此爲《鶴山先生長短句》最末一首詞，無紀年，詞題未留下線

索，但詞意甚爲消沉，感時傷世，對於戰爭局勢並不樂觀，如言：
「被西風吹不斷新愁，吾歸欲安歸」，「算眼前、未知誰恃，恃蒼天、
終古限華夷？還須念、人謀如舊，天意難知。」魏了翁於端平三年
初結束督府後，滯留建康，六月以後移居蕪湖養病；詞當作於秋天，
欲還鄉而不得。爲理解此詞之寫作背景及作者心情，可參見魏了翁
於此年三月六日呈理宗皇帝的《自劾》：

> 臣起自書生，不閑軍事，誤叨東拔，冒總師幹。雖畢
> 慮竭衷，粗欲自奮，而受任之初，危機已急。……臣安得
> 以辭其罪！夫有罪不誅，則朝廷無將以聳群工而屬天下。
> 臣謹於江州近境，席薰待罪。欲望聖慈，布臣所失，重行
> 竄斥，以伸國法，以爲力小任重者之戒。(《鶴山集》卷二九)

次年，嘉熙元年（1237）三月十八日，魏了翁病逝。

論魏了翁詞

一

　　中國儒家學說發展至北宋中期，在新的歷史文化條件下形成了一個新的學派。這個新儒學派曾自稱「正學」、「聖學」、「道學」，南宋後期終於以「理學」的名義受到統治階級的重視並確立爲統治思想〔註1〕。理學作爲一種社會思潮，它在南宋時雖然數次遭到壓抑與禁黜，卻不斷擴大著社會影響，最後取得了統治思想的地位。在此過程中，理學家們曾以衛道的精神宣揚理學思想，並將它滲入社會意識形態的許多領域，而文學的領域也未忽視。爲了與歐陽修、蘇軾等古文家爭奪儒家的道統，理學家們否定北宋古文運動的功績，批評古文家的「文以貫道」和「文與道俱」之說，貶低古文的價值。理學家在「文以載道」觀念的指導下寫作言理之文，逐漸取代了古文運動以來的文學性散文。他們繼承了古代儒家吟咏性情的傳統，於探究義理之餘喜好作詩，「爲詩好說理」，在宋詩中形成了理學詩派。詞體在宋代諸體文學中最被理學家鄙視的。詞人劉克莊曾說：「爲洛學者皆崇性理而抑藝文，詞尤藝文之下者也。」〔註2〕詞因是時代之文學，所以理學

〔註1〕　參見拙文《新儒學之創始與名義演變過程》，載臺灣《孔孟月刊》第33卷1期，1994年11月。
〔註2〕　劉克莊：《黃孝邁長短句跋》，《後村先生全集》卷106。

家也偶爾染指，留下一些作品，初步統計約有七百餘首。這與理學家之詩、文相比較是數量最小的，但其絕對數量在宋詞中還是引人注意的，尤因它的風格與一般的宋詞相較顯得甚為別致。詞學家往往將豪放詞視為宋詞之「別調」、「變體」或「異軍」，我們若從宋詞發展的脈絡來看，則豪放詞也是宋詞中的一種傳統。宋詞中真正的別調與變體應是理學家之詞，它是自理學營壘侵入詞壇的異軍，尤其是它帶著對詞體敵視的心理和載道的觀念，似乎在威脅著詞的體性。本世紀30 年代詞學家王易曾注意到「理學能詞者」，特別簡介了理學家魏了翁之詞〔註3〕，薛礪若也在著述中談到「鶴山為南宋理學家，其詞亦頗清曠」〔註4〕。魏了翁在理學家之中是詞作最多的，而且最能代表理學家詞之藝術特色。

魏了翁，字華父，邛州蒲江（今四川蒲江縣）人。生於南宋淳熙五年（1178）。慶元五年（1199）登進士第，授僉書劍南西川節度判官廳公事；嘉泰二年（1202）召為國子正。開禧元年（1205），召試學士院，改秘書省正字；次年遷校書郎，以親老乞補外，乃知嘉定府（四川樂山）。嘉定三年，因服父喪在故鄉四川蒲江白鶴山下築室講學，開門授徒。在理學淵源方面，魏了翁私淑朱熹，又求學於輔廣和李燔。他在鶴山書院講學，「由是蜀人盡知義理之學」（《宋史》卷四三七）。嘉定八年（1215），他向寧宗皇帝上疏，請求為理學創始人周敦頤、張載、程顥、程頤，賜爵定諡，以示學者趨向。在魏了翁的請求和社會輿論的壓力下，寧宗贈周敦頤諡號曰「元」，張載曰「明」、程顥曰「純」，程頤曰「正」。這表示理學為官方所承認。魏了翁在蜀中講授理學十七年，蜀中名士游侶、吳泳、牟子才皆造門受業。在理學上昇為統治思想和理學道統的建立過程中，魏了翁起過重大促進作用。他卒於嘉熙元年（1237），諡文靖，學者尊稱鶴

〔註3〕 王易：《詞典史》第 142 頁，序於 1927 年，中國文化服務社，1946 年重印。

〔註4〕 薛礪若：《宋詞通論》第 295 頁，開明書店 1930 年版。

山先生。著有《九經要義》二六三卷（殘），《鶴山集》一〇九卷。
全集九四至九六有長短句三卷，即《鶴山長短句》之祖本；近世吳
伯宛從諸暨孫氏所藏宋刻本景寫長短句三卷，爲陶湘編入《景宋元
明本詞》，共存詞 189 首。其詞均無調名，直以所咏之事爲題，今《全
宋詞》乃據前人所補調名附注。

二

　　鶴山詞中共有壽詞 101 首，占全詞 53%強，無論其相對數目或
絕對數目，皆爲詞史上壽詞之冠。宋人黃昇在《中興以來絕妙詞選》
卷七選錄了魏了翁詞，評云：「晚與眞西山（德秀）齊名，有詞附《鶴
山集》，皆壽詞之得體者。」明代學者楊慎評鶴山詞云：「詞不作艷
語，長短句一卷皆壽詞也……宋代壽詞，無有過之者。」（《詞品》
卷五）壽詞是以祝壽和自慶生辰爲題材的詞，興起在北宋，詞人畢
大節、寇準、晏殊、楊繪、仲殊等已開此風〔註 5〕，南渡詞人朱敦
儒和張元幹相繼有作，後來辛棄疾、陳亮、吳文英等的詞集裏已有
較多的作品。這與宋代統治階級和貴族經常舉辦隆重盛大的祝壽公
筵有關，南宋以來的江湖詞人則以壽詞作爲干謁諛頌權貴的方式以
求得賙濟，如宰相賈似道當權之時，「每歲八月八日生辰，四方善頌
者以數千計。悉俾館臚考，以第甲乙，一時傳頌，爲之紙貴」（《齊
東野語》卷十二）。可見，壽詞在南宋詞中是值得注意的現象，宋季
詞學家曾就壽詞的創作問題進行了探討。沈義父說：「壽曲最難作，
切宜戒『壽酒』、『壽香』、『老人星』、『千春』、『百歲』之類，須打
破舊曲規模，只形容當事人才能，隱然有祝頌之意方好。」（《樂府
指迷》）魏了翁的壽詞基本上避免了俗忌，只述及當事人事業和才
能，所以在宋人大量的壽詞中格調較高。如《水調歌頭·李參政生
日》：

　　　　宇宙一大物，掌握付諸人。人心不滿方寸，塊圠浩無

────────────

〔註 5〕 參見孔凡禮：《全宋詞補輯》第 1～9 頁，中華書局 1981 年版。

垠。或者寒蟬自比，不爾禿犀貽笑，齗齗竟何成？胡不引
賢者，相與共彌綸。　　　未如何，嘗試使，問蒼旻。四時
迭起代謝，有屈豈無伸。昨夜伶倫聲裏，一氣排陰直上，
陽德與時新。道長自今日，持此慶生申。

李壁，字季章，西蜀丹稜人。開禧初拜參知政事，嘉定間知遂
寧府（四川遂寧）。魏了翁在蜀中講學時與之交往甚密。他在壽詞裏
對李壁削秩罷祠之事深表不平，認爲中國之大，人心彌漫無垠，有
不少庸碌之輩，爲何不將國家大事交付與賢者。他以天道周而復始，
四時代謝的變易觀點來看待政治命運，以爲賢者也有屈伸之時。伶
倫是傳說中黃帝的樂官，曾製樂律，李壁生日在十一月二十四日，
陽氣回昇。所以當聽到春天用的樂律表示春回大地，陽氣上昇，陰
氣排除，預示小人失勢，君子之道長，政局將發生變化，則李壁有
重新執政希望。這完全超脫一般壽詞的俗套，表現了對當事人的關
注和對政局變化的期待，因而文化品位甚高。前輩學者與名臣劉光
祖晚年退居蜀中，魏了翁爲他作了不少壽詞，如《水調歌頭‧劉左
史生日慶八十》：

山嶽會元氣，初度首王春。扶持許大穹垠，全德付耆
英。二萬九千日力，四百八旬甲子，釀此傑魁人。玉劍臥
霜斗，金鎖掣天扃。　　　學宗師，人氣脈，國精神。不應
閒處袖手，試與入經綸。磊落磻溪感遇，迢遞彭籛歲月，
遠到漆園椿。用捨關時運，一片老臣心。

劉光祖於寧宗初年曾爲御史，《宋史》卷三九七傳論云：「劉光
祖盛名與《涪州學記》並傳穹垠，世之人何憚而不爲君子也。」對
其政治品格的評價是極高的。魏了翁在壽詞裏歌頌了這位老臣的歷
史功績，以爲他是學者的宗師，國家精神之代表，因此在休致的高
齡也不應袖手而不管國家與蒼生；希望他像姜尚一樣爲應夢賢臣，
像彭祖一樣高壽，像古大椿一樣長青。他的用與捨都關係國運之隆
替。詞雖未能免去祝壽與稱頌之俗，但表現了儒者可貴的濟世精

神，它的無私與忘我和性質，千古之下亦令人感動。魏了翁喜爲前
輩、同僚、親友和眷屬作壽詞，眞有「非此不作」之嫌，所以他也
喜爲自己作壽詞，如其三十七歲作的《木蘭花慢·生日謝寄居見任
官載酒》：

> 怕年來年去，漸雅態，易華顚。嘆夢裏青藜，間邊銀
> 信，望外朱轓。十年竟成何事？雖萬鍾於我何加焉。海上
> 潮生潮落，山頭雲去雲還。　　人生天地兩儀間，只住百
> 來年。今三紀虛過，七旬強半，四帙看看。當時只憂未見，
> 恐如今，見得又徒然。夜靜花間明露，曉涼竹外晴煙。

魏了翁 37 歲時在知眉州（四川眉山）任上，頗有政績，回顧 27
歲前到都城臨安（浙江杭州）任國子學正，已匆匆十年過去。他恐怕
雅志未酬而歲月易逝。人生的短暫與天地造化的永恆是矛盾的，作者
免不了產生人到中年之感。他以復興「正學」爲己任，不是爲了竊取
萬鍾的祿位，深恐未來無成，於是更執著於現實。此詞將其中年的困
苦矛盾心理表現得十分眞實，感慨甚深，很符合自壽之意。魏了翁的
壽詞有很高的思想價值。表現了理學家積極的人生態度，然在其詞集
裏連篇累章的壽詞遂使題材趨於狹窄的境地；祝壽之作易流於應酬，
勢必落入江湖游詞之泥沼，缺乏詞人的性靈與藝術的新意。

清人吳衡照說：「生日獻詞，盛於宋時，以諛佞之氣，攔入風雅，
不幸而傳，豈不倒卻文章架子……然至如魏華父則非此不作，不可
解也。」（《蓮子居詞話》卷三）認爲壽詞是不可作的，並表示對魏
了翁之不解。如果我們冷靜而認眞地考察壽詞，不難發現它產生與
發展是反映了宋人自我意識的覺醒。作者或以自壽的方式進行自我
評價，總結人生經驗，反省曾走過的道路，表現自我價值觀念，堅
定生活信心；或以祝壽的方式對師長與親友之事業予肯定，展示共
同的理想與願望，加強共同的生活信念。魏了翁的壽詞基本上體現
了此種精神。它們與諛佞鄙俗的祝頌之詞是有所區別的，是爲「壽
詞之得體者」。清初浙西詞派領袖朱彝尊編集《詞綜》時說：「宣（和）

政（和）而後，士大夫爭爲獻壽之詞，連篇累牘，殊無意味；至華父則非此不作矣。是集（《詞綜》）於千百之中，止存一二，雖華父亦置不錄也。」（《詞綜發凡》）這對於魏了翁是極不公正的，其主要原因是鶴山詞的藝術風格不爲浙西詞派所欣賞。因此，我們對魏了翁的壽詞應有更爲深入的認識，應有新的評價。

三

魏了翁的詞作在正統的理學家之中是最宏富的，除了大量的壽詞之外，尚有感時之作與言理之作。在南宋後期政治黑闇與國力衰弱之時，作爲以道義自負的正直的理學家，魏了翁常在詞中表達對時局的深憂。其《賀新郎・次韻費五十九丈題秋山閣有感時事》云：

> 霞下天垂宇，倚闌干，月華卻在，大明生處。扶木元高三千丈，不分閑雲無數。謾轉卻、人間朝暮。萬古興亡心一寸，只涓涓、日夜隨流注。奈與世，不同趣。　　齊封冀甸今何許？百年内、欲招不住，欲推不去。閒斷何流障海水，未放游魚甫甫。嘆多少，英雄塵土。挾客憑高西風外，問舉頭還見南山否？花爛熳，草蕃庶。

「扶木」爲遠古傳說中的神木，亦扶桑，日出其下。正是這高大的神木轉動著人間的朝與暮，而歷史似乎也被一種超自然的力量主宰著。自古以來人們都關注國家的興亡，此心如涓涓之水不斷流注。作者產生了歷史宿命之感，但又認爲其個人對興亡之關注與世俗異趣。由此，慨然回顧南宋統治者百年來放棄「齊封冀甸」的山東河北故地的歷史教訓，指責他們壓抑與扼殺人才，致使英雄塵土。作者已預見到南宋必然滅亡之勢，這既是天命，也由人謀之失所造成，無可奈何了。因此，他對時局感到極度悲觀的。這種悲觀的情緒在《八聲甘州・偶書》裏表達得更深刻：

> 被西風吹不斷新愁，吾歸欲安歸？望秦雲蒼慘，蜀山渺茫，楚澤平漪。鴻雁依人正急，不奈稻梁稀。獨立蒼茫外，數遍群飛。　　多少曹、苻氣勢，只數舟燥葦，一局

枯棋。更元顏何事，花玉困重圍。算眼前、未知誰恃，恃
蒼天，終古限華夷。還須念、人謀如舊，天意難知。

　　此是鶴山詞集最後一首詞。卷末有《水調歌頭‧江東曹使兄高
瞻叔生日》詞題下注：「端平丙申五月」，即魏了翁卒前一年之作。《八
聲甘州》當作於端平三年（1236）之後，應是其詞之絕筆了。作者
臨到人生旅程將終之際，猶念念不忘國事。他曾想像楚澤、秦雲的
萍踪及故鄉之蜀山，皆有雪泥鴻爪之感，歸田的願望不能實現。他
追憶歷史上的赤壁之戰與淝水之戰的英雄事業，但現實是哀鴻遍
野、玉軟花柔。人們將希望寄託於長江天險，它自來爲華夷之限，
可保住半壁河山。天意與人謀本是相對的，人的力量有時可以改變
天意，然而魏了翁悲觀的是：人謀如舊，天意難知。這種敗局是不
可挽回的了。在感慨時事之中，作者對社會現實進行政治批判，表
現出歷史憂患意識和清醒的政治見解。此詞表現的是主體的情緒，
附著於深微的意象，因而詞意較爲含蘊，是鶴山詞中的優秀之作。

　　鶴山詞有少數作品表現了主體的理趣追求，即於敘事觀物之外
產生了理學的感悟。其《柳梢青‧郡圃新開雲月湖約客試小舫》云：

擕掇花枝，趁那天氣，一半春休。未分眞休，平湖新
漲，稚綠初抽。　　等閒作個扁舟，便都把湖光卷收。世
事元來，都緣本有，不在他求。

　　作者撇開了現實的同僚遊湖之事，只抒寫一點個人心靈的感受。
人們爲惜春而去尋春，春光正在消逝，便又並非眞正消逝而轉化爲新
綠了。遊賞爲了收攬湖光山色，但事物應自我充實，因而只要自心寧
靜，便不去他求了。這似寓意了理學家關於正心誠意的個人修養的某
種悟解。一次在送別的場合，魏了翁也產生了一種理趣，如《唐多令‧
別吳毅夫趙仲權史敏叔朱擇善》云：

朔雪上征衣，春風送客歸。萬楊花、數點榴枝。春事
無多天不管，教爛熳，住離披。　　開謝本同機，榮枯自
一時。算天公不遣春知。但得溶溶生意在，隨冷暖，鎮芳

菲。

這又是撇開了具體場景的抒情寄意，詞與題已無關聯，不落入應酬的俗套。作者由晚春景色中觀物而意識到花之開謝與樹之榮枯都是自然的法則。如果這個自然法則爲司春之神所不知，則他不計風雨冷暖，總是創造芳菲美麗的世界；倘若他知道枯謝的必然，也許就缺乏生生之意了。個體的生命與永恒的自然始終是矛盾的，人們真正參透了人生便能泰然自若地適應一切變化了。這不是有一種平常的哲理麼！在《木蘭花慢·中秋新河》裏，魏了翁以冷靜的觀物態度去消除了人們關於中秋的詩意的想像，詞云：

> 正秋陰盛處，忽蕩起，一冰輪。甚漢魏從前，才人勝士，斷簡殘文，都無一詞賞玩，更擬將美色似非倫。此意誰能領會，自夸光景長新。　　得陰多處倍精神，俗眼轉增明。向大第高樓，癡兒呆女，脆竹繁裀。此心到頭未穩，莫古人真不及今人？坐看兩儀消長，靜觀千古澆淳。

宋人很重視中秋節，吳自牧說：「八月十五日中秋節，此日三秋恰半，故謂之『中秋』。此夜月色倍明於常時，又謂之『月夕』。此際金風薦爽，玉露生涼，丹桂飄香，銀蟾光滿。王孫公子，富家巨室，莫不登樓，臨軒玩月，或開廣榭，玳筵羅列，琴瑟鏗鏘，酌酒高歌，以卜竟夕之歡。至如鋪席之家，亦登小小月臺，安排家宴，團圓子女，以酬佳節。」（《夢粱錄》卷四）人們在賞月之際會聯想到嫦娥奔月、吳剛伐桂、廣寒玉兔、碧海青天等美麗的傳說，激起「千里共嬋娟」的善良祝願。魏了翁此作一反文人中秋詞之故習，從自然哲學觀念去說明中秋之月乃陰氣最盛的體現，所得陰氣最多之處則是最明亮。這樣，他在中秋之夜賞月所見到的便是宇宙陰陽兩儀的消長與民風澆淳的變化，指出千古才人勝士、癡兒呆女幻想的幼稚可笑。在這位理學家的眼光中只有真的事物，它的美的意義是不存在的。魏了翁過分看重詞題的敘事性，力圖於敘事中探求社會意義和性理意義，所以自得理趣的作品是較爲稀少的。

　　楊愼說鶴山詞「不作艷語」，這是確實的。魏了翁是正統的理學家和嚴肅的政治家，在作品裏不涉及兒女私情。他有一首眉州任上作的《臨江仙‧上元放燈約束妓前燈火》云：

　　　　怪見江鄉文物地，輕豪爭逐春妍。銀花斜韡紫金鞭。
　　千燈渾是淚，一笑不值錢。　　今歲遨頭窮相眼，繁華不
　　學常年。只餘底事索人憐：詩書眞氣味，農扈老風烟。

　　道家以正月十五日爲上元，此夕爲元宵節，宋時京師及各州府皆張燈放夜，讓士庶觀賞遊樂。蔡絛說：「國朝上元節燒燈，盛於前代，爲彩山峻極而對峙於端門。」（《鐵圍山叢談》卷一）這種「彩山」俗稱「山棚」或「燈山」，是燈會的中心。「闕下燈前爲大樂場，編棘爲垣，以節觀者，謂之棘盆。山棚上棘盆中，皆以木爲仙佛、人物、車馬之像。又左右廂盡集名娼立山棚上。開封府奏衙前樂，選諸絕藝者在棘盆中飛丸、走索、緣竿、擲劍之類。」（《歲時廣記》卷十）各地州府於上元燈夕亦仿傚京師之制置設妓前燈火之類的山棚。魏了翁在眉州甚有政聲，對元夕張燈作了改革，約束妓前燈火，愛惜民脂民膏，不作繁華虛飾。「千燈渾是淚，一笑不值錢」，這揭露了虛假繁榮的實質，會得到民眾眞心稱頌的。《宋史》卷四三七評論魏了翁治理眉州的政績說：

　　　　眉雖爲文物之邦，然其俗習法令，持令長短，故號難
　　治。聞了翁至，爭試以事。乃尊禮耆老，簡拔俊秀，朔望
　　詣學宮，親爲講說，誘掖指授。行鄉飲酒禮以示教化，增
　　貢士員以振文風。復蟆頤堰，築江鄉館，利民之事，知無
　　不爲。士論大服，俗爲之變，治行彰聞。

　　魏了翁約束妓前燈火，從側面說明他注重爲民辦實事；而此詞是宋代上元詞中獨具思想意義的作品，表現了理學家「滅人欲」的精神。

　　魏了翁純以作詩的方法塡詞，以實事爲題，於敘事中言志說理，突出表現政治傾向和價值觀念，貫穿儒家的義理，有著始終不渝的

積極的經國濟世精神。他習慣以祝壽作為詞的主要題材，其中自不乏壽詞之佳作，但其某些感時與言理之作在藝術上的成就更高。作者對蜀中前輩文人蘇軾是尊崇的，在這點上他和理學大師朱熹的態度不同，也許由於蘇軾和他有著地域文化的親緣關係所致。鶴山詞的藝術風格亦深受蘇軾豪放詞的影響，卻趨向於曠達與質實，似乎繼承和發展了蘇軾的《沁園春‧赴密州早行馬上懷子由》的創作途徑，而又有辛派詞人以文為詞的特點，這構成了其獨具的風格。鶴山詞在藝術表現方面的缺陷是非常明顯的，總是以詩筆作詞而造成「句讀不葺」的情況。其弟子吳泳對此作了恰當的批評。吳泳讀了魏了翁晚年手編的文集《渠陽集》（其中包括長短句）後，特致書評其詞云：

> 今觀《渠陽》一編，則又豈可以文士目之耶！然尚有可商量者。記、序、銘、說、詩、詞，各自有體，雖文公（朱熹）老先生素秉筆太嚴，而樂府（詞）十三篇，詠梅花，與人作生日，清婉騷潤，未嘗不合節拍。如侍郎（魏了翁）歌詞內，「重卦三三」、「後天八八」、「三三律管」、「九九玄經」等語，覺得竟非詞人之體。是雖胸次義理之富，澆灌於舌本，滂沛於筆端，不自知然而不然，但恐或者見之，乃謂侍郎盡以《易》元之妙，譜入歌曲，是則可懼也〔註6〕。

魏了翁於理宗寶慶元年（1225）九月權尚書工部侍郎，隨即遭諫議大夫朱端常彈劾他「欺世盜名，朋邪謗國」，遂被降職並貶謫靖州居住。在靖州謫居七年間，魏了翁從事著述與講學，手編文集《渠陽集》。靖州（湖南靖縣）別名渠陽，因渠水流經其地。吳泳最初讀了《渠陽集》對魏了翁文甚加稱許，推崇備至，僅對詞作了嚴厲的指摘。吳泳從文體風格論觀點批評鶴山詞不合詞體規範，特別指出其以經義入詞的嚴重弊病。他所舉之例「重卦三三，後天八八」為

〔註6〕 吳泳：《與魏鶴山書》，《鶴林集》卷二八。

《木蘭花慢・孫靖州生日》之句，「三三律管」、「九九玄經」爲《鷓鴣天・范靖州生日》之句，皆見於《鶴山集》卷九六。此類的句例還有「八八號佳辰」（《臨江仙・杜安人生日》）、「且只消一百二十」（《木蘭花令・叔母慶七十》）等等。此外還有一些怪僻的文句如：「知我者常希我貴，於人不即而人即」（《滿江紅・次韻西叔兄咏蘭》），「於公元只餘事，所樂不存焉」（《水調歌頭・李提刑沖祐生日》）「與我言兮雖我願，不吾以也吾常是」（《滿江紅・劉左史生日》），「世道正頹靡，此意儻勿忘」，（《水調歌頭・送趙閬州之官》）等。這些句子也應受到詞家的指摘。所以吳泳將魏了翁之詞與朱熹之詞相比較，認爲晦庵詞是入律而當行的，其藝術成就高於鶴山詞。雖然在詞的藝術表現方面與題材方面，鶴山詞都存在一些缺點，但它仍有積極的思想意義與獨特的藝術風格；尤其是它與正統理學家邵雍、朱松、劉子翬、朱熹、劉光祖、葉適、眞德秀、王柏等人之詞相比較，它的數量最多，其得與失都非常典型地體現了理學詞的基本特色。因此，鶴山詞在宋詞史上是應佔有一席地位的。

　　我們若要對宋代理學詞有較爲深入的認識，必須具體探討理學家之詞。無論理學家們關於詞體持何種極端的否定態度，他們的創作出於何種動機，在他們的創作實踐中卻可見到：他們的詞裏既有情趣高尚的優秀之作，也有許多枯燥乏味的性理之言。因此，簡單的肯定或否定的評價皆不足以概括其生動直觀的文學眞實。理學家之詞是耐人尋味的奇特的文化現象，其中自有發人深省的歷史經驗。

略談夢窗詞與我國傳統創作方法

　　吳文英的夢窗詞在宋詞中以富於藝術獨創性見稱。無論從其穠艷凝澀的字面、綿密曲折的結構、奇麗淒迷的境界，以及所表現的纖細的感受、纏綿沉摯的情感等等看來，夢窗詞都有著我國文學的民族特點的。所以清人戈載說它「與清眞、梅溪、白石並爲詞學之正宗，一脈眞傳，特稍變其面目耳」(《宋七家詞選》)。近年國內外有研究夢窗詞者，另闢蹊徑，以西方現代意識流派的觀點來解釋夢窗詞的藝術特點，認爲它有意識流傾向，或直以爲吳文英就是意識流的詞人，希望從我國傳統文學中找到意識流派的淵源。這無疑混淆了西方意識流與我國古代文學的歷史文化條件的重要區別，將西方現代小說一種流派的基本創作方法來套在我國古代文學家的頭上，而且無視我國傳統文學與西方意識流派基本藝術特徵的不同。以夢窗詞而論，它反映了南宋滅亡前的社會現實，抒寫了封建社會制度重壓之下知識分子的不幸遭遇，以戀愛的悲劇深刻地控訴了不合理的封建制度，在一些詞裏還流露著詞人對於國家命運的關注；而且無論其咏懷之作、戀情之作、咏物及酬贈之作，其作品的主旨雖然含蘊，卻都是可理解的，它們並不存在西方現代派那種反社會、反理性、反現實主義的傾向。以現代西方意識流觀點來研究夢窗詞者並不是從基本藝術特徵方面來比較二者，而是從意識流派的一些表現手法來比附夢窗詞的。認爲：吳文英的詞和現代詩非常相似，

特點在於「對中國詩在傳統習慣上運用的邏輯關係毫不在意」，傳統中國詩的結構總要遵循邏輯、順著時間空間的次序抒情敘事、因果關係很清楚，吳詞中卻存在著許多「不同時間、不同地點的混淆和交叉」；吳文英又喜愛創造一些「非正統的、偏離中心的文學意象」。可見，夢窗詞結構上的時空錯亂和非正統的意象是被認爲它具意識流傾向的主要根據。這顯然是一種誤解。文學中的時空錯亂和一些特殊意象的使用，以及內心獨白等等，並不是現代意識流派特創的、壟斷的表現手法，在現實主義、浪漫主義等文學中是常見的表現手法，在我國傳統文學中也屬常見的。比如說時空錯亂的表現手法在宋詞中就是常見的，並非僅見於夢窗詞。晏殊的「明月不諳離恨苦，斜光到曉穿朱戶」(《蝶戀花》)，是從夜晚到拂曉時間的混淆；晏幾道的「去年春恨卻來時」、「當時明月在」(們臨江仙))是往時與現時的感受的混淆；蔣捷的《虞美人·聽雨》將少年、壯年、老年三個時代的情景，在雨聲中融混起來，總的是感到人生「悲歡離合總無情」；秦觀的《好事近》爲記夢之作，「花動一山春色」、「飛雲當面化龍蛇」，可謂離奇荒誕了。這些如果按意識流的觀點來看也是很典型的意識流作品了。夢窗詞中確是有這樣的情況，如《齊天樂》的「古柳重攀，輕鷗聚別，陳迹危亭獨倚」，「重攀」爲今日，「聚別」爲昔時，兩種感受在獨倚危亭時融混一起；《三姝媚·過都城舊居有感》的「湖山經醉慣，漬春衫，啼痕酒痕無限」，漬春衫之痕凝聚了詞人今昔的悲歡；《風入松》的「黃蜂頻撲秋千索，有當時纖手香凝」，是感受上時間錯亂的幻覺；《齊天樂·馮深居登禹陵》的「寂寥西窗久坐，故人慳會遇，同剪燈語，積蘚殘碑，零圭斷璧，重拂人間塵土」，在地點與時間上都是錯綜的。但是從夢窗每首詞的整體結構來看，其絕大部分作品是按照一般順序寫的，因果關係也很明顯。如《鶯啼序·春晚感懷》，它明顯地學周邦彥《瑞龍吟》的藝術結構，從當前現實的情景寫起，其間穿插舊日情事的回憶，時地有些錯亂，

敘述的次序也不是按情事的原有邏輯，而是按照我國傳統抒情詩詞的方法，立腳於現實感受上來敘述和追憶往事的，其整體結構具有合理性，因果關係也是清楚的，並不具意識流的傾向。西方意識流作品在邏輯結構上的時空錯亂是有反理性性質的，它與我國的傳統格格不入。夢窗詞、玉谿生詩、李賀歌詩、屈原賦等都不存在反理性的性質，它們並非一團混亂的直覺，也不是瘋人的囈語。

　　關於夢窗詞的意象的反傳統性質，有舉其所用之「愁魚」、「花腥」爲據者，茲亦就此二例辨之。吳文英《高陽臺・豐樂樓》有「飛紅若到西湖底，攪翠瀾、總是愁魚」句，這「愁魚」是否「就是一個毫無出處的生詞」呢？與此結構相同的在夢窗詞中就有「愁燈」（《慶春宮》）、「愁燕」（《掃花游》）、「愁紅」（《解蹀躞》）、「愁鬢」（《三姝媚》）、「愁蝶」（《探春慢》）等等，可見其構詞法並不特殊。是否「在中國文學的傳統觀念中，游魚似乎一直是象徵著悠游自在的生活」而不會有「愁」呢？也不盡然。李商隱就有「鰥魚渴鳳眞珠房」（《李夫人》）之句，以「鰥魚」喻鰥夫。「鰥魚」乃無偶之魚，自然是不快活的，所以北宋時張先的「愁似鰥魚知夜永」（《安陸集》）就是從義山詩化出的，這個斷句還深受蘇軾的稱贊，而夢窗詞之「愁魚」即「愁似鰥魚」之意。可見它也不是一個「毫無出處的生詞」。吳文英《八聲甘州・陪庾幕諸公遊靈岩》有「膩水染花腥」句，「花腥」不是指花固有的氣味，是出自詞人的想像。蘇州靈岩的吳宮舊址，詞人想像舊日宮中的脂膏粉膩，使花至今染上一種腥味。吳文英的《高陽臺・過種山》中還用過「岩上閑花，腥染春愁」，詞人想像種山上的花，至今還染有越大夫文種伏劍而死的血腥味。吳文英的《瑣窗寒・玉蘭》用過「蠻腥」以寫艷女「氾人」，以表現她具南方風韻。我國傳統文學中屈原《九章・涉江》就有「腥臊並御，芳不得薄兮」，將惡臭的氣味與芳香對舉，以喻小人竊位，賢士遠離。李賀的《假龍吟歌》有「蓮花去國一千年，雨後聞腥猶帶鐵」。蓮花爲龍王之名，此指龍；鐵味辛，可害龍目；意謂龍去已經千年，雨

後水中還發出驅龍的鐵腥味。可見，夢窗詞中之「花腥」還是來自傳統的。

如果我們將夢窗詞的意象作一番歸納比較的工作，將會見到其常用意象，與我國傳統詩詞比較起來也不是很特殊的。夢窗詞之語言是最有特點的，其中某些意象確屬文英自鑄的新詞，即前人所謂「錬字練句，迥不猶人」者，如「帆鬣」（《三部樂》）、「駭毛」（《一寸金》）、「飛鞚」（《瑞鶴仙》）、「般巧」（《水龍吟》）、「蘭泚」（《天香》）、「麝靄」（《鶯啼序》）、「九險」（《八聲甘州》）等，都是晦澀險怪的例子。雖然吳文英也有韓愈「怪詞驚眾」的癖好，有時令人難以驟解，但考其來源還是出自我國傳統之中的。

唐詩中韓愈一派險怪詩風的開闢，我們基本上肯定它是唐詩的革新，雖然某些地方與傳統相異，卻並不意味著是反傳統的，它的創新來自傳統的基礎之上，它創新的結果又豐富了唐詩的傳統。夢窗詞與宋詞的傳統關係也是這樣的。它的穠摯綿麗的藝術風格，遠紹於屈原、李賀、李商隱，近源自溫庭筠以來的花間和北宋的穠摯詞風，淵源一一可考。夢窗詞的創新來自我國詩詞傳統，它創新的結果又豐富了宋詞的傳統，成為宋詞中之一體。它並不是與我國傳統無關的、海外飛來的東西。從我國詩歌傳統出發，是完全可以給夢窗詞以正確評價的，是可以對其藝術特色進行解釋和欣賞的，沒有必要再去乞援於西方現代文學流派的某一時髦理論。

試論夢窗詞的藝術特徵

　　吳文英的夢窗詞在南宋後期的詞壇上最具藝術獨創性，閃爍著奇光異彩。吳文英總結宋代婉約詞創作經驗的「論詞四標準」所強調的協律、典雅、含蓄、柔婉（沈義父《樂府指迷序》），都體現在他的創作實踐中。夢窗詞不僅有婉約詞的這些一般的特點，重要的是它表現出了自己獨特的藝術面目，在繼承傳統的基礎上另闢蹊徑，使南宋婉約詞繼姜夔之後又實現了一次重大的藝術革新。夢窗詞在當時和後世都發生過重大的影響，近年來它還引起國內外學術界的濃厚興味；這「七寶樓臺，眩人眼目」的藝術奧秘的確值得我們今天認真地去進一步探索。

一

　　宋末詞家張炎向陸輔之傳授的詞法要訣之一便是「吳夢窗之字面」（陸輔之《詞旨序》），認為它是學習的典範；但張炎在《詞源》中批評夢窗詞「凝澀晦昧」而造成的「質實」，也主要是就其字面而言的。夢窗詞的語言是很具特色的，它是純藝術化的、典雅的語言。其字面有穠艷、晦澀、富於雕飾的特點。吳文英喜用華麗而色彩鮮艷的詞字，以渲染氣氛、刻劃形象，有如畫家所用的重彩之筆。如《過秦樓·芙蓉》：

　　　　藻國淒迷，麹瀾澄映，怨入粉煙藍霧。香籠麝水，膩

漲紅波，一鏡萬妝爭妒。湘女魂歸，珮環玉冷無聲，凝情誰訴？又江空月墮，凌波塵起，彩鴛愁舞。　還暗憶鈿合蘭橈，絲牽瓊腕，見的更憐心苦。玲瓏翠屋，輕薄冰綃，穩稱錦雲留住。生怕哀蟬，暗驚秋被紅衰，啼珠零露。能西風老盡，羞趁東風嫁與。

一詞中就用了表示顏色的粉、藍、紅、彩、翠、錦等字，加上富麗的字眼如藻國、烟霧、香麝、膩波、珮環、鴛舞、蘭橈、瓊腕、玲瓏等，顯得五彩繽紛，令人眼花繚亂，字面穠艷非常。此外如用擬人方法寫園中花紅柳翠的景色是「朱嬌翠靚」（《尉遲杯‧賦楊公小蓬萊》）；形容風流的道女形象是「彩雲栖翡翠」（《瑞鶴仙‧贈道女陳華山內夫人》）；描寫池苑的冷落荒涼而用「翠冷紅衰」（《解連環》）；描繪夜空的雲彩而用「蒨霞艷錦」（《遶佛閣‧贈郭季隱》）；想像歌筵舞席的歡樂情景而用「舞葱歌蒨」（《水龍吟‧癸卯元夕》）；咏木芙蓉藉以描寫戀人形象而用「腴紅鮮麗」（《惜秋華》）；表現牡丹的姿色而用「妖紅斜紫」（《喜遷鶯‧同丁基仲過希道家看牡丹》）；形容美人的姿態而用「笑紅顰翠」（《三姝媚‧姜石帚館水磨方氏》）等等，都特別愛使用穠艷的詞藻。造成夢窗詞的凝澀晦昧，這與詞人喜用生僻的字眼和生僻的事典很有關係。詞較詩是更為通俗的，忌用生冷的字，而夢窗詞中卻常見一些怪字。如《三部樂‧賦姜石帚漁隱》的「江鯢」，「鯢」音倪，水鳥，即鷀；《瑞鶴仙‧贈絲鞋莊生》的「絲絇」，「絇」音劬，本繩索之義，此取《儀禮‧士冠禮》「青絇繶純」之意；《解連環》的「練帷」，「練」音疏，布屬，指布帷；《塞垣春‧丙午歲旦》的「細咒」、「咒」音宙，本詛咒之義，而此用作「細咒浮梅殘」其義難解。這些生僻的字很費考索，是險怪作風在詞中的表現。吳文英也喜在詞中使用生僻的事典以示其博雅。鄭文焯說：「詞意固宜清空，而舉典尤忌冷僻。夢窗詞高雋處固足矯一時放浪通脫之弊，而晦澀終不免焉。至其隸事，雖淵雅可觀，然鍛煉之工，驟難索解，淺人或以意改竄，轉不能通。」（《《夢窗詞》

校議》卷下）夢窗詞也有一些用得很好的事典，考知它們的寓義之後，其詞意的關鍵之處也就可索解了。例如關於吳文英那位西湖戀人的身世，詞人在有關西湖情事的詞中有了「桃葉」、「藍橋」、「崔娘」、「海客」幾個事典，就留下了一些線索，將它們串連並觀就可發現那位戀人乃是西湖某貴家之妾。這樣一來，文英有關西湖的情詞就完全可以被理解了。像這樣使用不很生僻的事典於不便明言的情事之關鍵處，雖也晦澀但效果還好，不必厚非。

吳文英作詞最好雕飾，苦心在字句上用功夫，以致有人批評其詞「雕繢滿眼」。一次西湖寒食，忽然天下起雨來，雨霧迷蒙了遠山，風雨落花，弄得道路泥濘。吳文英適在郊外遇雨，他這樣寫道：「驟卷風埃，半掩長娥翠嫵。散紅縷。漸紅濕杏泥，愁燕無語」（《掃花游》）。又如，「一握柔葱，香染榴巾汗」（《點絳唇》），「柔葱」借指美人的纖手「指如削葱根」潔白纖細，而「香染榴巾汗」則詞序顛倒，意思曲折了。它謂榴巾曾染留著戀人纖手的汗香，以示難忘舊情。「玉纖曾擘黃柑，柔香繫幽素」（《祝英臺近・除夜立春》），「玉纖」當然是玉人的纖手，藉以代人；「柔」是觸覺的感受，「香」是嗅覺的感受，詞人卻以通感將二者聯在一起爲「柔香」；「繫」有沾留之意，「幽素」指絹素。因此全句意是，因爲戀人纖手曾擘過黃柑，那細柔的香氣尚留在她用過的絹素上。可見，穠艷、晦澀、雕飾使夢窗詞的字面異樣地華美含蓄，形成有特殊風格的藝術化的語言。但是，吳文英某些詞過分的雕飾、險怪所造成的凝澀晦昧也不能不是其缺陷。

二

吳文英屬於那種情感豐富而又執著內向的人，他感覺纖細而富於幻想。他努力追求藝術表現的效果，苦心地進行藝術構思。他構思的神奇幻變和嚴密的思維體現爲其詞具有綿密曲折的藝術結構。吳文英屬於那種創作態度謹嚴的作家，近於嘔心瀝血的苦吟詩人，

所以他沒有「不經意」之作。他的謹嚴態度尤其表現在藝術結構的慘淡經營、別具匠心。所以前輩詞家朱祖謀說：「君特以隽上之才，舉博麗之典，審音拈韻，習諳古諧。故其為詞也，沈邃縝密，脈絡井井，繽幽抉潛，開徑自行。」(《夢窗詞集跋》)他對夢窗詞的結構是很贊賞的：「沈邃縝密，脈絡井井」，指其結構所體現的意脈綿密；「繽幽抉潛，開徑自行」指其結構的曲折變化、富於創新。楊鐵夫先生自述其學夢窗詞的經過，他潛心探索又受到陳洵的指導，「於是所謂順逆、提頓、轉折諸法，觸處逢源；知夢窗諸詞無不脈絡貫通，前後照應，法密而律精」〔註 1〕。吳文英作詞的上述諸法就體現在結構之中。夢窗詞的藝術結構特點可概括為以下幾點：

（一）散亂顛倒之中有內在的合理性。文英以抒情擅長，喜愛在特定的、具體的時間和場所中抒寫纖細的感受和把握瞬間的印象，它們有時顯得一片一片的散亂顛倒，卻由一種情意串連起來產生強烈的藝術感染效果。《祝英臺近·春日客龜溪遊廢園》結構上就顯得散亂，詞云：

> 採幽香，巡古苑，竹冷翠微路。鬥草溪根，沙印小蓮步。自憐兩鬢清霜，一年寒食，又身在雲山深處。　　畫閑度。因甚天也慳春，輕陰便成雨。綠暗長亭，歸夢趁飛絮。有情花影欄干，鶯聲門徑，解留我霎時凝竚。

此詞上闋三韻，下闋四韻，共七韻。每韻的寫景、抒情或敘事，不用虛字呼應粘連，各自獨立，似不連屬，筆筆脫而又筆筆復。龜溪在浙江錢塘附近，即古孔愉澤。這廢園是文英與戀人曾遊玩過的地方，春日重遊，感懷舊情。詞正面直起入題，以「幽」「冷」的氛圍烘托詞情。「沙印小蓮步」，是出於思念舊情而產生的一種幻覺，事實上當年的芳踪早已無存了。從幻覺中醒來才發覺自己「兩鬢清霜」往事已去。「畫閑度」看似突然而卻很合情理，桃花人面不見，縱使遊春也同等閒。輕陰成雨，加強了廢園的幽冷氣氛。最後的「花

〔註 1〕　楊鐵夫：《夢窗詞選箋釋》，序言，上海醫學書局出版，1932 年。

影欄干、鶯聲門徑」之所以「有情」，因爲那是值得回憶和紀念的地方，只有它們纔可能理解他爲什麼要在這裏久久凝竚。全詞被思念舊情粘連起了，雖然結構顯得鬆散，含蘊的意脈卻貫串首尾綿密如縷。文英名作《風入松》在結構上也頗奇特，詞云：

> 聽風聽雨過清明，愁草瘞花銘。樓前綠暗分携路，一絲柳、一寸柔情。料峭春寒中酒，交加曉夢啼鶯。　　西園日日掃林亭，依舊賞新晴。黃蜂頻撲秋千索，有當時纖手香凝。惆悵雙鴛不到，幽階一夜苔生。

詞上下片各三韻，全詞六韻六個情景：風雨春歸，煙柳含情，曉夢醒來心緒煩亂，西園賞晴，黃蜂頻撲秋千，戀人昨夜未到。此詞作於文英寓蘇州的後期，與那位戀人分離之後，詞中隱藏著他傷痛的情感，情深而以清麗疏爽的語言出之。如楊鐵夫先生說，「不從去時寫去，乃從去後寫去」，於是現實的感覺與往事的追溯夾雜一起，反反覆覆，顛倒錯亂。詞人未以一般的思路寫，正是表現了他於春歸時節睹物傷情的複雜感受。春歸的惆悵是全詞意脈。詞之所以不是雜亂的直覺印象的拼湊、之所以可被理解就在於整首詞有情感的內在合理性，因此人們讀了此詞都會被它眞摯深厚的情感所動的。

（二）大開大闔之中具有謹嚴性。夢窗詞常常在詞的上闋放手寫去，大肆鋪敘，而在下闋巧妙地收束，使詞出現前後今昔的鮮明對比，更加突出主題思想。如《祝英臺近·除夜立春》：

> 剪紅情，裁綠意，花信上釵股。殘日東風，不放歲華去。有人添燭西窗，不眠侵曉，笑聲轉新年鶯語。　　舊尊俎。玉纖曾擘黃柑，柔香繫幽素。歸夢湖邊，還迷鏡中路。可憐千點吳霜，寒消不盡，又相對落梅如雨。

詞的上闋寫人家守歲之樂，鋪敘渲染，將節序的熱鬧歡樂場面著力描繪。詞的下闋寫詞人現實的感受和對當年除夕的追念。全詞上下之銜接以「舊」字表示，詞意忽然轉換，妙於收束，淒冷與熱

鬧場面鮮明對照，表現了詞人的痛苦心情。他如《六醜·壬寅歲吳門元夕風雨》也是上闋寫舊日吳門元夕的熱鬧，下闋寫今日之淒涼。這樣的寫法是經過作者精心布置的，其整體結構具有層次分明的謹嚴性質。

（三）抒情中的敘事穿插。吳文英善於抒情中插入一段精彩的敘事，它是現實生活中詞人感受最深的一個典型情節，表現生活中一個精美的片斷。這樣使夢窗詞生動有趣，形象更為鮮明豐富，而結構也活潑多姿、波瀾曲折。文英抒寫西湖情事的詞就常常插入一些精彩的敘事。《掃花游·西湖寒食》，寫郊外遇雨而插入「乘蓋爭避處，就解佩旗亭，故人相遇」。《賀新郎·湖上有所贈》插入「笑蘿幛，雲屏親到，雪玉肌膚春溫夜，飲湖光、山滌成花貌」，含蓄地寫幽會場面，艷而不褻，合於文英「雅」的原則。《西子妝慢》插入她「笑拈芳草不知名，乍凌波、斷魂西堍」，表現了她天真可愛的情態。《定風波》的「密約偷香口踏青，小車隨馬過南屏」，敘述他們的春遊。《惜秋華》插入「長記斷橋外，驟玉驄過處，千嬌凝睇」，敘述他們的初識。若將這許多片斷串連起來，吳文英的西湖情事就首尾完整了。

（四）多層次與曲折中意脈不斷。夢窗詞結構的複雜還表現在具有多層次的結構。《風入松·桂》以詠物方式糅合兩個情事：

> 蘭舟高蕩漲波涼，愁被矮橋妨。暮煙疏雨西園路，誤秋娘淺約宮黃。還泊郵亭喚酒，舊曾送客斜陽。　　蟬聲空曳別枝長，似曲不成商。御羅屏底翻歌扇，憶西湖臨水開窗。和醉重尋殘夢，殘衾已斷薰香。

地點很分明，上闋寄託蘇州情事，下闋寄託西湖情事。《宴清都》（「病渴文園久」）也是雙層結構，上闋寫西湖情事，「痛恨不買斷斜陽，西湖醞人春酒」；下闋寫蘇州情事，「吳宮亂水斜煙，留連倦客，慵更回首」。《鶯啼序·荷和趙修全韻》結構更為複雜：第一二片借詠荷以寄託情思，抒發現實感受；第三片寫西湖情事，「西湖舊日，

畫舸頻移，嘆幾縈夢寐」；第四片寫蘇州情事，「殘蟬度曲，唱徹西園，也感紅怨翠」。這些都以戀愛悲劇的感傷作爲線索，串連一生的情事，跨越了時地的局限，將它們糅合得好像一件情事了，以致令人誤認爲吳文英戀情詞的抒情對象竟是那位「去姬」，「吳苑是其人所在……其人既去，由越入吳也」。夢窗詞之富於變化還表現在於一首詞中結構的曲折，曲折中可見其意脈的旋轉。比如文英的名作《鶯啼序・春晚感懷》，層次清楚，首尾完整，脈絡井井不紊，然而在大體的層次分明中又起伏變化、顛倒曲折，敘事與抒情交叉，往事與現實更迭，使這一長調慢詞引人入勝。《渡江雲三犯・西湖清明》也是文英的名作之一，同樣以結構曲折見稱。詞云：

> 羞紅顰淺恨，晚風未落，片綉點重茵。舊堤分燕尾，桂棹輕鷗，寶勒倚殘雲。千絲怨碧，漸路入、仙塢迷津。腸漫回，隔花時見，背面楚腰身。　　逡巡。題門惆悵，墮屨牽縈，數幽期難準。還始覺，留情緣眼，寬帶因春。明朝事與孤煙冷，做滿湖，風雨愁人。山黛暝，塵波淡綠無痕。

詞以寫景開始，以「淺恨」的情緒籠罩全詞，概括出一幅暮春繁花滿枝、芳草如茵的美景。接著敘述了西湖仙遇的經過，「腸漫回」揭示了記憶中一個最深刻的印象，順而插入「背面楚腰身」的美人速寫像，善於剪裁，提煉出一個動人的情節，詞情到高潮突然而止。下片詞意較隱晦。「逡巡」乃遲疑不前之狀，突兀地故布疑陣，由描寫轉入抒情。遲疑不前，是怕她閉門不見，然而又事先有約。他們總是緣慳而「幽期難準」的。「還始覺」三字，使詞情力轉而下抒寫一懷淺恨，爲相思苦惱而甘作「愁人」。詞情又從現實中轉出，最後以景結情，留下綿綿相思之意。這裏，情事的奇艷波折、詞人情感的執著矛盾都以結構的曲折幻變表達出來了。

夢窗詞藝術結構反映了作者的精心布局，其結構巧妙謹嚴，所以甚爲後世所師法。

三

　　吳文英寄迹江湖、曳裾王門，政治上仍無出路，精神苦悶，而兩次戀愛的悲劇更給他留下深深的精神創傷。由於時代和個人的因素，吳文英詞充滿悲傷哀怨的情調。吳文英富於幻想，喜愛神奇瑰麗的意象，奇麗之美成為他審美趣味的中心。這種奇麗以婉約為基調，缺乏宏偉雄豪的氣魄，缺乏光輝的社會理想照耀，因而被染上一層冷色，構成夢窗詞奇麗淒迷的藝術境界。文英雖然具有浪漫氣質，卻沒有蘇軾那種挾天風海雨的仙氣，而有李賀式的「鬼才」，所以它的奇麗之中充滿神秘險怪，淒迷中見幽冷。《八聲甘州·靈岩陪庾幕諸公遊》，詞一開始作者就提出一個奇怪而又無法回答的問題：「渺空煙四遠，是何年，青天墜長星？」將詞意引入一個古老的幻想世界。《齊天樂·與馮深居登禹陵》的「幽雲怪雨，翠萍濕空樑，夜深飛去」，這就更奇了：會稽禹廟屋樑上所畫之龍，在一個幽雲怪雨的深夜忽然飛去，樑上還留下濕淋淋的翠萍。《水龍吟·賦張斗墅家古松五粒》的「皴鱗細雨，層陰藏月，朱弦古調」，則是陰森古怪的境界，古老茂密有似老龍的松陰遮掩了月光，林間細雨霏霏，在幽闇神秘的地點，突然響起幽怨的琴聲。早在北宋時伊川先生程頤聽到誦晏幾道的「夢魂慣得無拘檢，又踏楊花過謝橋」，先生笑曰：「鬼語也。」夢窗詞中這類「鬼語」就更多了。如：「哀曲霜鴻淒斷，夢魂寒蝶幽颺」（《風入松·鄰舟妙香》）；「醉魂幽颺，滿地桂陰無人惜」（《尾犯·甲辰中秋》）；「慘淡西湖柳底，搖盪秋魂，月夜歸環佩」（《夢芙蓉·趙昌芙蓉圖》）。這些夢魂自在幽颺，遊戲於桂樹影下，飄蕩於湖邊柳底，情景淒厲，鬼氣森森。文英的《惜黃花慢·菊》結尾寫道：「雁聲不到東籬畔，滿城但風雨淒涼，最斷腸，夜深怨蝶飛狂。」詞雖是咏物卻寄託了作者滿腔的怨憤之情。這個「怨蝶」是作者思想情感的化身，它因為怨憤難以申述便反常地在淒風苦雨的深夜狂飛。這驚心動魄的形象反映了作者精神創傷的巨痛。文英的自度曲《古香慢·賦滄浪看桂》詞云：

　　　　怨娥墜柳，離佩搖藻，霜訊南圃。漫憶橋扉，倚竹袖

寒日暮。還向月中游，夢飛過、金風翠羽。把殘雲剩水萬
頃，暗薰冷麝悽苦。　　漸浩渺、凌山高處。秋淡無光，
殘照誰主？露粟侵肌，夜約羽林輕誤。剪碎惜秋心，更腸
斷、珠塵蘚路。怕重陽，又催近、滿城風雨。

　　詞是有寄慨的，不僅對南宋後期社會現實感到悲哀，也寄寓了
作者愛情的不幸。詞人以咏物而抒寫自己悽苦的感受，以「怨」的
情調籠全詞，以花落於深秋細雨中為結；不是以中秋賞桂咏賞良辰
美景，而是以它作為往事來陪襯今日的淒涼冷落，著力刻劃沒落殘
破的荒涼景象，使全詞染上濃重的冷色。這是時代悲劇和詞人一生
悲劇的象徵性表達。夢窗詞的主要作品大都具有這種色調和情調。
文英的《思佳客‧賦半面女髑髏》更表現了對死亡的神秘世界的向
往。詞云：

　　　　釵燕攏雲睡起時。隔墻折得杏花枝。青春半面妝如畫，
　　細雨三更花又飛。　　輕愛別，舊相知。斷腸青冢幾斜暉。
　　斷紅一任風吹起，結習空時不點衣。

　　此題在北宋時詩人蘇軾與宗杲大師俱有詩作，皆從佛家徹悟的
觀點表現「色即是空」的思想〔註2〕。文英沿用這個題材，在他的
筆下，這不是可怕的髑髏，而是一具活的美的女鬼。她夜半三更隨
風雨飛揚，又著附於落花飛起，充滿了神秘的鬼趣，寄託了文英對
含恨死去的戀人的悼念，它與李賀《蘇小小墓》都寫鬼的世界，都
具藝術魅力。對神秘幽冷的鬼趣的追求，對這樣題材的選擇處理，
表現了吳文英特殊的審美趣味。

　　綜上所述：以穠艷凝澀的字面、綿密曲折的結構、創造出奇麗淒
迷的境界，這就是夢窗詞的基本藝術特點。

四

　　在宋詞發展史上，吳文英是一大家。張炎說：「舊有刊本《六十

〔註2〕　參見周密：《浩然齋雅談》卷中。

家詞》可歌可誦者指不多屈，中間如秦少游、高竹屋、姜白石、史邦卿、吳夢窗，此數家格調不侔，句法挺異，俱能以特立清新之意，刪削靡曼之詞，自成一家，各名於世。」（《詞源・序》）張炎從自己的藝術觀點出發，所論是有一定偏見的，所列五家中高觀國、史達祖缺乏藝術獨創，但認爲吳文英能「自成一家」，這還是正確的。清代周濟的《宋四家詞選》以吳文英與周邦彥、辛棄疾、王沂孫並列爲宋詞四大家，給了吳文英以很高評價。宋詞史上，柳永、蘇軾、秦觀、周邦彥、李清照、辛棄疾、姜夔、張炎等大詞人成就各有不同，然而都有自己的藝術風格。吳文英也以自己獨創的風格居於姜夔之後、張炎之前，他在諸大家之間是毫無愧色的。夢窗詞在諸家詞之間藝術風貌特異，較易辨別，所以自清代中葉以來許多詞家對於夢窗詞的藝術風格的認識是比較趨於一致的。周濟說：「夢窗奇思壯采，騰天潛淵，返南宋之清泚，爲北宋之穠摯。」（《宋四家詞選・目錄序論》）南宋婉約詞趨於清淡雅致，而夢窗詞卻以花間詞以來的穠摯出現。「穠」指夢窗詞字面的穠艷華麗，「摯」指其詞意深厚。戈載說：「夢窗詞以綿麗爲尚，運意深遠，用筆幽邃。」（《宋七家詞選》）這是從其命意構思的特點著眼的，較準確地說明夢窗詞藝術結構的特點。此後論夢窗詞者皆祖述以上兩家之說。杜文瀾在《夢窗詞敘》和吳梅在《詞學通論》中都重複了戈載的意見。陳洵則說：「飛卿嚴妝，夢窗亦嚴妝，惟其國色，所以爲美。」（《海綃說詞》）所謂「嚴妝」即周濟「穠摯」之意。蔣兆蘭綜合以上兩說，認爲「繼清眞而起者厥惟夢窗，英思壯采，綿麗沈警，適與玉田生（張炎）清空之說相反」（《詞說》）。詹安泰先生也認爲：「夢窗詞以麗密勝，然意味自厚，人驚其麗密而忘其意味耳。」〔註３〕據詞界諸家對夢窗詞藝術特徵的探討和我們的分析，可以說以「穠摯綿麗」來概括夢窗詞的藝術風格是較爲恰當的。吳文英之所以成爲南宋大家，其詞

〔註３〕　詹安泰：《讀詞偶記》，見《宋詞散論》，廣東人民了峰鑿計，1980年。

的藝術風格是成熟的，且具獨創性、豐富性和穩定性的特點。

藝術的獨創性是作家的氣質、才能、思想、情感、文化教養在創作中的表現，形成了自己的藝術特點的，這就是作家的創作個性。它的形成標誌作家風格的成熟。穠摯綿麗是夢窗詞的藝術獨創，標誌了其風格的成熟。吳文英追求險怪、喜好雕飾、詞語晦澀等個人的癖好，使他具有一種怪癖的藝術作風。這種作風使吳文英產生過一些失敗的作品，虛僞矯飾、淺薄空疏，離開了生活的眞實；但是當這種作風得到一定程度的克服，在深刻反映生活眞實的時候，它又使文英的創作個性更加突出了。無疑在吳文英整個創作中後者是居於主導地位的，因而未使風格遭到破壞而獲得獨創意義。所以陳洵說：「以澀求夢窗，不如以留求夢窗。見爲澀者，以用事下語處求之；見爲留者，以命意運筆中得之也。以澀求夢窗，即免於晦，亦不過極意研煉麗密止矣，是學夢窗適得草窗。以留求夢窗，則窮高極深，一步一境。」（《海綃說詞》）可見，當吳文英逞才使氣，任其怪癖作風表現時，其詞就晦澀淺薄，當其創作個性得到正確表現時，其詞就含蓄能留。夢窗詞不是沒有缺陷的，但若認爲它只是險怪晦澀一無是處，則只看到了其惡劣作風的一面，而這在整個詞中並非很主要的。陳洵只是贊美，甚至無視其缺陷，也非實事求是的態度。

夢窗詞的風格是比較豐富的，它以穠摯綿麗爲主，而又有疏快之作。張炎說：夢窗詞「如《唐多令》云，『何處合成愁，離人心上秋。縱芭蕉不雨也颼颼。都道晚涼天氣好，有明月，怕登樓。　　前事夢中休，花空煙水流。燕辭歸客尙淹留。垂柳不縈裙帶住，漫長是，繫行舟。』此詞疏快卻不質實。如是者集中尙有，惜不多耳」（《詞源》卷下）。《唐多令》並非吳文英佳作，而且像這類疏快之作爲數也不少，特別是當文英咏懷而直抒胸臆之時。這都說明夢窗詞藝術風格的豐富性。

夢窗詞的藝術風格形成得早而且比較穩定，從青年時期在蘇州作的《滿江紅·甲辰歲盤門外寓居過重午》、《瑞鶴仙》（「淚荷拋碎

壁」)、《齊天樂・與馮深居登禹陵》、《金縷歌・陪履翁滄浪看梅》，
中年在杭州作的《渡江雲三犯・西湖清明》、《齊天樂・會江湖諸友
泛湖》、《掃花游・西湖寒食》、《賀新郎・湖上有所贈》，直到晚年作
的《西平樂慢・過西湖先賢堂傷今感昔，泫然出涕》、《鶯啼序・春
晚感懷》、《三姝媚・過西湖舊居有感》，其穠摯綿麗的風格都是始終
一貫的，表現了其風格的連續性和穩定性，雖然其晚年的作品更爲
沉鬱。由於這樣，夢窗詞的藝術風格不流於瑣碎而最具獨特的面目。
吳文英善於找到自己藝術氣質、才能和審美趣味的恰當的表現方
式，風格確定得早，藝術特色鮮明，而又連續穩定地發展下來，因
而取得了很大的成功。比較起來，夢窗詞在藝術上的成就大大超過
了其思想方面的成就，它爲我們留下了許多藝術創作的經驗，而其
中也包含著一些很深刻的教訓，其成功之處仍然值得我們學習和借
鑒的。

論夢窗詞的社會意義

　　近十餘年來，國內對吳文英夢窗詞思想內容的評價基本上取否定態度。比如說它：「思想內容往往不足道」，「重形式格律而忽視內容」，「思想境界並不高」。一般說來，承認夢窗詞具有藝術獨創性容易，認識其社會意義則困難。這是因為：一、夢窗詞藝術形式精巧，而詞語晦澀難懂，致詞意撲朔迷離不易把握；二、夢窗詞具有個人抒情性質，沒有接觸重大的現實題材，社會意義顯得微弱；三、夢窗詞著重表現消極悲哀情緒，不能給人以積極的思想意義。儘管它有這樣一些特點，並不意味其思想內容一無可取。因此，有待我們透過現實折光，從其藝術表現、個人抒情、以及消極感傷的氣氛中，探索夢窗詞深刻的社會意義。

一

　　吳文英晚年手輯自己詞集，正值南宋後期政治最黑闇之時。凡是與吳潛唱和之作或現實性較強之作，都可能被刪去，而且佚散較多。因此，現存的夢窗詞反映社會現實重大題材的作品很少，但又並非只有《金縷歌·陪履齋先生滄浪看梅》一首才是「感慨時事之作」。從這極少數詞中，也可看到吳文英不僅是在抒寫個人的痛苦，而且更是有廣闊的社會意義。文英在蘇州陪吳潛遊韓世忠別墅滄浪亭而作的《金縷歌》詞云：

　　　喬木生雲氣，訪中興英雄陳迹，暗追前事。戰艦東風
慳借便，夢斷神州故里。旋小築，吳宮閒地。華表月明歸
夜鶴，嘆當時、花竹今如此。枝上露，濺清淚。　　遨頭
小簇行春隊，步蒼苔尋幽別墅，問梅開未？重唱梅邊新度
曲，催發寒梅凍蕊。此心與東君同意。後不如今今非昔，
兩無言、相對滄浪水。懷此恨，寄殘醉。

　　詞作於南宋嘉熙三年（1239）吳潛知平江府（蘇州）時，吳潛有《賀新郎·吳中韓氏滄浪亭和吳夢窗韻》。吳潛是當時重要的主戰派人物，他經常外任地方官職，得不到信任和重用。對外屈辱投降的主和路線始終爲南宋最高統治集團支持和奉行。吳潛處在被打擊、被排擠的地位。這年正月，吳文英陪吳潛遊滄浪亭看梅，他們的酬唱表現了對國家的憂慮。文英的詞以憑弔中興英雄韓世忠直接人題，發揮了對國事的感慨，將韓世忠等的英雄業績及恢復中原的願望以慘痛的歷史教訓表現出來：失去戰機，神州不復，全是由南宋統治集團爲著狹隘的私利，一手寫下的可恥歷史。詞人借韓世忠廢棄閑地，鬱鬱而死，忠魂化鶴歸來，目睹國事日非而傷心落淚，表達文英與吳潛對理宗集團繼續推行秦檜主和路線的義憤。「東君」借指吳潛，表示他們互相知心，患難與共。「後不如今今非昔」，是就南宋以來歷史發展的趨勢所作的結論：韓世忠時代，出現過中興的局面，隨即煙消雲散，中興英雄不是被害死便是被廢棄，與南宋初年相比，每況愈下，衰亡的徵兆已經顯露。最後，表示他們在現實面前無能爲力，無可奈何的心情，也許只有一杯殘酒能澆胸中之恨了。「此恨」包含了對歷史和現實的恨。詞的思想含蘊而深刻，從中見到詞人的眞面目。吳文英的自度曲《古香慢·賦滄浪看桂》，以咏物的方式間接表達詞人悲苦的現實感受：「把殘雲剩水萬頃，暗薰冷麝悽苦……秋淡無光，殘照誰主？」以寄託對國運衰亡之感。《高陽臺·過種山》以弔古爲題材，爲富有現實意義的作品。詞云：

　　　帆落回潮，人歸故國，山椒感慨重遊。弓折霜寒，機

心已墮沙鷗。燈前寶劍清風斷，正五湖雨笠扁舟。最無情，岩上閑花，腥染春愁。　　當時白雲蒼松路，解勒回玉輦，霧掩山羞。木客歌闌，青春一夢荒丘。年年古苑西風到，雁怨啼，綠水湋秋。莫登臨，幾樹殘煙，西北高樓。

種山在紹興會稽。詞題原注：「即越文種墓。」《越絕書》卷八：「種山者，勾踐所葬大夫種也。」此詞爲文英晚年所作，當時吳潛已死於貶所，賈似道權傾中外。吳潛被理宗、賈似道集團迫害致死，是南宋後期政治腐敗黑闇的表現。吳潛之死與文種爲越王賜死不盡相同，但某些地方又頗類似。詞人惋惜文種竟未看出越王的「機心」，當文種「燈前寶劍清風斷」伏劍而死時，卻是范蠡「正五湖雨笠扁舟」之日。詞人似乎感到，文種的鮮血澆開了花朵，「岩上閑花，腥染春愁」。詞的下闋追敘了當年越王會稽之恥。越王在危難之中採用文種伐吳《九術》，「吳王好起宮室，越勾踐選名山神材而獻之，使木客（伐木者）三千人，入山伐木，皆有望怨之心，而歌木客之吟」（《吳越春秋》）。誰知歷史翻覆無情如在瞬間，當木客的哀怨歌聲將完，而文種已「青春一夢荒丘」了。此後年年西風雁啼，似乎都在爲文種鳴不平呢！在這裏，詞人以深沉的憤怒揭露了越王自私殘忍的本性。這無疑是寄託了對南宋後期黑闇政治的指斥，具有深刻的現實意義。

晚年，吳文英曾重到杭州。他「過西湖先賢堂，傷今感昔，泫然出涕」，作了《西平樂慢》，詞云：

岸壓郵亭，路敧華表，堤樹舊色依依。紅索新晴，翠陰寒食，天涯倦客重歸。嘆廢綠平煙帶苑，幽渚暗香蕩晚，當時燕子，無言對立斜暉。追念吟賞風月，十載事，夢惹綠楊絲。　　畫船爲市，天妝艷水，日落雲沉，人換春移。誰更與苔根洗石，菊井招魂，漫省連車載酒，立馬臨花，猶認蔫紅傍路枝。歌斷宴闌，榮華露草，冷落丘山，到此徘徊，細雨西城，羊曇醉後花飛。

　　西湖先賢堂在西湖三堤路第一橋，「寶慶二年（1226）袁公韶奏請仿越中先賢館，取本府自古名德嚴子陵而下三十九人，刻石作贊，具載事跡，祠之西湖，室宇靚麗，遂爲湖中勝賞」（《淳祐臨安志》卷六）。這是文英「十載西湖」重遊之處，他「傷今感昔」有三點：一是吳文英個人十載的「吟風賞月」、「連車載酒」之江湖雅興已成往事，詞人落魄困躓不可能再過往日生活了，這是個人不幸引起的感昔；二是西湖已無當年的繁華，詞人見「廢綠平煙帶苑」、「日落雲沉」，「冷落山丘」的荒涼冷清的景象，這是南宋後期的縮影，由此引起「傷今」；三是在「傷今感昔」的對比之下，最後達到政治抒情的高度。如楊鐵夫先生說，「題爲感舊，末以羊曇自況，蓋必感恩知己者，非泛泛也」（《夢窗詞選箋釋》，民廿一年醫學書局版）。據《晉書》卷七九《謝安傳》，丞相謝安還都，輿病人西州門（今南京市西），疾篤，隨即死去。謝安之甥羊曇，「知名士也，爲安所愛重。安薨後，輟樂彌月，行不由西州路。嘗因石頭大醉，扶路唱樂，不覺至州門。左右白曰：『此西州門。』曇悲感不已，以馬策叩扉，誦曹子建詩：『生存華屋處，零落歸山丘』，痛哭而去」。詞的結尾正面使用了醉哭西門之事，寄託詞人的感慨。在文英的交遊中，丞相吳潛足以比擬謝安，而他受吳潛的感知有似羊曇與謝安的關係，用羊曇事表示對吳潛的悼念完全是恰當的。當時，吳潛代表的主戰派與賈似道代表的主和派尖銳對立，對吳潛的悼念有一定的政治意義。吳文英之所以要寫得這樣晦澀，是他在政治黑闇的條件下不得已而採取的表達方式。此外如《遠佛閣『贈郭季隱』的「看故苑離離，城外禾黍」抒寫了黍離之感；《八聲甘州‧靈岩陪庾幕諸公遊》的「宮裏吳王沉醉，倩五湖倦客，獨釣醒醒」藉以指摘理宗集團的昏庸荒淫將致亡國，等等。在這些詞裏，沒有雄壯勁健的音調，也沒有理想宏圖的展示，只是以凄冷的色調描繪出一幅殘破、冷落、荒涼的圖景，以感傷沉痛的心情抒寫了對於國家現實的憂慮和哀愁，這是吳文英爲南宋王朝行將滅亡而唱的一曲輓歌。它的社會意義，就在

於從消極方面指出南宋王朝必然滅亡的歷史命運，引起人們對封建統治階級的憤恨。

二

吳文英的家世，我們不得其詳，但從他青年時代奔走於德清等處和入蘇州倉幕的情形推測，其家庭並不富裕，他須得早早獨立謀生。此後，他就過著遊幕和江湖遊士的生活了。從文英的交遊活動來看，他是在積極為自己爭取一條政治出路，而不得不違背自己的本意去追陪宴遊、曳裾王門。他在科舉考試中屢試不售，無可奈何地加入江湖遊士的隊伍，晚年竟困躓以死。因此，他在詞中抒寫個人生活的不幸、政治和人生的苦悶、浪迹江湖的辛酸，就成了重要的主題。吳文英由於自己的審美趣味，這個主題思想常在抒情、酬贈、登臨等詞中，輕描淡寫的表現出來。這些悲苦之辭與達官貴人、高人雅士等的閑愁閑悶有性質的不同，它不是無病呻吟，而是詞人的真實感受。文英表面上以江湖遊士的態度出現於豪門貴家，他實際感到的是「浪迹尚為客，恨滿長安千古道」（《遶佛閣‧天街盧樓追涼小飲》），充滿憤恨之情，將自己的愁和恨表達得很深刻。文英於淳祐四年作的《喜遷鶯‧甲辰冬至寓越，兒輩尚留瓜涇蕭寺》是他離蘇州後對前期生活的總結。詞云：

> 冬分人別。渡倦客晚潮，傷頭俱雪。雁影秋空，蝶情春蕩，幾處路窮車絕。把酒共溫寒夜，倚繡添慵時節。又底事，對愁雲江國，離心還折？　吳越。重會面，點檢舊吟，同看燈花結。兒女相思，年華輕送，鄰戶斷簫聲咽。待移杖藜雪後，猶怯蓬萊寒闊。最起晚，任鴉林催曉，梅窗沈月。

文英這年三十八歲，其家室兒女都在蘇州附近的吳江縣瓜涇。在「幾處路窮車絕」的情形下，他離家謀求生路，雖身在杭州，心猶牽繫蕭寺的家室兒女。這時詞人因憂愁而添了華髮。「雁影秋空，蝶情春蕩」，道出了他一事無成，雪坭鴻爪，踪迹蕩然，而「路窮車

絕」則以阮籍窮途痛哭來比自己到了走投無路的絕境。杭州「愁雲江國」，別離令他心碎。詞人正當盛年，當是大有作爲之時，卻「年華輕送」，白白銷磨時光。嚴寒獨客他鄉，「斷簫聲咽」、「鴉林催曉、梅窗沉月」，襯托出詞人悲涼痛苦的心情。《三姝媚·過都城舊居有感》是他晚年生活的總結。詞云：

> 湖山經醉慣，漬春衫，啼痕酒痕無限。又客長安，嘆斷襟零袂，涴塵誰浣？紫曲門荒，沿敗井風搖青蔓。對語東鄰，猶是曾巢，謝堂雙燕。　　春夢人間須斷，但怪得當年，夢緣能短。綉屋秦箏，傍海棠偏愛，夜深開宴。舞歇歌沉，花未減、紅顏先變。竚立河橋欲去，斜陽淚滿。

重過都城舊居，必然引起今昔生活的感慨。這裏的湖山詞人是很熟悉的，春衫上還留下許多「啼痕酒痕」；而從啼痕酒痕暗示過去都城生活也非如意。現在重到都城，春衫已成「斷襟零袂」了，生活的貧困艱辛可知；舉目無親，孑然一身，征塵涴積，誰爲浣洗？舊居的一片衰敗景象是南宋滅亡前經濟蕭條、政治沒落的象徵。詞的下闋，作者自寬自解：人生猶夢，夢是有盡，何必悲傷？但命運對他太不公平，這夢於他卻是特別短促。文英在杭州期間見知於史宅之和吳潛，曾有一段時間生活較好，可是史宅之早死、吳潛繼而受害，這使他失了依附，生活陷於困境。詞人一生悲愁的日子多了，所以深深發出不平之鳴。詞人衰老了，昔日的舊居唯見「風搖青蔓」，荒涼可怕。詞人感傷不已，久久竚立，在斜陽的殘照中淚流滿面。「斜陽淚滿」是詞人晚年困躓生活的形象概括。

吳文英在詞中抒寫的個人生平遭遇的不幸，在我國古代封建社會裏有較爲普遍的意義，是一個有才華的知識分子在封建制度重壓之下的呻吟。南宋後期政治的黑闇、吏治的腐敗、科舉的弊端是造成他悲劇的根本原因。南宋時代許多知名的詞人如姜夔、劉過、戴復古、陳人傑等都有著同吳文英一樣的不幸命運：落魄江湖，布衣終身。因而，他們發抒的個人不幸的感慨，也能起到揭露封建社會

黑闇腐敗的作用，也就具有一定的批判現實的意義。

三

　　吳文英除了在詞中抒寫自己生平的不幸外，還以大量的篇幅寫下了他的愛情悲劇，通過愛情悲劇反映了封建制度的不合理，對這一制度作了有力的控訴。與兩宋詞人相比，他的戀情詞有明顯的三個特點：一、今存夢窗詞三百四十首，戀情詞約一百二十餘首，約占總數的百分之三十五，絕對數超過了兩宋詞人；二、這一百二十餘首詞，有關兩個抒情對象的詞就占了三分之二，情感專注執著；三、吳文英在戀情詞中真實地抒寫個人情事，精心刻意。

　　吳文英戀情詞的抒情對象是蘇州的一位歌妓和杭州的一位貴家歌姬，她們都是封建社會中的不幸婦女，前者是「賤民」，後者雖是貴家之妾，也屬家妓性質的。文英與她們真誠相愛，但封建婚姻制度和封建禮法禁錮相互不能婚配，因而不可避免地在第一個戀愛悲劇發生之後，又發生第二個悲劇。吳文英是著名的詞人，許多歌妓都在歌筵舞席上求他即席賦詞。「不言而喻，體態優美，親密的交往，融洽的旨趣」等等，使得他們之間發生戀情。吳文英的戀愛就其浪漫的性質、平等的觀念、真誠的態度來看，它都具有現代意義上的愛情關係。吳文英的戀愛事跡本身具有反封建、爭取戀愛自由的性質。

　　吳文英戀情詞大都充滿悲哀氣氛的，只有《宴清都·連理海棠》例外。詞人以咏物的方式，熱烈歌頌了愛情的幸福甜蜜。詞云：

　　　　繡幄鴛鴦柱。紅情密，膩雲低護秦樹。芳根兼倚，花梢鈿合，錦屏人妒。東風睡足交枝，正夢枕瑤釵燕股。障艷蠟，滿照歡叢，嫠蟾冷落羞度。　　人間萬感幽單，華清慣浴，春盎風露。連鬟並暖，同心共結，向承恩處。憑誰為歌長恨？暗殿鎖、秋燈夜語。敘舊期，不負春盟，紅朝翠暮。

　　連理在我國民俗中本以喻男女的相愛。詞的意脈發展始終圍遶海棠的美艷、連理的歡愛一路寫下去。試看，春濃花艷的園中，瓊枝玉樹，雙雙依偎，有似「鈿合」，讓人間那些「錦屏人」去妒羨吧！「錦屏人」本指貴人或貴婦，此處借指爲封建禮教的維護者。接著詞人暗用了蘇東坡咏海棠的名句：「林深霧暗曉光遲，日暖風輕春睡足」，「只恐夜深花睡去，高燒銀燭照紅妝」，著力刻劃幸福歡愛。因此那孤獨寂寞的嫦娥──螯蟾（月光）都羞於照到這一雙愛侶。詞的下闋全用唐玄宗與楊貴妃死生不渝的愛情故事，特別是以他們愛情過程中的華清池新承恩澤和長生殿夜半私語的情節，來歌頌愛情的幸福，否定人間天上有什麼「長恨」之事，詩人也空自作了《長恨歌》。封建婚姻不是以愛情爲基礎的，特別是吳文英時代理學的提倡，不僅否定愛情，還進而否定了人欲。「不負春盟，紅朝翠暮」，這首詞卻熱烈地歌頌愛情，描寫男女的歡愛，無疑是對封建主義的挑戰，是對理學的挑戰。

　　吳文英因爲政治失意，事業無成，他的情感傾注於對愛情的追求，在愛情中求得精神寄託，而且從中追求著人間最美好的情感，去發現情感的美、世界的美。所以他的戀情詞沒有那種紈袴子弟的輕薄作風，也沒有士大夫那種消閒遊戲態度，其真摯熱情是動人的，表現了他們美好的情感。文英寫他與蘇州歌妓的深情，「暗憶芳盟，絹帕淚猶凝」（《探芳信》）；回想與她一起時，「移燈夜語西窗，逗曉帳迷香，問何時又？素絢乍試，還憶是、綉懶思酸時候」（《玉燭新》）；他們的相會也是很感人的，「落絮無聲春墮淚，行雲有影月含羞」（《浣溪沙》）。文英寫他與西湖戀人的深情，「偷相憐處，薰盡金篝，消瘦雲英」（《慶春宮》）。「雲英」，借指她像藍橋仙子一樣。他與她通過歌詞聯繫，瞭解「著愁不盡宮眉小，聽一聲相思曲裏，賦情多少」（《賀新郎·湖上有所贈》）。她爲真正的知音所賞，迸發出最大的熱情，「辣單夜共，波心宿處，瓊簫吹月霓裳舞，到明朝未覺花容悴」（《鶯啼序·荷》）。愛情的美好，其悲劇也就更加具有控

訴封建制度的力量。蘇州的歌妓，最後與文英被迫分離，音訊杳無，臨分時是「待憑信，拚分鈿。試挑燈欲寫，還依不忍，箋幅偷和淚卷」（《瑞鶴仙》）。別後雙方都十分不幸，「向暮巷空人絕，殘燈耿塵壁，凌波恨，簾戶寂。聽怨寫、墮梅哀笛」（《應天長‧吳門元夕》）。詞人為此無比傷情，「向殘燈短夢，梅花曉角，為誰吟怨」（《水龍吟‧癸卯元夕》）？西湖歌姬的命運更其悲慘，她最後以身殉情了，文英也更為傷痛，他感到「天上，未比人間更情苦」（《荔枝香近‧七夕》）。詞人想像她的芳魂「怨入粉煙藍霧……湘女魂歸，珮環玉冷無聲，凝情誰訴？又空江月墮，凌波塵起，彩鴛愁舞」（《過秦樓‧芙蓉》）。直到晚年，詞人還為她寫了許多纏綿悱惻的詞語，充滿怨恨：「淚香沾濕孤山雨，瘦腰折損六橋絲」（《畫錦堂》）；「心事孤山春夢在，到思量、猶斷詩魂」（《極相思》）；「最傷心，一片孤山細雨」（《西子妝慢‧湖上清明薄遊》）；「離骨漸塵橋下水，到頭難滅景中情」（《定風波》）。吳文英戀愛悲劇的造成，客觀地揭露了封建制度的罪惡及其不合理性。《瑞鶴仙‧秋感》是吳文英寓蘇州後期作的，抒寫了他蘇州的戀愛悲劇，詞云：

> 淚荷拋碎璧。正漏雲篩雨，斜捎窗隙。林聲怨秋色。對小山不迭，寸眉愁碧。涼欺岸幘。暮砧催、銀屏剪尺。最無聊、燕去堂空，舊幕暗塵羅額。　　行客。西園有分，斷柳淒花，似曾相識。西風破屐。林下路，水邊石。念寒蛩殘夢，歸鴻心事，那聽江村夜笛。看雪飛蘋底蘆梢，未如鬢白。

詞中的悲愁形象感人。詞以秋感為題，一開始便描繪出淒風苦雨的秋夜。「淚荷拋碎璧」，據吳梅的解釋是，「淚荷為蠟淚銀荷。碎璧，即蠟淚成堆，遇圓為璧也」（《匯校夢窗詞札記》）。這是有象徵意義的，構成全詞基調。「燕」借指歌妓，在悽苦的秋夜，詞人對她無盡思念。下闋寫他們常幽會的西園，「斷柳淒花，似曾相識」，睹物傷情。繼而從心理刻劃和形象描繪表現其深刻創傷：蘋花和蘆花

本來就是白的，加上雪又飛在上面，然而它們都不如詞人的鬢白。其實文英離蘇州時，年僅三十七歲。吳文英的《鶯啼序·春晚感懷》是敘述他西湖十載的哀艷情事的。一個暮春時節，詞人乘馬春遊，沿著西湖堤畔走去，進入風景優美宛如仙境之地，遇見了有似凌波仙子的貴妾；通過她的婢女錦兒傳遞情意，初為定情；他們曾春江同宿，最後一次分別是很悲慘的，詞人以淚和墨，題詩於敗壁之上；後來，當他重訪西湖六橋，可惜她已含恨死去；詞人無限傷痛，寫了一曲怨詞作為對戀人的悼念。詞中歷述了他們的悲歡離合，最後悲劇了結。這個故事以戀人的死，對封建制度作了血的控訴。吳文英兩次戀愛悲劇，給了他重大的打擊，使他最後失去了生活的信心，走上頹廢絕望的道路，他戀情詞的悲傷程度也因而超過了兩宋詞人。

　　從以上可見：夢窗詞反映了南宋滅亡前的現實，抒寫了封建社會制度重壓下知識分子的不幸遭遇，以戀愛的悲劇深刻地控訴了不合理的封建制度。這便是夢窗詞的基本主題思想。

四

　　在對夢窗詞思想內容評價的基本肯定的同時，也應看到它是有較為嚴重的思想局限的。這表現為：一、存在粉飾現實、諛頌權貴、政治傾向嚴重錯誤的作品；二、存在較多的游詞；三、存在濃重的消極頹廢情緒。

　　吳文英粉飾現實，諛頌權貴的作品以贈賈似道的四首和贈嗣榮王趙與芮（理宗之胞弟、度宗之生父）的五首為突出。贈賈似道的詞極力歌頌賈似道的「援鄂之功」。即使賈似道當時私自與蒙古軍議和蒙蔽朝廷和群眾的作法，曾造成「有功」的假象，然而文英的諛詞卻以「勝利」粉飾。如《木蘭花·壽秋壑》就出現了「四郊秋事年豐」、「歲晚玉關，長不閉，靜邊鴻」等太平盛世的景象，這與歷史真實完全相反。吳文英在榮王府邸作的歌頌皇室的詞如「龍枝聲奏，鈞簫秋遠」（《水龍吟·壽嗣榮王》）；「賀朝霖，催班正殿。喜天

上、紫府開筵，瑤池宣勸」（《燭影搖紅・壽嗣榮王》）。作爲江湖遊士的吳文英，以詞作爲干謁寄食之資，違反藝術眞實，也違反自己的本意寫下這些詞章，冀圖權貴的賞識，而卻不幸見斥，落魂一生。這是政治傾向錯誤的敗筆。

清人金應珪批評詞之三弊，其一便是游詞。他說：「規模物類，依託歌舞，不衷其性，慮嘆無與乎情；連章累篇，義不出乎花鳥，感物指事，不外乎酬應；雖既雅而不艷，斯有句而無章，是謂游詞」（《〈詞選〉後序》）。這類游詞是無聊的應酬之作，缺乏現實生活的根基，也沒有眞實的情感，是一種平庸的矯飾之作。夢窗詞中的游詞是較多的，大約有好幾十首。又如《洞仙歌・方庵春日花勝宴客爲得雛慶花翁賦詞俾屬韻末》、《絳都春・爲李簥房量珠賀》、《聲聲慢・宏庵宴席客有持桐子侑觴者自云其姬親剝之》，它們有的是吳文英與江湖朋友酬唱之作，有的是壽詞、干謁之詞，還有一些是那種文人庸俗無聊、趣味低下的作品。

夢窗詞濃重的悲觀絕望的情緒、過份的消極頹廢，不能不是其思想方面的一個缺陷。文英的戀情詞、咏懷詞及大部分咏物詞，都表現了對於現實的無可奈何的悲觀絕望，必然產生一些消極的社會影響。如他晚年作的《宴清都》，詞中的「愁彈枕雨，衰翻帽雪，爲情僝愁」，「幽蛬韻苦，哀鴻叫絕，斷音難偶」，都是凄回欲絕之語，表現了詩人回首往事、感念生平而引起的悔恨和痛苦。吳文英對於生活失去了信心，在現實中看不見希望，於是從絕望的境地向往死亡的神秘世界，所以在夢窗詞中出現了像李賀詩歌中那樣的鬼趣。如這樣一些令人毛髮竦然、意境陰森的句子：

湘水離魂菰葉怨。——《滿江紅・盤門外寓居》

冷波葉舞愁紅。——《解蝶瓊》

悠然醉魂喚醒，幽叢畔，凄香霧雨漠漠。——《金瓊子》

恨曉風千里關山，半飄零，庭上黃昏，月冷欄干。

——《高陽臺·落梅》

彩扇不歌原上酒，青門頻返月中魂。——《浣溪沙》

此外，如《思佳客·賦半面女髑髏》描繪了一個活的女鬼；《望江南·賦靈照女》則是對虛無和死亡的贊歌。這些固然是文英悲觀絕望思想的表現，但它反映了沒落頹廢的不健康的思想情感，是應當否定的。

吳文英事跡考辨

　　南宋詞人吳文英一生落魄江湖、布衣終身，其生平事跡不見於史傳，僅其同時代人黃昇、沈義父、周密各有一則極爲簡略的記載：

　　　　吳君特，名文英，自號夢窗，四明人；從吳履齋諸公遊。山陰尹煥敍其詞，略曰：「求詞於吾宋者，前有清眞，後有夢窗。此非煥之言，四海之公言也。」（黃昇《中興以來絕妙詞選》卷十）

　　　　余自幼好吟詩。壬寅秋，始識靜翁於澤濱；癸卯歲，識夢窗。暇日相與唱酬，率多塡詞。因講論作詞之法，然後知詞之作難於詩。（沈義父《樂府指迷序》）

　　　　翁元龍時可，號處靜，與吳君特爲親伯仲。作詞各有長短，世多知君特，而知時可者甚少。（周密《浩然齋雅談》卷下）

　　此外，吳文英同時代人與之有關的詞有九首：吳潛的《賀新郎·吳中韓氏滄浪亭和吳夢窗韻》、《聲聲慢·和吳夢窗賦梅》、《浪淘沙·和吳夢窗席上贈別》（見《履齋先生詩餘》）；万俟子紹的《江神子·贈妓寄夢窗》（《永樂大典》卷一萬四千三百八十寄字韻引）；周密的《玲瓏四犯·戲調夢窗》、《拜星月慢·春暮寄夢窗》、《玉漏遲·題吳夢窗霜花腴詞集》（見《蘋洲漁笛譜》）；張炎的《聲聲慢·題吳夢窗遺筆》、《醉落魄·題趙霞谷所藏吳夢窗親書詞卷》（見《山中白雲

詞》）。可見，關於吳文英的資料甚少。前輩學者陳洵、朱孝臧、鄭文焯、楊鐵夫、夏承燾諸先生對吳文英事跡辨析精審、考證詳贍，啟迪後生，有功詞學；然竊以爲於其生卒年及其與翁處靜之關係，尚有可進一步考索者。茲謹將一得之見就教於詞學界師友。

一、吳文英生卒年擬測

宋人關於吳文英的三則記述，以及夢窗詞有紀年的十五首詞中，都沒有留下關於其生卒年的可靠線索。因此，在目前尚未有新材料發現之時，關於其生卒年的確定都屬推測性質。最早提出吳文英卒年的是明人毛晉。毛晉跋《夢窗丙丁稿》云：「末有《鶯啼序》一首，遺缺甚多，蓋絕筆也。」《鶯啼序》下毛晉注云：「節齋（趙與𥲤）新建此樓，夢窗淳祐十一年二月甲子作是詞，大書於壁望幸焉。」《四庫總目提要》乃據此認爲「文英卒於淳祐十一年」；《鄞縣志》也從此說。關於此說，夏承燾先生於《吳夢窗繫年》已列舉了一些文英淳祐以後的詞作，充分說明《鶯啼序》並非夢窗絕筆。近世關於文英生卒年主要有以下幾說：

（1）生於宋寧宗慶元六年，卒於宋理宗景定元年，即公元 1200～1260 年〔註1〕。

（2）生於寧宗開禧前後（1205～1207），卒於恭帝德祐二年（1276）元兵入臨安後〔註2〕。

（3）生於寧宗紹定五年（1212），卒於度宗咸淳八年（1272）至德祐二年（1276）之間〔註3〕。

（4）生於寧宗開禧元年，卒於度宗咸淳六年（1205～1270）

〔註1〕 夏承燾先生首倡此說，見《吳夢窗繫年》、《唐宋詞人年譜》，上海古籍出版社，1979 年新版；中國科學院文研所編《中國文學史》第 668 頁（1963 年人民文學社版）及周篤文《宋詞》（1980 年上海古籍出版社版第 104 頁）等均沿此說。

〔註2〕 楊鐵夫：《吳夢窗事跡考》，並參見《夢窗詞選箋釋》第 106 頁，上海醫學書局版，1932 年。

〔註3〕 陳邦炎：《吳夢窗生卒年管見》，《文學遺產》雜誌 1983 年第一期。

〔註4〕。

　　推定吳文英的生卒年是很困難的問題，既已出現了以上四說，其中哪一種說法更接近真實呢？我以為第四種說法較為接近真實，但須修正為：文英生於寧宗開禧三年，卒於度宗咸淳五年。今辨說於下：

　　吳文英生活的主要時期是宋理宗在位的四十年間，他的生年與同時代的趙昀、史宅之、趙與芮等人大致是相同的。趙昀和史宅之都生於寧宗開禧元年，趙與芮乃趙昀（與莒）的胞弟。趙與莒即後來的宋理宗，趙與芮即後來的嗣榮王。吳文英與趙與芮大約是同年生而略幼於趙與芮和史宅之。吳文英贈史宅之的詞稱之為「雲麓先生」或「麓翁」；雲麓為史宅之的號。文英這樣稱呼不是因為史宅之為一時權貴，而是因為其年齡長於文英。因此，可以確定文英的年齡小於史宅之。文英略與趙與芮同年，約小於史宅之兩歲。這樣，文英就小於吳潛十三歲。以此，就可解釋文英對吳潛流露的尊敬之意：吳潛號履齋，文英贈其詞稱他為「履翁」或「履齋先生」；吳潛和文英的詞但稱「吳夢窗」。這樣，也可解釋吳文英與周密的關係。周密曾有一首《玲瓏四犯‧戲調夢窗》，有云「憑問柳陌舊鶯，人比似、垂楊誰瘦」。「舊鶯」指歌妓，詞意是調謔文英花間尊前的情事。若按照文英生於 1200 年，則長於周密三十二歲，如此「戲調」，不甚近情理。文英寓杭十年是可考的，當在淳祐三年至十二年之間，曾發生戀愛，詞中記西湖情事者甚多。若按文英生於 1200 年之說，則此時已為四十四歲至五十三歲。這個年紀的人還有「密約偷香」、「斷魂西陵」、「春江同宿」等浪漫行為已不易理解，即使文英有這樣青春煥發的興致，對方也不會報以熱情了，有關西湖情事的詞卻表明雙方都有熱烈的情感。如果文英生於 1207 年，此時為三十七歲至四十六歲，這樣，考查其西湖情事是較合符情理的。但是若將文英生年推遲到紹定五年（1212）之說，也不恰當。文英的《思佳客‧閏中秋》，據朱古微《夢窗詞集小箋》考證，「閏中秋」當是宋寧宗

嘉定十七年閏八月。據《宋史》卷四○《寧宗紀》：「十七年……閏八月丁酉，皇帝崩於福寧殿。」文英的生活歷史時期只有這一個「閏中秋」，可見此《思佳客》詞當作於此年。詞云：

> 丹桂花開第二番，東籬展卻宴期寬。人間寶鏡離仍合，海上仙槎去復還。　分不盡，半涼天。可憐閒剩此嬋娟。素娥未隔三秋夢，贏得今宵又倚欄。

此詞刻劃閏字，甚為工巧。如果依文英生於 1212 年之說，則作此詞時年僅十三歲，殊不可信。按我們所擬，此為文英十八歲所作，則較為合理。

關於夢窗詞中提到的頭白問題，是確定文英生卒年的一個很令人困惑的問題。夢窗詞有紀年而又提到頭白的有幾處：淳祐二年《六醜‧壬寅歲吳門元夕風雨》的「嘆霜簪練髮」；淳祐三年，《思佳客‧癸卯除夕》的「鬢絲添得老生涯」；淳祐四年《滿江紅‧甲辰歲盤門外寓居過重午》的「榴花不見簪秋雪」；又《喜遷鶯‧甲辰冬至寓越》的「傷頭俱雪」；淳祐七年《瑞鶴仙‧丙午重九》的「浣花人老」。這些所謂「練髮」、「秋雪」、「鬢絲」都是指頭白之意。是否據此就可以理解為文英這時已是白頭老翁呢？文英的《鶯啼序‧春晚感懷》回憶「十載西湖」的情事，這次「重訪六橋」是在淳祐十二年以後了，比以上所說的頭白時間約過了七八年，而他僅僅嘆息「鬢侵半苧」。苧蘇是白的，半苧者，頭髮花白之謂也。依我們所擬文英生年，則此時約為五十歲，這樣的年紀頭髮花白當屬常見。則前此所說的頭白是很具夸張性質，由於文英身世遭遇的不幸，借此以表達感傷，有「白髮三千丈，緣愁是個長」之意。文英在《霜葉飛‧重九》中就說過「早白髮緣愁萬縷」，顯然是用李白詩語來表達他盛年遲暮之感的。若按文英生於 1212 年之說，則文英在淳祐二年至七年時，年僅三十餘而自嘆髮白，未免過早；且淳祐三年，若文英年三十二歲即有「陳迹征衫，老容華鏡，歡惊都盡」（《水龍吟‧癸卯元夕》）之感，如此頹廢衰遲的情緒，與他年紀也不相稱。

　　關於吳文英的卒年。文英《古香慢‧賦滄浪看桂》有云：「把殘雲剩水萬頃，暗薰冷麝悽苦。漸浩渺，凌山高處，秋淡無光，殘照誰主。」有學者以為這是寫南宋滅亡後景象，據此認為文英卒於元兵入臨安後。這是很不可靠的，因為我們也可以將此詞解釋為反映南渡以後的半壁山河。或者說它僅僅寄託詞人的感傷情緒。咏物之作要受所咏之物的許多限制，其中的寄託或意境不宜簡單地去附會：如「殘雲剩水」可能是南宋偏安的寫照，並非一定就表示宋亡。且結語有「怕重陽，又催近滿城風雨」，這又作何解呢？向來證明文英卒於宋亡之後的較為有力的根據倒是其《踏莎行‧敬賦草窗絕妙詞》。詞云：

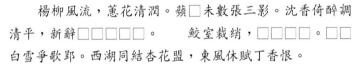

　　周密編選《絕妙好詞》收有元初的作品，但吳文英題云「賦草窗絕妙詞」並不是指《絕妙好詞》。此詞附於周密詞集《蘋洲漁笛譜》之後，詞中提到的「新辭」乃謂周密新作，且以李白題《清平調》譬之，可見它是為周密詞集之題辭。《蘋洲漁笛譜》收周密宋亡前之詞作，最遲編年有至咸淳九年的。文英為之題辭約在咸淳三至五年之間，文英下世後，周密繼續增補其詞集。文英的卒年之所以不能再推遲至咸淳五年以後，是因為無法確考他在度宗即位以後還有詞作。但是其卒年是否可提前至景定元年呢？也不能。因為周密有《拜星月慢》一首，紀年為癸亥，即景定四年。此詞題為《寄夢窗》，可見文英此時尚健在。文英的《水龍吟‧過秋壑湖上舊居寄贈》也是可以確定為景定三年或再稍後的作品。詞云：

　　　　外湖北嶺雲多，小園暗碧鶯啼處。朝回勝賞，墨池香潤，吟船繫雨。霓節千妃，錦帆一箭，攜將春去。算歸期未卜，青煙散後，春城咏，飛花句。　　黃鶴樓頭月午。奏玉龍，江梅解舞。薰風紫禁，嚴更清夢，思懷幾許。秋

水生時，賦情還在，南屏別墅。看章臺走馬，長堤種取，
柔絲千樹。

　　此詞的繫年向有爭議﹝註 5﹞，而關鍵卻在對「外湖北嶺」、「南
屏別墅」、「思懷幾許」的理解。試看全詞的意脈：詞的上闋是過賈
似道舊居而想像其在新居政事餘閑的優雅生活情趣；詞的下闋巧妙
地擬設賈似道躊躇志滿地回顧當年援鄂之功，以「思懷」二字點明
那是過去的事了；末尾才提到賈似道舊居，這就是南屏別墅，寫主
人於新居很適意而還有雅興思念舊居。想見昔年所種之柳已「柔絲
千樹」了，似乎暗用桓溫故實，淡淡地寫一點感慨。如果這樣來理
解賈似道的舊居即南屏別墅是確切的，則其「外湖北嶺」的新居就
應是西湖北山葛嶺附近的後樂園了，據周密《齊東野語》卷一九關
於後樂園的紀述，它是始改建於景定三年的。可見文英此詞是作於
景定三年稍後了。吳文英還有一首《宴清都・壽榮王夫人》，其寫作
時間就更遲了。此詞及其他為榮邸所作的共四詞，劉毓崧以為「所
用詞藻，皆係皇太子故實；不但未命度宗為皇子時萬不敢用，即已
命為皇子之後未立為皇太子之前，亦不宜用；然則此四闋之作，斷
不在景定元年五月以前，足證度宗冊立之時，夢窗因得躬逢其盛矣」
（《夢窗詞集敘》）。但細味《宴清都》一首所用詞藻，就是度宗冊立
為皇太子時也還是不敢用的。皇太子還有被廢的可能，與皇帝有很
大的區別，何況度宗非理宗之親子。據《宋史》卷四六《度宗紀》，
度宗於「嘉熙四年四月九日生於紹興府榮邸。初，榮文恭王夫人全
氏夢神言：『帝命汝孫，然非汝家所有』。嗣榮王夫人錢氏夢日光照
東室。是夕，齊國夫人黃氏亦夢神人彩衣擁一龍納懷中，已而有娠。
及生，室有赤光。」這些祥兆都只有在度宗即皇帝位後才得附會的。

────────────

﹝註 5﹞　《唐宋詞人年譜》第 475 頁：」依劉（毓崧）說，夢窗贈似道各詞
　　　皆淳祐間作，則《水龍吟》、《金盞子》所詠『秋壑西湖小築』及『湖
　　　上舊居』皆非謂後樂園。朱箋以後樂園當之，誤矣。云『小築』『舊
　　　居』可知非後樂園。又詠『舊居』有『賦情還在，南屏別墅』句，
　　　知墅在西湖南山之南屏，則與在北山葛嶺之後樂園顯然無涉。」

我國古代許多帝王的降生都有類似的奇迹傳說，它們都是成為帝王後才附會上去的，現實中不可能有這些奇迹。文英詞中所說「長虹夢人仙懷」便是指度宗降生祥兆，以稱頌嗣榮王夫人的尊貴；而「地拂龍衣，待迎人、玉京瑤圃」，是說嗣榮王夫人將被皇帝度宗御駕親迎到皇宮，讓「三千彩御」即宮娥彩女簇擁著，極盡人間富貴榮華。可見，此詞當作於度宗即皇帝位之後了。度宗於景定五年十月受遺詔即位，次年改元咸淳，此詞乃是咸淳初作。大約以後幾年文英便困躓以死。文英卒於咸淳五年或六年都是可能的，但詞人楊纘和劉克莊都卒於咸淳五年，可假定文英也就與他們一齊離開了人世。

二、吳文英與翁氏弟兄的關係

周密說，「翁元龍時可，號處靜，與吳君特為親伯仲，作詞各有長短，世多知君特，而知時可者甚少」。近世詞學界據此認為：翁元龍乃翁逢龍之胞弟，文英既與翁元龍為親伯仲，則文英與翁氏弟兄當同出一母，逢龍為長、文英居次、元龍為季。文英之不姓翁，當是過繼為吳氏之後。且據翁逢龍於嘉定十年（1217）登進士第，文英的年齡當不會比逢龍太小，是又為文英生於 1200 年之證〔註6〕。這似已成定論，但仔細考查文英與翁氏弟兄的關係並非如此。清代戴枚修、張恕、陳勵等所纂《鄞縣志》卷二九《吳文英傳》後的《翁元龍傳》云：

> 翁元龍字時可，一字處靜（原注：《台州府志》），工長
> 短句，與同里吳文英齊名（原注：《浩然齋雅談》）……弟
> 逢龍字際可，號石龜（原注：《宋詩紀事》）。

這裏只說翁元龍與逢龍為親伯仲，逢龍乃元龍之弟，非其兄。而且同是據周密的《浩然齋雅談》，卻以翁元龍為「與同里吳文英齊名」而不云「親伯仲」。是否《鄞縣志》的編纂者對周密所記發生誤

〔註6〕 劉毓崧：《夢窗詞敘》。《四明叢書》本《夢窗詞稿》附；楊鐵夫：《夢窗詞選箋釋》第22～23頁；夏承燾《唐宋詞人年譜》第456頁。

解呢？看來沒有誤解，而是另有依據的。《浩然齋雅談》原書早佚，今所見者乃清代紀昀等從《永樂大典》輯出，分爲三卷，頗有訛誤，如卷中所錄吳文英《思佳客‧賦半面女髑髏》詞換頭處便多一「情」字。周密評述翁元龍詞的這段話，也是有訛誤的。這段話之意旨，就字面理解，周密想說明的是：翁元龍與吳文英，他們兩人都擅長作詞，各有長短，但命運對兩人卻不同，文英知名於世，而翁元龍卻不爲世所知。周密爲此頗感不平，特輯出一些元龍的詞附於此段文字之後，且認爲它們並不比吳文英的差。因此，周密所說的「爲親伯仲」可能乃是「爲詞伯仲」之訛，即是說他們二人的詞不相上下，各有長短，這是「伯仲之間見伊呂」的用法。或者這個「親」字是親戚之意。「親伯仲」猶表弟兄。吳文英與翁氏弟兄之不爲一家昆季，這在吳文英詞中是可找到確證的。吳文英有贈翁元龍的詞兩首：《一剪梅‧賦處靜以梅花一枝見贈》，《解語花‧立春風雨中餞處靜》。從詞題稱謂看不出他們有親弟兄的關係，詞意也看不出，如《解語花》云：

> 檐花舊滴，悵燭新啼，香潤殘冬被。淡煙疏綺。凌波步，暗阻傍墻挑薺。梅痕似洗。空點點、年華別淚。花鬢愁，釵股籠寒，彩燕沾雲膩。　還門辛盤翠。念青絲牽恨，曾試纖指。雁回潮尾。征帆去、似與東風相避。泥雲萬里，應剪斷、紅情綠意。年少時，偏愛輕憐，和酒宜香睡。

詞的上片咏立春風雨，下片言惜別之情。怎樣理解末尾三句：「年少時，偏愛輕憐，和酒宜香睡」呢？有學者認爲其「纏綿愷悌，似兄戒其弟者」。我們且看這「偏愛輕憐」之對象爲誰？下片中，作者想像翁元龍遠遊時，其所戀者依依不捨之情：「念青絲牽恨，曾試纖指」。然後作者又勸慰元龍「應剪斷紅情綠意」，不要兒女情長了。末尾三句，指出翁元龍自來就有「偏愛輕憐」的特性，似乎又諒解其兒女情牽之意。吳文英與翁元龍爲同鄉友人，故詞語相戲，以見

交情之厚。「偏愛輕憐」之對象顯爲元龍所眷戀之人，並不表示弟兄關係。吳文英還有兩首懷念翁逢龍的詞：《探春慢・龜翁下世後登研意》，《柳梢青・與龜翁登研意觀雪，懷癸卯歲臘朝斷橋並馬之遊》。翁逢龍號石龜，此兩詞皆稱他爲「龜翁」，懷有尊敬之意。如果翁逢龍眞是文英的胞弟或胞兄，怎會有如此尊稱？《探春慢》的詞題，毛晉汲古閣《宋六十名家詞》本作「龜翁下世後登研意」，朱古微《彊村叢書》本《夢窗詞集》校云：「毛本作『龜翁下世後登研意』。按戴復古《石屏集》有《京口別石龜翁際可》詩，《浩然齋雅談》翁時可與吳君特爲親伯仲；題稱石龜爲兄，意亦時可昆弟行也」。據此，《彊村叢書》本改詞題爲「憶兄翁石龜」。有學者又將朱氏改後的詞題作爲根據，以證文英與翁氏弟兄爲「親伯仲」，於是以誤傳誤。其實，吳文英與翁逢龍的關係，在文英的《探春慢》中已明言他們是「故人」關係：「徑苔深，念斷無故人，輕敲幽戶」。當時翁逢龍已下世，所以文英傷心地說，再無故人來輕敲幽戶，約他並馬去斷橋觀雪了。逢龍與元龍爲親伯仲，皆文英同鄉故人。以上可證：《鄞縣志》所載是正確的。吳文英與翁氏弟兄並非親伯仲的關係。

吳文英去姬事辨

　　南宋詞人吳文英的《夢窗詞》今存三百四十首，其中關於「去姬」的詞約有八十餘首，可見「去姬」為夢窗情詞的主要抒情對象。吳文英的生平事跡不甚詳，其戀愛事跡更撲朔迷離。幸好詞人的詞題偶有記干支與地點的，少數詞還綴有小序，而且其抒寫之情事，往往脈絡可尋；因此可考知其戀愛事跡的大略。近世詞學家陳洵最初考索「去姬」問題，他認為夢窗詞中「思去妾也，此意集中屢見」，「吳苑是其人所在⋯⋯其人既去，由越入吳也」；「楊柳閶門是去姬所居也」〔註1〕。楊鐵夫亦曾有探討，他認為：「姬，蘇州人⋯⋯出妓籍」，「夢窗詞憶姬之作占四分之一，此詞（《瑣窗寒・玉蘭》）獨於姬之來踪去迹，詳載無遺，可作一篇琴客小傳。」〔註2〕詞學家夏承燾則以為：「集中懷人諸作，其時夏秋，其地蘇州者，殆皆憶蘇州遣妾；其時春，其地杭者，則悼杭州之妾。」〔註3〕如此，則吳文英有二妾了。以上兩說曾為理解夢窗詞提供了重要線索，然而我細讀夢窗詞發現吳文英先後所戀者皆非其妾，更非被他遣去。

〔註1〕　陳洵：《海綃說詞》，見《詞話叢編》第 4854～4855 頁，中華書局，1986 年。
〔註2〕　楊鐵夫：《夢窗詞選箋釋》第 1～2 頁，上海醫務書局，1932 年。
〔註3〕　夏承燾：《唐宋詞人年譜》第 469 頁，上海古籍出版社，1979 年。葉嘉瑩《拆碎七寶樓臺——談夢窗詞之現代觀》亦沿此說，見《迦陵論詞叢稿》第 190 頁，上海古籍出版社，1980 年。

　　我國古代封建社會的貴族、士大夫以及豪富之家都普遍蓄納姬妾。「姬」乃眾妾之總稱，有時通稱「姬妾」。妾與家妓和奴婢有「良」「賤」之別。家妓與奴婢屬於賤民，社會地位卑下；但妾雖屬良民，因是買來的，可能被奴役或遣逐。所以妾與家主之間很難構成真正的戀愛關係，因這附屬於封建的一夫多妻制的合法婚姻，沒有愛情基礎，一旦妾被主家遣逐，留下的只有怨恨。我們在宋詞中讀到不少的「去妾」或「出姬」之詞，多係為他人代作，情感是虛擬的，體現了封建勢力對不幸婦女的一種迫害和摧殘。詞人吳文英所戀者既非其妾，亦非家妓，其在蘇州者乃一位民間私妓，在杭州者乃某貴家之妾。

　　吳文英二十六歲至三十七歲的十一年間寓居蘇州，為蘇州倉臺幕屬，協助倉務。蘇州北倉在閶門西，附近的西園便是吳文英值得紀念的地方。這裏曾留下他甜蜜的愛情，事後總是深切地追念。戀人凝香的纖手、凌波的雙鴛（繡鞋）、蕩過的秋千，都歷歷在目：

　　　　西園有分，斷柳淒花，似曾相識。（《瑞鶴仙》）

　　　　西園日日掃林亭，依舊賞新晴。黃蜂頻撲秋千索，有
　　當時纖手香凝。（《風入松》）

　　　　往事一潸然，莫過西園。凌波香斷綠苔錢。（《浪淘沙》）

　　如此深沉的感傷和懷念，而地點總是在西園，這絕不是偶然的。吳文英《探芳信》詞序云：「丙申歲，吳燈市盛常年。余借宅幽坊，一時名勝遇合，置杯酒接殷勤之歡，甚盛事也。」丙申為南宋端平三年（1236），時吳文英三十歲，來蘇州已四年。「幽坊」即坊曲，乃都市之僻巷，唐宋時借指民間私妓聚居之處。吳文英「借宅幽坊」謂暫於歌樓與一位歌妓同居。故詞云：「斗窗香暖慳留客，街鼓還催暝。調雛鶯、試遣杯深，喚將愁醒。」「雛鶯」指年輕的歌妓。在《瑞鶴仙》裏，他記述與這位歌妓的初遇：「垂楊暗吳苑，正旗亭煙冷，河橋風暖。蘭情蕙盼，惹相思、春根酒畔。」地點是吳苑——蘇州，時節是暮春。淳祐三年（1243）吳文英將離蘇州作的《水龍吟》回憶往事：「夜寒舊事，春期新恨，眉山碧遠。塵陌飄香，繡簾垂戶，

趁時妝面。鈿車催去急，愁如海，情一線。」元夕之夜，她須赴某
貴家之邀，按時式梳妝，爲此得與詞人相別。前此一年，吳文英作
的《六醜・壬寅歲吳門元夕風雨》即「嘆霜簪練髮，過眼年光，舊
情都別」。他們相戀不到幾年，爲此詞人產生遲暮的情緒。我們從酒
畔留情，借宅幽坊，西園歡會，鈿車催去，舊情都絕等情節推測，
吳文英所戀者與他並未構成家主與妾的關係。她是一位民間歌妓，
他們相戀約四五年便「缺月孤樓，總難留燕」（《瑞鶴仙》），「香消紅
臂」（《滿江紅・甲辰歲盤門外寓居》）。他們的分別，不是由於情感
的破裂，似乎有其他的社會性原因，如被富家買去，或倡家逼迫斷
絕關係。正因如此，所以事後吳文英不斷追憶、留戀，痛苦。離開
蘇州，他曾寓居杭州都城外北的化度寺。其《鷓鴣天・化度寺作》
云：「鄉夢窄，水天寬。小窗愁黛淡秋山。吳鴻好爲傳歸信，楊柳閶
門屋數間。」他尚念念不忘蘇州情事。在化度寺因見池蓮有感，詞
人作《鳳棲梧》云：

> 湘水烟中相見早，羅蓋低籠，紅拂猶嬌小。妝鏡明星
> 爭晚照，西風日送凌波杏。　　惆悵來遲羞窈窕。一霎留
> 連，相伴闌干悄。今夜西池明月到，餘香翠被空秋曉。

這在咏物中寄託了蘇州情事。關於西池，吳文英曾多次提到，當
即蘇州西園。根據詞中多次有「湘水」、「湘娥」，這位戀人可能爲湘
籍。楊鐵夫「考夢窗行踪，曾有湘南之行」。吳文英似曾認識這位湘
妓。紅拂之事見杜光庭《虬髯客傳》，她乃風塵女俠，「十八九佳麗人
也」。兩次幽歡的一霎留連、絳綃暗解、相伴闌干，這亦表明她並非
屬於吳文英的妾。

「燕」在宋代常以指歌妓。主「去姬」說者將夢窗詞中的「燕」
與「放客」聯繫起來，認爲「燕」即指「放客」，因《新雁過妝樓》
有「宜城當時放客，認燕泥舊迹，反照樓空」。此外吳文英代人作有
《風入松・爲友人放琴客賦》、《婆羅門引・郭清華席上爲放琴客而新
有所盼賦以見喜》和《法曲獻仙音・放琴客和宏庵韻》。「放客」即「放

琴客」。琴客爲誰？朱祖謀《夢窗詞集小箋》云：「琴客爲柳渾侍兒，顧況有《宜城放琴客歌》，此則假以稱人妾。」放，即放逐、遣去之意。「宜城放客」即「琴客」，借代「去姬」或「遣妾」。楊鐵夫《法曲獻仙音・放琴客和宏庵韻》箋釋云：「題爲放琴客和宏庵，又本贈宏庵《塞翁吟》有『雕櫳行人去』一語，知宏庵實用放琴客之事，蓋宏庵嘗以詞寫懷，而夢窗和之也；然則此詞遂可指爲爲宏庵作歟？非也。夢窗實借題以自道其苦耳。昔人有哀人妾死而哀者，人問其哀何自來，曰吾哭吾妾耳。與此毋乃相類，然則即謂此詞爲夢窗憶姬之作可也。」〔註4〕友人遣妾，吳文英作詞實屬庸俗無聊，然因此別人之遣妾去姬竟成爲他的事實；這樣的推淪是難以成立的。

　　吳文英三十七歲至四十六歲的十年寓居杭州。在寓杭州之初，他經歷了第二次戀愛。他的這位戀人居住於西湖孤山路。他與之春遊斷橋（《西子妝慢・清明湖上薄遊》），密約南屏（《定風波》），斷魂西陵（《齊天樂》），孤山賞秋（《玉蝴蝶》）。據周密《武林舊事》記載，西陵、孤山、斷橋，都屬於孤山路。南屏與六橋等處是他們短楫輕舟遊玩過的地方。後來詞人「重訪六橋」，可惜已「瘞玉埋香」（《鶯啼序》）。這給他留下綿綿長恨：「淚香沾濕孤山雨，瘦腰折損六橋絲」（《畫錦堂》）；「飛紅若到西湖底，攬翠瀾總是愁魚」（《高陽臺・豐樂樓》）。詞人如此傷痛，因他們的戀愛太富於詩情畫意了。他們的初遇是清明時節：

　　　　傍柳繫馬，趁嬌塵軟霧。溯紅漸招入仙溪，錦兒偷寄
　　幽素。倚銀屏、春寬夢窄，斷紅濕、歌紈金縷。（《鶯啼序》）

　　　　舊堤分燕尾，桂棹輕鷗，寶勒倚殘雲。千絲怨碧，漸
　　路入、仙塢迷津。腸漫回，隔花時見，背面楚腰身。（《渡江
　　雲三犯》）

　　兩詞所記情節相同：清明乘馬郊遊，仙津迷路，遇見天仙般的貴姬，由侍兒傳送情意，互相傾慕而定情。她是手持歌扇，身著金縷衣

〔註4〕　《夢窗詞選箋釋》第43頁。

的貴家歌姬。詞中反映他們在戀愛過程中還得「密約偷香去踏青」，常感緣慳命薄「數幽期難準」，幽會時又是「乍濕鮫綃，暗盛紅淚」。如果他是吳文英在杭州所納之妾，後被遣逐，繼而死去；這就不能解釋其奇遇、偷歡與悲哀氛圍。

　　這位歌姬所在的貴家可能是吳文英拜謁過的。《齊天樂》詞：「華堂燭暗送客，眼波流盼處，芳艷流水。」這是詞人拜謁貴家，貴姬華堂相送，以目留情。題爲「西湖寒食」的《掃花游》裏，詞人記述了於郊外遊玩，忽然大雨，避雨時又遇見了她，他們已是「故人」。詞云：「乘蓋爭避處，解佩旗亭，故人相遇。恨春太妒。灑行裙更惜，鳳鉤塵污。」吳文英到杭州時已是知名的詞人了。他精通音律，多才多情，當與這位「繡籠」中的歌姬藍橋相遇，爲其「霞薄輕綃」的凌波仙姿和「芳艷流水」的眼波傾倒。他們多次接觸之後，遂成知音。她爲自己的知音歌唱：「一聲相思曲裏，賦情多少」（《賀新郎・湖上有所贈》），「瓊簫吹月霓裳舞，到明朝未覺花容悴」（《鶯啼序・荷》）吳文英寓杭時正值盛年，頗感衰憊。他得到這位貴家歌姬之愛，重新燃起了生命的熱情。在《鶯啼序・春晚感懷》裏，詞人抒寫了西湖情事的全過程，成爲宋詞的一篇精美的奇作。愛情的悲劇結局是對詞人最後一次重大打擊。此後他懷著對知音情人的痛苦悼念，寫出許多情感穠摯，優美動人的詞章來寄託哀思：「離骨漸塵橋下水，到頭難滅景中情！」（《定風波》）「離骨」謂伊人已死之遺骨；「塵」即成塵、謂其死已久；「橋」即西湖六橋。她已葬身西湖六橋之下了。

　　我們辨清了吳文英戀情詞中的「去姬」問題，夢窗詞的意義也更爲突出了。詞人的愛情悲劇是對不合理的封建社會制度的控訴；它的聲音雖然微弱而卻悲哀感人。

談張炎對夢窗詞的批評

　　南宋末年的重要詞人張炎（1248～13207）曾說：「吳夢窗詞如七寶樓臺，眩人眼目，碎拆下來，不成片段。」（《詞源》）這一評語的確「幾乎被後代評論家視爲圭臬，實際上成爲轟毀夢窗詞這一『七寶樓臺』的傳統重型武器」，而且「直到近世，有些講文學批評的人，仍往往引用這一段話來訾議詆毀夢窗」。吳夢窗因張炎此評備受誤解和委屈，然而後人片面地孤立地引用張炎評語也大大乖離了張炎之本意。

　　張炎對他的前輩大詞人吳夢窗是懷著崇敬之意的，其《聲聲慢‧題吳夢窗遺筆》下片寫道：

　　　　回首曲終人遠，黯消魂、忍看朵朵芳雲。潤墨空題，
　　帳醉魄難醒。獨憐水樓賦筆，有斜陽、還怕登臨。愁未了，
　　聽殘鶯啼過柳陰。

　　這實際上抒寫了作者對夢窗的悼念之情，對這不幸的詞人深沉地緬懷，感嘆不已。張炎還在自己的《西子妝慢》序中說；「吳夢窗自製此曲，余喜其聲調妍雅，久欲述之而未能。甲午春寓羅江與羅景良野遊江上，綠陰芳草，景況離離，因填此解。」可見張炎是刻意學習過夢窗前輩詞作的，且以其詞之「聲調妍雅」之難追爲恨。張炎很看重夢窗詞，對它的評價可概括爲以下三個方面：

（一）張炎首先肯定了夢窗詞的成就及其在詞史上的意義。他將吳夢窗與秦觀、高觀國、姜夔、史達祖等婉約大詞家並列，以爲「此數家格調不侔，句法挺异，俱能特立清新之意，刪削靡曼之詞，自成一家，各名於世」。這數家都形成了獨自的藝術風格，對宋詞特別是對婉約詞的發展都起了作用，他們同受到張炎的推崇。張炎在學習前輩方面態度較爲客觀，極力克服自己的藝術上的偏見，他主張轉益多師、吸取眾長，認爲「作詞能取諸人之所長，去諸人之所短，象而爲之，豈不能與美成（周邦彥）輩爭雄長哉」（《詞源序》）！他所說的「諸人之長」中即包含夢窗在內，所以在對其門人陸行直傳授的作詞「要訣」爲：「周清眞之典麗，姜白石之騷雅，史梅溪之句法，吳夢窗之字面，取四家之所長，去四家之所短」（《詞源·詞說》）。這就是張炎以自己一生的創作實踐總結出來的關於詞法的經驗，這也是對婉約詞成功經驗的總結。什麼是「夢窗之字面」呢？他以爲夢窗的長處是「善於煉字面」，即在字面上下功夫，但這卻不可忽視，因爲「字面亦詞中起眼處」（《詞源·字面》）。夢窗詞的辭語色澤穠麗、形象鮮明、富於美感、歌誦妥溜，在宋詞中最具特色，張炎很看重這一點。在詞的藝術形式上夢窗苦心孤詣，爲詞的發展作出了貢獻，張炎對此給予了充分的具體的肯定。

（二）張炎論詞主清空，意在克服婉約詞發展中的一些不良的藝術傾向，如周邦彥的軟媚、姜夔的晦澀、吳文英的繁縟質實，而且還有調和婉約與豪放之意。他的《山中白雲詞》就是具有他所說的「清空」風格的。顯然以「清空」論詞屬於張炎個人的審美趣味，以此來評論夢窗詞不免有所偏頗，無疑將否定夢窗的創新，但他指出的夢窗詞的缺陷還是有其合理的一面。張炎提出「清空」以姜夔爲典範，而以夢窗爲「清空」的對立面——「質實」的代表者。他認爲「質實則凝澀晦昧」，而夢窗之失正在於此。他舉了夢窗的《聲聲慢》「檀欒金碧，婀娜蓬萊，遊雲不蘸芳洲」之例以明之。「這是吳文英《閏重九飲郭園》詞的開頭三句。一般用檀欒形容竹，金碧

形容樓臺，婀娜形容柳，此處大約是描寫郭清華家園中有竹、柳、樓臺之屬，景致華麗，有如蓬萊仙島」（夏承燾：《詞源注》第 16 頁）。這樣的寫法的確過於凝澀晦昧、繁縟堆垛。此病在夢窗詞中乃屬常見，至如「玉骨西風」句法之費解，「黠髯掀舞」用事之怪僻，更不勝枚舉；所以前人說它「其失在用事下語太晦」（沈義父：《樂府指迷》），「卒焉不見其端倪」（馮煦：《六十一家詞選例言》），「雕繢滿眼」（戈載，《七家詞選》）。這些不能不是夢窗詞的嚴重缺陷。張炎從這一意義上批評夢窗詞如「七寶樓臺」可謂正中其要害。張炎以「清空」來要求夢窗，屬於他藝術上的門戶私見，固不足取；然夢窗詞「凝澀晦昧」之失的事實，似亦不可否定。

（三）張炎在指出夢窗的「凝澀晦昧」的同時又指出了他還有一些自然、疏快的詞，如《唐多令》，──當然也應包括如《風入松》等詞，而且還肯定他的小令「亦有妙處」，可以師法（見《詞源》卷下：「清空」與「令曲」）。張炎授意其門人陸行直作的《詞旨》還列有許多夢窗的警句：「連呼酒，上琴臺去，秋與雲平」；「簾半卷，帶黃花、人在小樓」；「南樓不恨吹橫笛，恨曉風千里關山」；「玉奴雖曉嫁東風，未結梨花幽夢」等等。可見張炎對之並非一概否定的。

夢窗詞有其藝術的獨創，在這獨創的藝術特色中既有其成功之處，也有其失敗之處，須得我們細加辨識；其成功之處可作為我們的借鑒，如果美化其失敗之處則可能引人誤入藝術的歧途。作為宋詞的理論家和宋詞的光輝結束者的張炎，生當宋、元之際，親歷國亡家破之痛，過著飄零南北的窮愁的遺民生活。他的論詞主張以反對「軟媚」、「浮艷」的「澆風」，提倡「騷雅」為中心（見《詞源·雜論》），注意擴大詞的題材，重視思想內容，這在當時是有一定積極意義的。而夢窗的一生確如張炎所說的「夜窗夢蝶，如今猶宿花陰」（《聲聲慢》）；同時代的詞人周密也說他「盡占斷、艷歌芳酒」（《玲瓏四犯》），「香紅圍遶」（《玉漏遲》）。夢窗過於追逐藝術形式而忽視了詞的思想內容，大半的詞都直接或間接地抒寫他與歌妓的

哀艷的故事，而且詞意重複，並無多大的社會意義。我們玩味張炎
的《聲聲慢·題吳夢窗遺筆》對此也似有不滿與惋惜之意。總的說
來，張炎是從詞史的觀點，特別是從詞的內部發展規律上肯定了夢
窗詞的藝術創新的意義和成就，同時也指出了其缺陷，作了較恰當
的取捨和較全面的評價。那種片面摘取張炎的評語去否定夢窗詞是
顯然不當的，而反過來將夢窗詞的缺點當作優點一味地加以贊美亦
顯然不符合詞史的事實。張炎對夢窗詞的批評，至今看來仍較全面
和公允，當然也有肯定不足之處，但它對我們今天評價夢窗詞還有
一定的參考意義，其某些評語還可發人深思。

張炎詞集辨正

一

　　張炎是宋代最後一位詞人，也是宋詞的光輝結束者。他的詞集名《山中白雲詞》，存詞三百首。宋遺民仇遠說：「讀《山中白雲詞》意度超玄，律呂協洽，不特可寫青檀口，亦可被管弦薦清廟，方之古人，當與白石老仙（姜夔）相鼓吹。」（《山中白雲詞序》，《山村遺集》卷一）元大德四年庚子（1300），張炎五十三歲時已將詞初步結集，並請友人爲序：鄧牧說：「蓋其父寄閑先生善詞名世，君又得之家庭所傳者。中間落落不偶，北上燕南，留宿海上，憔悴見顏色；至酒酣浩歌，不改王孫公子蘊藉，身外窮達，誠不足動其心，餒其氣。庚子歲相遇東吳，示予詞若干首，使爲序云。」（《張叔夏詞集序》，《伯牙琴》）此後的十餘年間，張炎尚有新作不斷補入，其最遲的詞有紀年者爲延祐元年（1314）甲寅秋寓吳作的《臨江仙》。張炎的詞集以鈔本在元代流傳，散佚甚少。現在所知此集的祖本是元末學者陶宗儀的手鈔本。這個鈔本於明代成化二十二年丙午（1486）由井某偶然所得。井某《玉田詞題識》云：「成化丙午春二月朔，偶見是帙鶴城東門藥肆，即購得之，南村先生（陶宗儀）手抄者，蓋百餘年矣，凡三百首，惜無錄目，五月初九日輯錄，以便檢閱。」

（龔翔麟刊本《山中白雲詞》附）陶鈔本在清初爲錢中諧所藏，詞家朱彝尊從錢氏轉抄，分爲八卷，由李符與龔翔麟取別本校對，後附別本異文，並由龔翔麟鏤板刊行。龔本較爲眞實地保存了陶鈔原貌，爲迄今所見最早的刊本，被譽「最爲精審」。此後經曹炳曾翻刻，《四庫全書》本與《榆園叢書》本都從龔本出。清代乾隆間學者江昱爲張炎詞集作校勘箋釋，其《山中白雲詞疏證序》云：

> 詞自白石後，張玉田不愧大宗，而用意之密，適肖題分。尤稱極詣。率爾讀之，雖擊節嘆賞，而作者苦心或未出也。夫集中之題，但云某人某地，讀者亦僅就其詞臆爲人如是、地如是，是人與地因詞而見，而不知詞實有以確洽其人與地，何啻目眩珊瑚，木難而不能名耶！其或實有所指，而本題未能註明，則又往往忽略，甚且以寬泛之語，而曾不經意，可勝三嘆。間與弟蔗畦，涉獵之餘，遇可相發明者，輒筆之簡端，垂二十年，翻書不下萬卷，蓋已得十之七八。……至其詞之取摭宏富，蘊釀深純，則所謂無一字無來處者，讀者當自得之，不待鯫鯫爲之詮釋爾。

這個疏證本仍是八卷，徵引宏富，考證精詳，爲迄今唯一的校箋本，故爲朱孝臧《彊村叢書》採用，又被收入《四部備要》。自江昱疏證本流行後，龔本已甚爲鮮見。但江本在編排與校勘方面與龔本略有相異。朱孝臧說：江本「以龔本裁綴成帙，其詞後所附別本全章，概未之載。」（《山中白雲詞校記》）江昱將龔本內兩存之別本異文全部刪去。此外在校勘方面作了幾處非常重要的改動。這幾處詞序與詞題紀年的改動，向被認爲江昱的創獲，而一直爲近世詞家所沿用。僅近年出版吳則虞先生校本《山中白雲詞》乃以龔刻爲底本，欲復原貌。江昱的幾處校改紀年關係到張炎在南宋滅亡後北遊的時間問題。按龔本，張炎自庚辰迄庚寅，北遊十載；若按江本，則他自庚寅至辛卯，北遊一年。北遊是張炎生平的一件大事，關係著對其詞與其政治品格的評價，是研究這位大詞人的一個最令人感

到困惑的問題。雖然江昱的校改已爲馮沅君與吳則虞兩位先生考訂張炎年譜作爲依據〔註1〕，也爲友人楊海明進一步證實〔註2〕，但竊以爲仍然有必要辨正。茲試將江本與龔本比勘，並參校明鈔本，則可發現：江本確有創獲，而也有證據不足之妄改處。

二

龔翔麟《刻山中白雲詞序》云：「舒序（舒岳祥《贈玉田序》）所稱（張炎）『北遊燕薊』蓋在少壯時，迨至元庚寅始返江南，而年已四十餘矣。」江昱按云：「玉田以至元庚寅入都，辛卯南還，留北未久，此序『北遊燕薊，蓋在少壯時，殆至元庚寅始返江南』之語，蓋緣《臺城路》詞『庚辰之北』辰字之誤，詳見《臺城路》詞後。」（《山中白雲詞疏證》卷首）從版本校勘方面來考察，龔翔麟與江昱兩說都是不能信憑的。龔翔麟校刊張炎詞集時對陶抄有所校改，或有抄誤之處，因陶鈔本失傳而無法比勘。江昱的疏證又在某些處未存舊文而妄加改動。張炎詞集除陶氏元鈔本而外，目前所存的明鈔本尚有三種：一、明人吳訥編《唐宋名賢百家詞》鈔本中有《玉田詞》二卷〔註3〕；二、明水竹居鈔本《玉田詞》二卷，吳則虞有校錄本〔註4〕；三、明鈔本《玉田詞》一百五十首，清初宋犖藏，朱彝尊《詞綜》卷二一據以收入三十九首。茲據三種明鈔本比勘龔本與江本如下：

（一）《臺城路》詞序：

> 庚辰會汪菊坡於薊北，相對如夢，回憶舊遊，已十八
> 年矣。（《百家詞》本）

〔註1〕 見吳則虞：《玉田年表》，《山中白雲詞》第155～159頁，中華書局，1983年；馮沅君《玉田先生年譜》，《張玉田》，樸社，民國17年。

〔註2〕 楊海明：《張炎北遊之行探測》，《文史》第十六輯，中華書局，1982年。

〔註3〕 《唐宋名賢百家詞》鈔本，天津圖書館藏，北京圖書館有傳鈔本；又有林大椿校，上海商務印書館排印本，民國29年。

〔註4〕 見吳則虞校：《山中白雲詞》第213頁。

庚辰會汪蘭坡於薊北，想如夢，回憶舊遊，已十八年矣。(水竹居鈔本)

庚辰會江蘭坡於薊北，恍然如夢，回憶舊遊，已十八年矣。(《詞綜》卷二一)

庚辰九月之北，遇汪菊坡，一見若驚，相對如夢，回憶舊遊，已十八年矣。因賦此詞。(龔翔麟本)

庚寅秋九月北上，遇汪菊坡，一見若驚，相對如夢，回憶舊遊，已十八年矣。因賦此詞。(江昱本)

以上五本，文字大同小異，「汪蘭坡」、「江蘭坡」，顯爲「汪菊坡」之誤。汪菊坡事跡無考，從詞序僅知其爲張炎友人，他們曾相會於元大都。最值得注意的是前三種明鈔本的紀年與龔本完全相同，都作「庚辰」，可見龔本此處是正確的，而且說明張炎實爲至元十七年庚辰九月自江南北上燕薊的。江昱以爲「辰」字當是「寅」之誤，於是校改，其依據是：「曾心傳題日觀葡萄自序，以至元庚寅入京，玉田固同行之侶，此題『辰』字，當是『寅』之訛。」這裏暫且不論江昱所據的史實是否確切與充分，這樣的校改也是完全違反校勘通例的。

(二)《甘州》詞序：

辛卯歲，沈秋江同余北歸，秋江處杭，余處越。越歲，秋江來訪寂寞，語笑數日，又復別去。賦此詞餞行，並寄曾心傳。(《百家詞》本)

辛卯歲，沈秋江同余北歸，秋江處杭，余處越。越歲，秋江來訪寂寞，晤語數日，又復別去。賦此餞行，並寄曾心傳。(水竹居鈔本)

餞沈秋江。(《詞綜》卷二十一)

庚寅歲，沈堯道同余北歸，各處杭越。逾歲，堯道來問寂寞，語笑數日，又復別去。賦此曲並寄趙學舟。(龔翔麟本)

辛卯歲，沈堯道同余北歸，各處杭越。逾歲，堯道來問寂寞，語笑數日，又復別去，賦此曲並寄趙學舟。（江昱本）

此詞序四本，文字亦大同小異，《詞綜》所據明鈔本當是原詞序的簡化。沈欽，字堯道，號秋江，與張炎爲北遊友人。江昱將龔本「庚寅」改作「辛卯」，他說：「按《大觀錄》曾心傳自序謂庚寅入京，前《臺城路》詞謂『庚辰九月』，『辰』字乃『寅』字之訛，辨見詞後。《三姝媚》詞觀海雲杏花，則係春日尚留燕京，而北歸之非本年冬日，明矣。此庚寅自當從別本作『辛卯』爲是。」兩種明鈔本紀年均是「辛卯」，龔本顯然有誤，不宜從。

（三）《疏影》詞序：

辛卯北歸，與西湖諸友，夜酌有感，書於水竹清隱。

（《百家詞》本）

辛卯北歸，與西湖諸友夜酌。（水竹居鈔本）

余於庚寅歲北歸，與西湖諸友夜酌，因有感於舊遊，寄周草窗。（龔翔麟本）

余於辛卯歲北歸，與西湖諸友夜酌，因有感於舊遊，寄周草窗。（江昱本）

江昱按云：「『庚寅』宜從別本作『辛卯』。」《詞綜》未收此詞。兩種明鈔本均作「辛卯」，這與《甘州》詞序所記北歸時間相同。從明鈔本比勘《甘州》與《疏影》兩詞序的情形來看，江昱的校改是有根據的。據此，則張炎北歸時間應是至元二十八年辛卯。這樣，他自至元十七年北遊，至元二十八年北歸，則留寓燕薊的時間實爲十一年。

吳則虞先生校《山中白雲詞》於《臺城路》詞序採用龔本作「庚辰秋九月之北」，於《疏影》詞序採用四印齋本並參別本作「余辛卯歲北歸」。這與本文之考校不謀而合，足見吳先生審擇精善。但是，他於《甘州》詞序採用龔本「庚寅歲，沈堯道同余北歸」，便與其所

校《疏影》序相矛盾。尤其令人惋惜的是，吳先生據所校詞，應斷定張炎北遊十年或十一年，然而在其所製《玉田年表》裏卻沿襲了江昱的庚寅之北、辛卯北歸留燕一年之說〔註 5〕。這又與其所校之《臺城路》詞序相矛盾了。

張炎《湘月》序亦有紀年，這是否定北遊十一年之說的有力證據。茲錄龔本此詞詞序：

> 余載書往來止陰道中，每以事奪，不能盡興。戊子冬晚，與徐平野、王中仙曳舟溪上，天空水寒，古意蕭颯。中仙有詞雅麗，平野作《晉雪圖》亦清逸可觀。余述此調，蓋白石《念奴嬌》鬲指聲也。

戊子爲元至元二十五年（1288），若張炎至元十七年至二十八年在燕薊，便不可能於至元二十五年冬又在山陰（浙江紹興）與王沂孫（中仙）等友人曳舟溪上。因此，清人張惠言懷疑「戊子」有誤，特批校云：「玉田以庚辰入都，庚寅歸浙，戊子不得在山陰，蓋當作『戊戌』之誤。」〔註 6〕據詞序謂王沂孫「有詞雅麗」記述此遊，但今本《花外集》內王氏此詞已佚，不能找到佐證。宋德祐二年（1276）即元至元十三年，二月元蒙軍佔領南宋都城臨安。宋亡後，遺民王沂孫、張炎等曾聚會於山陰參加《樂府補題》咏物寄意的唱和活動，表達了對故國的懷念之情。張炎北歸時，王沂孫已經下世，而北遊的十一年間他又不可能與王沂孫同遊。因此，《湘月》序當作於宋亡之初與王沂孫於山陰咏物唱和之時，肯定不會作於「戊子」。張惠言以爲當是「戊戌」，也不可能。戊戌爲元大德二年（1298），這時王沂孫已下世多年了。明抄《唐宋名賢百家詞》本和水竹居本《湘月》序均無紀年，「戊子」作「一日」，可知此序不一定就是「戊子」作的。根據張炎與王沂孫的交遊活動來看，應是宋祥興元年即元至元十五年（1278）宋亡時於山陰作的。詞有云：「堪嘆敲雪門荒，爭棋

〔註 5〕　見吳則虞校：《山中白雲詞》第 156～157 頁。
〔註 6〕　轉引自吳校：《山中白雲詞》第 38 頁。

墅冷，苦竹鳴山鬼。縱使而今猶有晉，無復清遊如此。」作者感嘆東晉王子猷雪夜訪戴和謝安弈棋而聞淝水之捷的勝地已非當年之盛，而是荒涼冷落。他又以東晉喻南宋，以為如果南宋存在，他們將做一番事業，而無如今的清遊之興。這所反映的歷史背景也與宋亡之初相符。可見「戊子」當是「戊寅」之誤，戊寅即至元十五年。《湘月》序並不能否定張炎北遊十一年之說。

三

張炎（1248～1320？）字叔夏，號玉田，晚年號樂笑翁；祖籍西秦（陝西鳳翔），生於杭州，為南宋中興名將循王張俊六世孫。其曾祖父張鎡官至司農少卿。祖父張濡為浙西安撫司參議官，於宋德祐元年（1275）三月，守獨松關以拒元兵，擒殺元使臣廉希賢、嚴忠範等。父張樞仕宋為宣詞令閣門簿書。元蒙滅宋後，獲張濡殺之，籍沒張氏家貲。張炎以先世恩蔭在宋曾入官，宋亡時年三十二歲，被抄家後飄零無依，短期往山陰參加宋遺民咏物唱酬活動，於元至元十七年庚辰（1280）北遊至元大都（北京）。張炎詞題有一些紀年，可以略窺其行踪。從至元十七年庚辰到二十八年辛卯（1280～1291）的十一年間，張炎無江浙等處行迹，可考的只有十餘首北遊期間的作品。他後來在詞裏回憶北遊時曾說：「十年孤劍萬里，又何似畦分抱泉」（《瑤臺聚八仙》），「萬里舟車，十年書劍，此意青天識」（《壺中天》）。從張炎生平活動來看，這時間「十年」（實為十一年，此舉其成數）、行程「萬里」，正是指其北遊活動，與其詞序所記時間符合，絕非指其中年後飄零往返江浙的某個十年。同時北遊的友人曾遇，後來回憶北遊也有詩云：「萬里歸來家四壁，沙鷗笑人空役役。」（《大觀錄》卷一五）可見「萬里」都是他們用以特指北遊行程的。

自印度佛教文化傳入中國之後，佛經的翻譯、編集、鈔寫之風日盛。隋開皇元年，京師諸大邑之處並官寫《一切經》置於寺內，而又別寫藏於秘閣。漢譯《藏經》印行最早於宋太祖開寶五年，造

金銀字佛經前後凡數藏，同年敕印雕佛經一藏，共十三萬版，歷時十二年完成，計四百八十函，五千零四十八卷。元世祖忽必烈崇奉佛教，宏揚佛法，「大量建造佛寺，擔當上都築城任務的劉秉忠，主持建造了乾元寺和華嚴寺，上都還有喇嘛教系統的開元寺和八思巴帝師寺等，佛教寺院及僧尼人數急劇增加。世祖至元二十八年（1291）計有寺院四萬二千三百十八所，僧尼二十一萬三千一百四十八人」；「世祖至元六年（1269）在普寧寺，至元十四年（1277）在弘法寺，根據宋版刻印《大藏經》頒行天下」〔註7〕。至元十四年翻刻《大藏經》至二十七年春告竣，計一千四百二十二部，六千一十七卷，後世稱爲「元藏」。元初在翻刻《大藏經》的十三年間，又同時進行了以金泥鈔寫《金字藏經》的工作。元上都、大都等處重要寺院都得度《金字大藏經》一部。這樣需要許多書藝精善的儒生文士參加鈔寫工作，成爲一時的寫經之役。趙孟頫於「大德丁酉（1297）除太原路汾州知州兼管本州諸軍奧魯勸農事，未上，召金書《藏經》，許舉能書者自隨；書畢，所舉廿餘人皆受賜得官」（楊載《趙公行狀》、《松雪齋文集》後附）。由此可知，當時參加寫經須由大官員舉薦善書者，寫經者在畢事之後可以受賜得官。元初最高統治者之所以發動寫經之役還不僅僅爲了弘揚佛法，乃企圖以此作爲籠絡與強迫江南士人入仕的手段，使他們通過寫經而接受朝廷的賜官。據釋氏念常《佛祖歷代通載》卷二十二：「帝（元世祖）命寫《金字藏經》，卷軸前圖像未定。帝云：『此經是釋迦佛說，止畫說主，庶看讀者知有所自。』……帝以金爲泥，命僧儒繕寫《大藏經》一藏，貯以七寶琅函，流傳萬世。」（《大藏經》卷四一九，二〇三六）這次寫經之役，爲時甚久，完成於至元二十七年（1290）。《元史》卷一六載，至元二十七年六月庚辰「繕寫《金字藏經》凡糜金三千二百四十四兩」。這說明此次寫經完成的具體時間和共用去金之數目。清人趙翼

〔註7〕 引自〔日〕鐮田茂雄：《簡明中國佛教史》第282～283頁，鄭彭年譯，上海譯文出版社，1986年。

談到「元時崇奉佛教之濫」時也是這樣理解的。他說：「至元二十七年繕寫《金字藏經》成，凡用金三千二百餘兩。」（《陔餘叢考》卷一八）可見，不能據《元史》所載而誤認爲至元二十七年才開始發起寫經之役。張炎在《山中白雲詞》裏有關幾首北遊的詞序，完全避忌談到他曾參加過寫經之役，而且其友人談到此事時也含糊其辭，如謂他「嘗以藝北遊」（戴表元《送張叔夏西遊序》），或言其「夜攀雪柳蹈河冰，竟上燕臺論得失」（袁桷《贈張玉田詩》）。清人吳昇編的《大觀錄》卷一五存《溫日觀墨葡萄畫卷》題跋後附張炎《甘州·題曾心傳藏溫日觀墨葡萄畫卷》，此爲其詞集所未收。它提供了張炎參加寫經之役的線索〔註8〕。同時參加寫經之役的沈欽與張炎唱和，其《甘州》詞序云：「心傳（曾遇）索詞屢矣，久以繕金字之冗，未暇填綴。玉田生乃歌白雪之章（指張炎《甘州》），汴沈欽就用其韻。」劉沆也有和作。張炎、沈欽、劉沆都是參加了寫經之役的，這次唱和表示了他們不接受賜官而決定北歸的願望。他們是在書寫《金字藏經》時唱和的，其起因是爲曾遇客邊所携藏的溫日觀墨葡萄畫卷題詞。曾遇字心傳，華亭（上海松江）人，博學敏文詞，尤工書法，「前至元末被選入京，書泥金字《藏經》」（《書史會要》補遺）。他珍藏的溫日觀墨葡萄畫卷有一段不尋常的來歷，其中還有深刻的政治寓意。後來曾遇爲此畫卷作的跋語云：

　　　　至元庚寅，以寫經之役，自杭起驛入京。瀕行之際，

〔註8〕　張炎：《綺羅香·紅葉》「慢倚新妝，不入洛陽花譜」，別本作「小字金書，心事已成塵土。」吳則虞先生根據別本認爲「小字金書」即指北遊寫《金字藏經》事，於《玉田年表》公元 1290 年（至元二十七年庚寅）下云：「秋九月北行，寫《金字藏經》。《綺羅香》賦『紅葉』有『小字金書』語，恐亦作於此時。」按，此題爲詠紅葉「小字金書」乃用有關牡丹之事，冀本「洛陽花譜」即指牡丹事。歐陽修《洛陽牡丹記》：「嘗謁錢思公（惟演）於雙桂樓下，見一小屏立坐後，細書字滿其上。思公指之曰：『欲作花品，此是牡丹名，凡九十餘種。』」（《居士外集》卷二二）証以冀本此句當擬託牡丹追憶當年盛日情景，甚感而今淒涼冷落之意，非指《金字藏經》也。

先一日過靈隱別虎巖長老，出至廊廡。一老僧素昧平生，聞余華亭音，迎揖而笑，握手歸房，叱其使令於方丈索酒果款洽；執縑素者填咽其門，皆拒而不納。問之，甫知其爲溫日觀也。以（曾）遇將有行役，引墨作葡萄二紙，一寄予昂（趙孟頫）學士，一以見贈，且以榮名相期。此意甚厚。別後留燕，書經訖事，將得官，而轟薦福之雷。此紙偶留集賢翰林諸老處，多蒙著語，大爲歸裝之光。今遂裒集成軸。南還未及數載，不獨溫師化去，卷中名勝，半歸鬼伯之阡。撫卷感嘆，繫之以詩曰：「我初不識溫玉山，偶然邂逅湖山間。戲寫葡萄贈行色，呼酒酌別期榮還。人言此僧性絕物，法書名畫求不得。一時青眼信有緣，鄉物鄉人當寶惜。淋漓醉墨蛟螭蟠，磊落圓珠星斗寒。疏略之中自精絕，工與造化爭毫端。殷勤攜上金臺去，袖惹天香染烟霧。價輕不敢博涼州，但費玉堂題品句。萬里歸來家四壁，沙鷗笑人空役役。惟餘翰墨爛生光，十年俯仰成陳迹。」曾遇自敍，大德改元，書於學古家塾。（《大觀錄》卷一五）

溫日觀，字仲言。號知歸子，作水墨葡萄自成一家法。他是很有民族氣節的士人，宋亡後出家於杭州瑪瑙寺爲僧。因與曾遇同鄉，得知曾遇將北赴寫經之役，特畫墨葡萄以贈，「且以榮名相期」。意爲勉勵曾遇保持民族氣節，勿屈辱受官，期望保住榮名而還。所以當曾遇、張炎、沈欽、劉沆等人書寫《金字藏經》完畢，按規定「將得官」，他們展玩畫卷時，它竟成爲轟薦福碑之雷，使他們得以保住榮名。張炎《甘州》詞云：

想不勞、添竹引龍鬚，斷梗忽傳芳。記珠懸潤碧，飄飄秋影，曾印禪窗。詩外片雲落莫，錯認是花光。無色空塵眼，霧老煙荒。　　一剪靜中生意，任前看冷淡，眞味深長。有清風如許，吹斷萬紅香。且休教夜深人見，怕誤他、看月上銀床。凝眸久，卻愁卷去，難博西涼。

　　詞的上闋贊美溫日觀墨葡萄之墨妙，描述其枝梗藤葉，濃淡間發，點染有靈趣。下闋借物寄意。這一枝墨葡萄甚是平淡，以前未發現其「眞味」，現在臨到將接受新王朝賜官時，由它想起了溫日觀「以榮名相期」的深意。於是它有如一陣清風，吹斷繁勝的「萬紅」春夢。最後表示願將畫卷卷去珍藏，不願爲人輕易換取或出售。這寄寓作者不接受新王朝的賜官而寧願歸隱江南之意。劉沆的和詞裏表示贊同張炎之意：「珍重好，卷藏歸去，枕屏間、偏稱道人床。江南路，後會重見，同話凄涼。」終於他們爲溫日觀的民族氣節與所寄之深意感動了，鈔寫《金字大藏經》畢事之後便亟亟北歸了。

　　曾遇題跋裏有詩云：「價輕不敢博涼州，但費玉堂題品句。」涼州（甘肅武威）乃葡萄著名產地，此借指墨葡萄卷：「不敢博」即張炎所說的「難博」，爲不換取、不出售之意。此表示不輕易接受賜官。唐以來習稱翰林院爲玉堂，此指仕元爲集賢直學士奉議大夫趙孟頫。趙孟頫與曾遇爲舊交，他爲墨葡萄畫卷作了「品題」云：

　　　　去冬曾君自吳來燕，辱以一紙見寄，相望數千里不遐遺。乃爾展轉把玩，因想勝風。欲相從西湖山水間，何可得也。因曾君出示此卷，敬書其後而歸之。辛卯二月廿一日，吳興趙孟頫。

　　此跋後即附有張炎、劉沆、沈欽三首《甘州》詞。趙跋所謂「辱以一紙見寄」，即溫日觀託曾遇寄給的墨葡萄。趙孟頫爲曾遇所藏溫日觀畫卷又題跋。此跋作於辛卯二月，張炎等唱和的《甘州》附跋後，跋與詞當同時所作。以此可證張炎於辛卯春尚在燕薊，旋即北歸。這與張炎《甘州》、《疏影》詞序所記「辛卯北歸」相符，進一步證實他確於至元二十八年辛卯北歸的。又趙跋中云「去冬曾君自吳來燕」。「去冬」是至元二十七年庚寅冬，則曾遇參加寫經之役已是最遲的了，而抄經完畢之後，他是否與張炎同歸江南，已不可考。張炎《甘州》詞序言辛卯北歸同行者只有沈欽，而並未提及曾遇。因此尚不能斷定曾遇與張炎是於辛卯同時北歸的。據江昱引《吳興

掌故》謂曾遇「元時以薦授湖州路安吉縣丞」，則他可能寫經完畢留
燕而接受了賜官的。張炎是否與曾遇同時於至元二十七年庚寅由杭
起驛入京的呢？江昱僅由間接材料推測他們是同時入京的，根據是
張炎的《壺中天》詞：

> 揚舲萬里，笑當年底事，中分南北？須信平生無夢到，
> 卻向而今遊歷。老柳官河，斜陽古道，風定波猶直。野人
> 驚問，泛槎何處狂客？　　迎面落葉蕭蕭，水流沙共遠，
> 都無行迹。衰草淒迷秋更綠，惟有閒鷗獨立。浪挾天浮，
> 山邀雲去，銀浦橫空碧。扣舷歌斷，海蟾飛上孤白。

詞有詞題，龔本作「夜渡古黃河，與沈堯道、曾子敬同賦」，明
水竹居本作「夜泛古黃河」。「沈堯道」即沈欽，其《甘州》詞後印
記有「秋江」、「堯道」，可知他名欽、字堯道、號秋江。沈欽後來同
張炎北歸。「曾子敬」不詳，但絕非曾遇。曾遇跋溫日觀畫卷後有印
記爲「曾遇」、「心傳」、「寄靜」，可知他名遇，字心傳、號寄靜。張
炎夜泛古黃河從詞題和詞的內容都難以判斷是初到或是北歸，而很
可能是北遊期間遊歷并州等處夜渡黃河而作的，因爲他有去并州的
行迹。江昱以爲「子敬疑即是心傳」，但僅僅是懷疑，並無任何證據；
於是又以疑爲據而斷定「曾心傳題日觀葡萄自序以至元庚寅入京，
玉田固同行之侶」。江昱認定「夜渡古黃河」便是他們同行入京時初
到黃河作的。顯然這樣的推斷是非常不可靠的。我們僅從詞中所述
景物「衰草淒迷秋更綠」的秋景來看，張炎便未與曾遇同時入京，
因爲根據趙孟頫跋語，曾遇是至元二十七年冬北上的。張炎之北遊
的時間仍應按《臺城路》序所說的至元十七年庚辰。

從張炎的身世及其北遊的有關文獻所提供的線索來看，他的北
遊是蘊藏著難言的辛酸和痛苦，因而他與其友人都避免談到。鄧牧
《張叔夏詞集序》云：「中間落落不偶，北上燕南，留宿海上，憔悴
見顏色。」這裏提到北遊之事，「留宿海上」是用西漢時蘇武被匈奴
拘留北海牧羊自食之事，暗示了張炎北上是有被迫性質的。舒岳祥

《贈玉田序》云：「宋南渡勛王之裔子玉田張君，自<u>社稷變置，凌煙廢墮</u>，落魄縱飲，<u>北遊燕薊，上公車、登承明有日矣</u>。一日，思江南菰米蒓絲，慨然襆被而歸。」有學者由此認爲張炎「甫得官，輒爲人所阻」；或以爲「張炎是準備向新王朝屈膝的，雖然他事實上並沒有做新王朝的官」。這都屬於誤解。「社稷變置」謂元蒙取代了宋王朝；「凌煙廢墮」謂宋室凌煙閣毀壞，意指功臣貴冑沒落；「承明」用曹植詩「謁帝承明廬」，謂皇帝詔見。舒岳祥之意實爲：張炎在宋亡後，家遭巨變，失意落魄，北遊燕薊時有了登上官車而接受皇帝詔見的希望，然而他卻慨然回到江南了。

綜上所述，可以得出以下結論：張炎爲南宋中興名將張俊之後，世受宋恩，宋亡後被抄家籍產，於至元十七年庚辰（1280）被元蒙統治者脅迫北上燕薊至大都；時值元初寫經之役，不久因被薦而參加了繕寫《金字藏經》的工作；寫經完畢，元王朝準備賜予官職，而他因與元王朝的世仇與籍家的新恨，在溫日觀民族氣節的感動之下，遂拒不受官，慨然北歸；至元二十八年辛卯（1291）二月以後北歸，前後在燕薊共十一年，北歸後在江南過著飄零愁苦的遺民生活。

張炎詞論略

　　張炎（1248～13207）字叔夏，號玉田，晚年號樂笑翁，是宋元之際的傑出詞人。他的《山中白雲詞》八卷，存詞約三百首，他的《詞源》對宋詞從理論上作了總結。在詞的藝術風格和詞法理論方面，張炎都是很具代表性的，它體現了南宋以來婉約詞發展的一種主要傾向。清人朱彝尊說：「世人言詞必稱北宋，然詞至南宋始極其工，至宋季而始極其變。」（《詞綜・發凡》）南宋從姜夔到張炎，詞的發展正是「極其工」而「極其變」的。清初浙西詞派對張炎的過分推崇，「浙西填詞者，家白石而戶玉田」（《靜志居詩話》）；清代中葉常州詞派又對他極力貶低，認爲「玉田才本不高，專恃磨礱雕琢，裝頭作脚」（《宋四家詞選目錄序論》）。這些都是從派別的觀點著眼，不可能給張炎詞以正確的評價。由於張炎詞在藝術上具有獨創特色，藝術形式精巧，詞意深蘊，以致現在也還受到誤解。如說它「更多的是閒適之音和『玉老田荒』的遲暮之感」；「境界不闊，立意也不深，多在字句上下功夫」；「作者突出地加以抒發的只是個人的身世之感，故國之思在他的作品裏不是呼之欲出而是隱而不顯」。可見，如何理解張炎詞的藝術特徵、評價其作品的社會意義，仍是宋季詞史上一個尚待進一步探索的問題。

一

　　張炎像南宋的辛棄疾、姜夔、吳文英、王沂孫等一樣，是一位
純粹的詞人；他的一生從事於詞的創作和詞的理論研究，其成就也
是卓著的。《山中白雲詞》是張炎晚年手輯的，友人鄭思肖、仇遠、
舒岳祥、陸文圭均爲之作序，直到他六十七歲時（1314）還有新作
補入。現在所能見到的本子已非原完了。《山中白雲詞》湮沒了近百
年之後在明初才有陶宗儀的手鈔本，後爲錢中諧所藏。清初朱彝尊
得到這個鈔本，釐爲八卷，計詞二百九十六首，龔翔麟始爲刊行於
世。張炎的《詞源》上下兩卷，友人錢良祐序於延祐四年（1317），
已是成於他逝世的前夕了。這兩部著作是張炎一生在藝術上和理論
上慘淡經營的成果，是他對宋詞的最後的重大貢獻。

　　宋亡時，張炎三十二歲。《山中白雲詞》中只有《南浦‧春水》
可確認是其宋亡前的作品。其主要創作活動時期則從祥興二年
（1279）宋亡至元延祐四年（1317）的近四十年間。張炎爲南宋中
興名將張俊之後，是一位「飄阿錫之衣」、「風神散朗」的「承平故
家貴公子」（《郯源集》卷十三《送張叔夏西遊序》）。他親歷了國破
家亡的嚴酷現實，宋亡後曾參加了南宋遺民《樂府補題》的具有政
治意義的酬倡活動。稍後北遊到元代的大都被迫參加了書寫金字藏
經之役，至元二十七年庚寅（1290 年，據龔翔麟原刻本），張炎拒
絕了朝廷的賜官，毅然回到江南，飄泊於吳越之間，過著窮愁潦倒
的遺民生活，仰仗於朋好知交的賙濟，甚至賣卜鄞市，鬱鬱而死。
以張炎至元二十七年南歸爲界線，可將他的創作分爲前後兩個時
期。張炎的南歸在他的生活經歷和藝術風格上都是一個明顯的轉折
的標誌。前期的詞正是張炎盛年之作，可考知的約三十首，僅占全
部詞作的十分之一，其中許多是名作，以現實性強和具有藝術特色
見著，如表現興亡感慨的《高陽臺‧慶樂園》；寓故國之思的《高陽
臺‧西湖春感》；描寫北國風光、境界開闊、風格峭拔的《淒涼犯‧
北游道中寄懷》、《壺中天‧夜渡古黃河》；慷慨激越的《滿江紅》（「近

日衰遲」)、《壺中天》(「繞枝倦鵲」)等。這些詞其中不少還是用健筆寫成的。張炎後期的詞,因離群索居、生活枯寂,致使內容逐漸貧乏,現實性也逐漸減弱,而在藝術上卻更精純了。如名作《解連環‧拜陳西麓墓》、《月下笛‧孤遊萬竹山中》、《憶舊遊‧過故園有感》、《國香‧賦蘭》、《聲聲慢‧中吳感舊》、《疏影‧咏荷葉》等。後來清初學玉田詞者都特別看中其後期的詞,造成學習和評價其詞的片面性。

張炎創作的時代是元蒙王朝統一中國,並使其統治逐漸穩固下來的時代。元蒙統治階級對漢民族施行了殘酷的民族壓迫政策,尤其是江南的漢族人民被稱爲「南人」,在政治、法律和經濟上受到最不平等的待遇;漢族的一些貴族和豪強地主也依附新朝,成爲元蒙統治的幫兇。元初的民族壓迫和階級壓迫是特爲嚴重的。元蒙統治階級對漢族知識分子則採取了拉攏與政治迫害的軟硬兼施的政策,而江南許多士人也紛紛北遊,謀求富貴利祿,蔚爲風氣,其軟媚可憐之狀如袁桷所說,「四方士遊京師,則必囊筆楮、飾賦咏,以偵候於王公之門」,而「多羈困不偶,煦煦道途間,麻衣敝冠,柔聲媚色」(《清容居士集》卷二三《送鄭善之應聘序》)。張炎與他的師友陳允平、周密、王沂孫、施岳祥、戴表元、鄭思肖、鄧牧等,卻是與這些軟媚而亟於富貴的知識分子不一樣,走著消極反抗元蒙統治的道路。他們崇尚民族氣節,不願屈志新朝,拒不受官,退隱江湖,過著清苦的遺民生活。瞭解張炎對新王朝的基本政治態度,有助於我們理解其詞的思想意義,也可理解其思想的表現之深蘊曲折是在元初文化專制主義和民族壓迫下不得已而採取的隱晦的方式。清初的歷史條件又彷彿元初之重複,所以清初數十年間學玉田詞成風也不是沒有社會原因的。

從宋詞的發展來看,張炎的創作時代,宋詞已經隨著宋的滅亡而衰竭了。當時作爲宋遺民的老一輩詞人陳允平、周密、王沂孫等相繼下世,詞壇已趨於荒涼冷落了。而且隨著元蒙的興起,北方的

雜劇和散曲勃興，對於作爲音樂文學的詞體，已成取而代之的形勢。張炎這時以他的創作照耀詞壇猶如結束繁星燦爛的一顆明亮的啓明星。在詞運衰落之時，張炎如果不用很大的力量艱苦地走藝術創新的道路，是不可能取得成就的。宋詞藝術已到山窮水盡，再要創新又是極其困難的。南宋婉約詞的發展，姜夔可算是第一個革新者。他在繼承清眞詞的基礎上，融入江西詩筆的瘦硬風格，使他的詞有騷雅清剛的特點，一時宗之者蔚然成風。繼姜夔之後，吳文英又進行革新，「返南宋之清訛」，以穠摯綿麗的風格見稱於宋季，講論詞法，領袖一代。張炎在藝術上正是作爲吳文英的否定面而出現的，他近師白石，遠紹清眞，創立「清空」的藝術風格，達到了藝術的創新。如樓思敬所說：「南宋詞人姜白石外，唯張玉田能以翻筆、側筆取勝，其章法、句法俱超，清虛騷雅，可謂脫盡蹊徑，自成一家。」（《詞林紀事》引）

二

　　南宋婉約詞人如姜夔、吳文英、王沂孫、周密、張炎等詞人，都曾在詞的藝術上作過苦心孤詣的探索，而且都有各自的藝術特點。他們的詞深隱曲折、精巧工緻，各有自己特殊的表現方式，體現著各自的審美趣味。如果不透過其精緻的藝術形式，則往往會對其詞意作膚淺的理解；因此，在探討張炎詞的思想內容之前，有必要先探討其詞的藝術特點及其論詞主張。

　　張炎爲詞是有家學淵源的，其高祖輩張鎡、張鑒係姜夔的好友，俱以詞名；父親張樞，雅善音律，曾有《寄閑集》行世，且旁綴音譜。張炎還師事過音樂家兼詞學家楊纘，所以他自說：「昔在先人（張樞）侍側，聞楊守齋（纘）、毛敏仲、徐南溪諸公商榷音律，嘗知緒餘，故生平好爲詞章。」（《〈詞源〉序》）從張炎的家學淵源及師承情況看來，他是繼承了婉約詞人中精通音律的、典雅的傳統。其《詞源》上卷探討音律，下卷談作詞方法，而在詞法中貫串著以「清空」

論詞。張炎晚年由他授意，而由門人陸行直撰述的《詞旨》更簡要地表述了其論詞主張，即「周清眞之典麗，姜白石之騷雅，史梅溪之句法，吳夢窗之字面，取四家之所長，去四家之所短」。這就是所謂的「指迷要訣」。張炎在詞的理論上準備集婉約詞之大成，而在詞的藝術實踐中轉益多師，力圖集各家之長。以張炎的詞論來參證其詞的創作實踐，可發現它們具有一致性。其論詞主張和詞的藝術特點可概括爲：典雅、清空和深婉。

南宋婉約詞自姜夔即開始向典雅一路發展，曾慥輯的《樂府雅詞》、鮦陽居士輯的《復雅歌詞》和周密輯的《絕妙好詞》，都以典雅爲選取標準，吳文英也主張「下字欲其雅」。張炎繼之而對典雅特別強調。他認爲宋代婉約詞的發展中存在一種不良傾向，即失之「軟媚」和「浮艷」。這樣有乖「雅正之音」，而「耆卿（柳永）、伯可（康與之）不必論，雖美成（周邦彥）亦有所不免，⋯⋯所謂淳厚日變成澆風也」（《詞源‧雜論》）。爲了革弊糾偏，反對澆風，張炎從傳統的詩教出發，力詆「鄭衛之音」，希望「若能屏去浮艷，樂而不淫，是亦漢魏樂府之遺意」（《詞源‧賦情》）。詞在宋代是雅俗共賞的文藝形式，張炎這裏提倡的典雅不是那種詰屈聱牙、古色古香的東西，他深知詞要「正取近雅，而又不遠俗」（《詞旨序》），即要求符合風人之旨的「溫柔敦厚」而又保持一定的自然通俗。這體現在《山中白雲詞》之純淨雅致的白話和敘事、抒情的含蓄能留。如：

> 水國春空，山城歲晚，無語相看一笑。（《臺城路》）

> 小立斜陽，試數花風第幾？（《掃花游‧臺城春飲》）

> 知他甚時重逢，便忽忽背潮歸去。（《還京樂‧送陳行之歸

吳》）

這些句中全不用典，明白易懂，是從通俗的白話中提煉出來的。它們以細膩的白描方式表現了一幅幅富於雅趣的動人情景，這是最見作者功力的地方。在詞的思想內容方面，張炎也力求雅致，不俗不艷，格調很高。如他著名的《國香》：

　　鶯柳煙堤。記未吟青子，曾比紅兒。嫻嬌弄春微透，
　　鬟翠雙垂。不道留仙不住，便無夢、吹到南枝。相看兩流
　　落，掩面凝羞，怕說當時。　　凄涼歌楚調，嫋餘音不放，
　　一朵雲飛。丁香枝上，幾度款語深期。拜了花梢淡月，最
　　難忘弄影牽衣。無端動人處，過了黃昏，猶道休歸。

　　詞序云：「沈梅嬌，杭妓也，忽於京都見之。把酒相勞苦，猶能
歌周清眞《意難忘》、《臺城路》二曲，因囑予記其事。詞成，以羅
帕書之。」這種題材若是柳永、秦觀、周邦彥、康與之等人寫來，
難免不近浮艷，甚至猥褻。張炎此詞不能作一般情詞讀。沈梅嬌是
杭州的歌妓，張炎當年是貴公子，他們在歌筵舞席上曾有過很深的
情意。南宋亡後，不意在元代大都偶然重見，「相看兩流落」，痛苦
而又慚愧，說不盡的塵世滄桑之感。「掩面凝羞，怕說當時」，刻劃
出沈梅嬌心情激動的感人情態。詞淡淡抒寫現實的感受，更多的是
對當年美好情景的追憶，深深寄寓興亡之感。「鶯柳煙堤」是西湖最
美的畫面，那時初識梅嬌，她是頭梳雙螺髻的妙齡歌妓。他們情意
纏綿，「款語深期」，她的嬌憨情態給詞人留下深刻的印象，「最難忘
弄影牽衣」。整首詞的詞意含蘊、描繪細膩，塑造了一位可愛的歌妓
形象。對戀情的描寫充滿詩情畫意，而又情感誠摯，不用艷語，表
現了詞人對梅嬌的尊重，比「江州司馬青衫濕」的思想境界還高。
張炎提倡的典雅在抵制「澆風」和防止文化污染方面都是有一定積
極意義的。《山中白雲詞》的典雅是貫徹始終的，無論敘事、抒情、
言志都合符風人之旨，這構成其藝術特色之一。

　　以「清空」論詞是張炎詞論的中心，也是其藝術風格的特點，它
是作爲「質實」的夢窗詞的對立面而出現的。張炎說：

　　　詞要清空，不要質實；清空則古雅峭拔，質實則凝澀
　　晦昧。姜白石詞如野雲孤飛，去留無迹。吳夢窗詞如七寶
　　樓臺，眩人眼目，碎拆下來，不成片段。此清空質實之說。

　　（《詞源·清空》）

　　張炎對他前輩大詞人吳文英是尊崇的，對夢窗詞也有較全面和公允的評價。此處，他是從自己藝術創新意義上、從自己的審美趣味出發，將「清空」與吳文英的「質實」對舉的，而表示對「質實」的否定。什麼是「清空」呢？細味它的含義有清暢爽健之意，因為「峭拔」表示勁健而有骨氣，「凝澀晦昧」的反義則意味著清疏流暢。「清空」是張炎詞論的核心，為了使詞清空，大致有如下要求：

　　（1）意趣超遠，即「命意貴遠」，不宜膠著於題材的狹窄範圍，意境開闊，有寄託、有新意。張炎列舉了蘇軾的《水調歌頭》、《洞仙歌》，王安石的《桂枝香》和姜夔的《暗香》、《疏影》，認為「此數詞皆清空中有意趣，無筆力者未易到」（《詞源‧意趣》）。張炎的詞如《壺中天》寫夜渡古黃河的情景。當時黃河代表著北中國，元朝剛剛結束了宋金南北分裂的局面。詞的開頭寫道：「揚舲萬里，笑當年底事，中分南北？」這是從大處著眼，從遠處起筆，而起筆即矯健，提出了一個重大的歷史疑問；「笑」字表示對歷史命運的無可奈何的心情，隱含著亡國的痛感。詞人繼之寫了渡河的感受和黃河宏偉蕭瑟的景象，而以「扣舷歌斷，海蟾飛上孤白」為結，又將現實情景引向高遠。所以仇遠讀張炎之詞有「意度超玄」之感（《〈山中白雲詞〉序》）。「意度超玄」者，亦即「野雲孤飛，去來無迹」，「清空中有意趣」之謂也。

　　（2）用事典要「融化不澀」，做到「用事不為事使」（《詞源‧用事》）。這樣可以避免餖飣堆疊、過於質實。張炎的詞偶爾也用事典卻不露痕跡。如《解連環‧孤雁》的「寫不成書，只寄得相思一點」，暗用了雁字成行和雁足傳書的故事（《漢書‧蘇武傳》）。意謂雁飛時，行列整齊，隊形如字，而孤雁排不成字就寫不成書信；孤雁只有一點，故「只寄得相思一點」。《高陽臺‧慶樂園》的「老桂懸香，珊瑚碎擊無聲」，「老桂」係融化李賀《金銅仙人辭漢歌》的「畫欄桂樹懸秋香」；「珊瑚」本刻劃桂枝而暗用石崇與王愷鬥富事。正以石崇的金谷園比韓侂冑慶樂園的。《南浦‧春水》的「回首池塘

青欲遍，絕似夢中芳草」，係用謝靈運夢謝惠連得佳句之事。像以上三例之使用事典，融化無迹，貼切詞意，無質實之感，而有清空之效。

（3）虛字活用，可克服質實的缺陷而使詞意流轉靈活，左右盤旋，清空有致。張炎說：「若堆疊實字，讀且不通，況付雪兒（唐代歌妓）乎？合用虛字呼喚，……要用之得其所，若能盡用虛字，句語自活，必不質實。」（《詞源・虛字》）這也是針對夢窗詞少用虛字而言的。張炎的《解連環・孤雁》是善用虛字呼喚的例子，一詞中就用了「恍然」、「自」、「正」、「料」、「誰」、「謾」、「也曾」、「『怕驀地」等虛字連貫詞意，使詞意轉折變換、靈活多姿，避免了字面的質實和結構的板滯。

（4）要做到「峭拔」，還得使用健筆。張炎取法周邦彥詞的「渾成處，於軟媚中有氣魄」，秦觀的「骨氣不衰」；他不滿意辛派詞人「作豪氣詞」，卻贊許蘇軾的《水調歌頭》、《卜算子》、《哨遍》等詞（《詞源・雜論》）。可見他對婉約詞和豪放詞都有所取捨，而「清空」則是取婉約詞的典雅深婉，取豪放詞的勁健開闊而一之。值得我們注意的是《山中白雲詞》中曾用過《念奴嬌》（即《壺中天》）和東坡韻，而有三首《滿江紅》（澄江會復初李尹、「近日衰遲」、己酉春日），如其中的：

> 慷慨悲歌驚淚落，古人未必皆如此！
>
> 壯志已荒坯上履，正音恐是溝中木。
>
> 天下神仙何處有，神仙只向人間覓。

這些都屬豪放的語調氣勢了。《山中白雲詞》中的健筆是多的，而以前期的詞為突出，如：

> 古臺半壓琪樹，引袖拂寒星。（《憶舊遊》）
>
> 山勢北來，甚時曾到，醉魂飛越。（《淒涼犯》）
>
> 浪挾天浮，山邀雲去，銀浦橫空碧。（《壺中天》）

清人譚獻評張炎的《甘州》（「記玉關踏雪事清遊」），以為「一氣

旋折，作壯詞須識此法」（《復堂詞話》）。他發現了張炎健筆作壯詞的現象，可惜並沒有引起詞界對此的足夠重視。

　　婉約詞自李清照、姜夔、吳文英以來，詞意向深婉的方向發展，含蓄蘊借、曲折幽微，耐人細細抽繹尋味。這是婉約詞的一種優良的藝術傳統。張炎繼承了它，使其詞清空而詞意又深婉，不流於空滑淺薄。清人戈載說：「學玉田以空靈爲主，但學其空靈而筆不轉深，則其意淺，非入於滑，即入於粗。」（《宋七家詞選》）後之論玉田詞者也易見其清空，而忽視其深婉。劉熙載說「張玉田詞，清遠蘊藉，凄愴纏綿」（《藝概》卷四），即指出其深婉之意。張炎在燕薊遇都下寒食，作了一曲《慶春宮》將京都節日風物的熱鬧場面白描地、細膩地模寫，直到末尾纔來一個大轉折：「旅懷無限，忍不住低低問春，梨花落盡，一點新愁，曾到西泠？」最後一筆點明由異鄉節物風光所引起的對家鄉杭州的懷念，還隱伏著故國之思。張炎的《湘月》記他與愛國詞人王沂孫的山陰之遊，其中說：「堪嘆敲雪門荒，爭棋墅冷，苦竹鳴山鬼。縱使而今猶有晉，無復清遊如此。」敲雪用王子猷雪夜訪戴事。「爭棋」，用謝安事。詞人嘆息東晉王子猷的逸興和謝安的雅量，那些勝迹之地現在已變得荒涼可怕了。張炎常以晉人自況，也常以東晉喻偏安的南宋，他痛苦地自慰說：假如而今東晉（意指南宋）還存在，也許他與王沂孫等人將有一番作爲，就不會有現在這樣優遊清閒了。這裏，愛國思想是以極其曲折的隱晦的方式表達的。張炎自燕薊南歸杭州，「故園荒沒，歡事去心」，作了《鬥嬋娟》。詞中一往情深地回憶著故園的良辰美景和青春的歡樂，詞的下闋才從追憶中回到現實，以「謾竚立東風外，愁極還醒，背花一笑」爲結。這將詞人痛定思痛的情感表現得多深刻；在愁極之時，忽被眼前殘酷的現實驚醒，又怕再對著春花而勾引往事的重省，只得背著它無可奈何地凄然一笑。張炎的故園被毀與南宋的滅亡緊密相關，所以他個人的痛苦感受中國亡家破常常是混在一起的。以上三例都可見《山中白雲詞》詞意的深婉含蘊和表現方式的特殊。

這些詞的詞意不像豪放詞那樣率露明顯、躍然紙上，稍不經意就有隱而不見之感，致使它常遭誤解。清代常州詞派的理論家周濟曾說：「叔夏所以不及前人處，只在字句上著功夫，不肯換意」（《介存齋論詞雜著》）；又說：「筆以意行也，不行須換筆，換筆不行，便須換意。玉田惟換筆不換意。」（《宋四家詞選‧目錄序論》）這顯然也屬誤解。若就張炎全部詞作而論，確有詞意雷同和意象重複的現象。這和詞人後期生活面的狹窄、脫離現實有關。然而周濟所說的「換筆」與「換意」，並非指玉田詞的總體，而是指一首詞中「筆」與「意」的關係。張炎無論敘事、抒情、寫景，始終圍遶詞意盤旋曲折、一脈到底，還注意「在過變不要斷了曲意」。他不喜用那種大開大闔、馳驟跳擲之筆，也不習慣簡單的上片寫景、下片抒情，而是情景夾雜地在一個特定的時間寫一個特定環境中的感受，其意脈如一縷縈繞宛曲的絲緒。換筆不換意、詞意深婉，這不是張炎詞的缺點而是它的特點，但絕不能以此作為評價藝術優劣的主要依據。

典雅、清空、深婉的特點在《山中白雲詞》中是有機統一的，構成它獨創的藝術風格。我們讀其詞所以會感到：它是以藝術化的平易語言、清暢爽健而又細膩的筆調將自己瞬間的感受或印象，用典型的優美形象曲折地表現出來；在這精美的藝術形式裏卻蘊藏著纏綿深厚的情感、一脈不斷的詞意；這詞意又是那麼美和高雅。這就是張炎所追求的藝術境界。

三

張炎傳世的三百首詞是他思想、情感、生活、交遊的記錄，一一留下時代的印記，是元初的宋遺民思想生活的縮影，我們可以從它知其人而論其世。不難發現《山中白雲詞》的主題思想是與詞人的家世、個人遭遇、政治態度有密不可分的關係。它的主題思想顯而易見的是詞人的黍離之感、江南之戀和落魄江湖之愁。它們滲透在詞人的字裏行間。

　　張炎的家族世受宋恩，宋亡之後故園被毀、資財喪失，生活發
生了巨變；他以遺民自居而與新王朝處於敵對的地位。因此，對現
實的感傷、對故國的懷念成爲張炎作品最重要的主題。這是張炎愛
國思想的自然流露，但是他的愛國思想由於其貴族階級的局限而缺
乏更爲廣闊的社會意義，所以它與宋季忠義之士如文天祥、林景熙、
謝枋得、謝翱、鄭思肖等的愛國主義思想比較起來是黯淡得多的。
張炎在《月下笛》詞序中說：「孤遊萬竹山中，愁思黯然，因動黍離
之感。」黍離之感是張炎愛國思想的特質，這種士大夫的亡國之悲
局限了詞人去獲得更多的人民性。他的眼光僅僅看著自己的不幸，
沒有更多地關注滿目瘡痍的乾坤和處於水深火熱之中廣大漢族人
民。張炎與他的師友王沂孫、周密、仇遠、陳恕可等一群詞人的愛
國思想都具這種性質的。我們不必過分去苛求於他們而對其詞採取
基本的否定態度，他們畢竟是封建時代自命高雅的士人。宋亡之初，
張炎也曾有過激昂慷慨的情感，希望自己能像秦末的張良那樣去爲
國復仇，可是歷史的命運已無法改變，大勢已定，華夏正音不復，
所以他嘆息著：「壯志已荒坵上履，正音恐是溝中木。」（《滿江紅》）
宋祥興元年（1278）帝昺逃於崖山，宋王朝國運如絲，亡在旦夕，
元蒙軍已征服了整個江南，繁華之地多成丘墟。這年秋天，張炎經
過故宋權貴韓侂冑的慶樂園，已是荒涼一片了，他聯想到賈似道的
葛嶺別墅也將是同樣的景象，於是引起古今興亡的深沉慨嘆，寫下
了一曲《高陽臺》。詞云：

　　　　古木迷鴉，虛堂起燕，歡遊轉眼驚心。南圃東窗，酸
　　風掃盡芳塵。鬢貂飛人平原草，最可憐渾是秋陰。夜沉沉，
　　不信歸魂，不到花深。　　吹簫踏月幽尋去，任船依斷石，
　　袖裏寒雲。老桂懸香，珊瑚擊碎無聲。故園已是愁如許，
　　撫殘碑卻又傷今。更關情，秋水人家，斜照西泠。

南宋開禧二年（1206），以韓侂冑爲首的主戰派得到宋寧宗的支
持，出師北伐，由於用人不當，遭到叛徒和主和派的破壞，開禧北伐

很快以失敗告終。次年，韓侂冑被暗殺，宋函其首送金，以成和議。詞中之「歸魂」指侂冑；結尾之「秋水人家」即詞序中所謂「復嘆葛嶺賈相之故廬也」。在張炎看來，韓侂冑的輕率北伐和賈似道的專權誤國導致了南宋的衰亡，使國勢不可收拾。兩家繁勝的莊園現在隨宋亡而荒殘了，詞人大有「生存華屋處，零落歸山丘」之感，撫殘碑而傷今，這有多少值得深思的歷史教訓！此詞的黍離之感，表現了詞人對國家命運的悲哀，雖然是採取消極的批判態度，仍流露著作者的愛國的思想情感。我們再看張炎爲周密的《武林舊事》題的一首《思佳客》：

> 夢裏懵騰說夢華，鶯鶯燕燕已天涯。蕉中覆處應無鹿，漢上從來不見花。　今古事，古今嗟。西湖流水響琵琶。銅駝烟雨栖芳草，休向江南問故家！

杭郡舊稱武林，曾爲南宋京都。周密的《武林舊事》作於宋亡之後，他記下了南宋百餘年間其所耳聞目睹之制度文物和節序風情，寄託對亡宋故國之思。「讀此書者，不能不爲之興嘆。」（宋廷佐《武林舊事跋》）這首小令氣韻流暢，音節哀婉，一意貫注，可想見詞人當時心情之激動。南宋的繁華已經成夢，宋亡後再記下它，眞是夢中說夢了。「鶯鶯燕燕」借指歌妓，暗喻故家衰敗。用蕉鹿事以喻得失如夢。《列子・周穆王》：「鄭人有薪於野者，遇駭鹿，御而擊之，斃之。恐人見之也，遽而藏諸隍中，覆之以蕉，不勝其喜；俄而遺其所藏之處，遂以爲夢焉。」得失如夢，舊情如夢，古今興亡也如一夢，令人嗟嘆。而今西湖的水聲似乎像江南李龜年彈著琵琶訴說開元天寶軼事。「銅駝」事以示宋之宮殿毀於兵火之中。《武林舊事》中記有許多張炎家世顯貴豪華的軼事，張炎讀之特別感傷：國已不存，何必再說江南的故家！這不是一小曲《哀江南》嗎？周密的《武林舊事》與張炎此詞都各自以特殊的方式表現了他們的愛國思想。張炎在更多的場合下其愛國思想情感是極其隱伏幽微的，如他在席上聽琵琶有感而作的《法曲獻仙音》，其中的「且休彈玉關

愁怨，怕喚起西湖，那時春感：楊柳古灣頭，記小憐隔水曾見」。楊柳古灣是西湖之一角，那是最富詩意之處。「小憐」本北齊後主之寵妃馮小憐。《北史‧馮淑妃傳》：「馮淑妃名小憐，大穆后從婢也……慧黠能彈琵琶，工歌舞。」詞中借指張炎所戀之歌妓。一提起西湖，詞人禁不住緬懷往事，美好的景色、甜蜜的初戀，一椿椿、一件件都難以忘懷。在張炎詞中，這些個人生活的感受與愛國之思、江南之戀是糾結在一起的，因而更加感人。張炎詞的思想是含蓄深蘊的，需要細心尋繹，若以貌觀之，自會作出「作者突出抒發的只是個人身世之感，故國之思在他的作品裏不是呼之欲出而是隱而不顯」的結論。

張炎祖籍西秦，生長於杭州，北遊燕薊而外一直生活在江南，江南的景物他是那樣的熟悉和熱愛。他既留戀錦綉繁勝的舊日江南，也不能忘情於今日殘破荒涼之江南。祖國之愛於張炎是深深紮根在江南的鄉土之中，在他筆下的祖國山河、江南水鄉總是出奇地秀美，具有濃郁的詩情畫意，美得那樣地動人。如；

波暖綠粼粼，燕飛來，好是蘇堤才曉。魚沒浪痕圓，流紅去、翻笑東風難掃。(《南浦》)

烟霞，自延晚照，盡換了西林，窈窕紋妙。(《春從天上來》)

燕集春蕪，漁栖暗竹，濕影浮煙。(《木蘭花》)

暖香十里軟鶯聲，小舫綠楊陰。(《風入松》)

江南，特別是家鄉杭州，詞人在任何時候都眷戀著它。那裏有多少值得回憶的往事、多少故交新友、故園遺迹、舊日的湖光山色，這怎能不令他深情懷念：

勝遊地，想依然斷橋流水。(《掃花遊》)

故鄉幾回飛夢，江雨夜涼船。縱忘卻歸期，千山未必無杜鵑。(《憶舊遊》)

斷腸不恨江南老，恨落葉飄零最久。(《月下笛》)

花底鶯聲深處隱，柳陰淡隔湖裏船。路綿綿，夢吹舊
笛，如此山川！(《瑤臺聚八仙》)

江南之戀的思想情感幾乎充溢在張炎所有的詞中，具有強烈的
美感，因而它產生了一種詞人未曾想到的社會意義。愛國志士鄭思
肖爲張炎詞集作序時初次揭示了這種意義。他說：

吾識張循王孫玉田先輩，喜其三十年汗漫南北數千
里，一片空狂懷抱，日日化雨爲醉。自仰扳姜堯章、史邦
卿、盧蒲江、吳夢窗諸名勝，互相鼓吹春聲於繁華世界。
飄飄征情，節節弄拍，嘲明月以謔樂，賣落花而陪笑，能
令後三十年西湖錦繡山水猶生清響，不容半點新愁，飛到
遊人眉睫之上。(《山中白雲詞序》)

張炎詞以生動豐富的藝術形象，使人爲江南之美傾倒，喚起人
們熱愛江南、熱愛祖國河山的情感。這難道不是它所產生的客觀的
積極作用嗎？

南歸後，張炎一直過著飄零窮愁、落魄縱酒的遺民生活，有時
「意色不能無沮，然少爲酒酣氣張，取平生所爲樂府詞自歌之，噫
嗚宛仰，流麗清暢」(戴表元《送張叔夏西遊序》)。張炎前期作的《解
連環·孤雁》已是詞人「身世飄然一葉」的寫照，「恨離群萬里，恍
然驚散」，則表現了詞人在宋亡之初家毀北遊所感到的孤獨無依、淒
惶驚懼的心理。因這首詞，時人恰當地稱張炎爲「張孤雁」。後期作
的《國香·賦蘭》則寄託了他「自分生涯澹薄，隱蓬蒿甘老山林。
風烟伴憔悴」的遺民高潔的思想情趣，「肯信遺芳千古，尚依依澤畔
行吟」。南歸後的三年（1293），張炎在杭州會見了友人趙學舟，作
了《憶舊遊》，詞序云：「余離群索居。趙元父一別四載，癸巳春於
古杭見之，形容憔悴，故態頓消。以余之況味，又有甚於元父者。」
這可見詞人落魄的情況了。詞中的「重尋、已無處，尚記得依稀，
柳下芳鄰。竚立香風外，抱孤愁淒惋，羞燕慚鶯。俯仰十年前事，

醉後醒還驚」。表明詞人南歸，故園蕩然，自慚形穢，而且心中還留下十年前國亡家破的強烈印象，餘悸不已。張炎於元大德三年（1299）「己亥客闔閭，歲晚江空，暖雨奪雪，篝燈顧影，依依可憐」，賦了一曲《探春慢》。詞云：

> 列屋烘爐，深門響竹，催殘客裏時序。投老情懷，薄遊滋味，消得幾多淒楚。聽雁聽風雨，更聽過數聲柔櫓。暗將一點歸心，試託醉鄉分付。借問西樓在否？休忘了盈盈，端正窺戶。鐵馬春冰，柳娥晴雪，次第滿城簫鼓。閑見誰家月，渾不記舊遊何處？伴我微吟，惟有梅花一樹。

除夕將近，爆竹聲聲，人家團聚，酒席熱鬧，而詞人卻只身孤影，飄泊於江湖風雪之中，還又追憶當年故都此時的繁勝景象，益不堪懷。作者以對比的手法，將歡聚熱鬧的場面與自己的孤寂淒寒作了鮮明對照，眞實地抒寫了個人的不幸，悽苦之情感人至深。張炎個人身世遭遇的不幸是跟南宋的滅亡和漢民族的災難有一定聯繫的，它激盪著時代的回聲。張炎不願屈志新朝、拒絕賜官，寧願與江南遺民爲伍，寧願獨抱孤懷窮愁以死，因而他抒發的個人身世不幸之感還是有一定社會現實意義的。

以上所述《山中白雲詞》的主題思想在具體的作品中它們往往纏雜一起，使詞意曲折含蘊，收到了最佳的藝術效果。如元兵入臨安，南宋之繁華錦繡一旦毀於兵燹之中，張炎傷痛之餘寫下了傳世名篇《高陽臺·西湖春感》。詞云：

> 接葉巢鶯，平波卷絮，斷橋斜日歸船。能幾番遊，看花又是明年。東風且伴薔薇住，到薔薇、春已堪憐。更淒然，萬綠西泠，一抹荒煙。　　當年燕子知何處？但苔深葦曲，草暗斜川。見說新愁，如今也到鷗邊。無心再續笙歌夢，掩重門、淺醉閒眠。莫開簾，怕見飛花，怕聽啼鵑。

詞中反覆抒寫春歸的感懷，它是有象徵意義的，象徵著美好的事物和西湖的繁勝都隨宋亡而去，當年烏衣巷的燕子已飛，以唐代

長安勝地如韋曲、晉賢清遊之地如斜川者借喻西湖，而現在這些地方已是苔深草暗了。這不是詞人的黍離之感麼！春的歸去，也結束了詞人早年的歡樂；國亡家破，「無心再續笙歌夢」了。雖然怕見怕聽標誌春歸的花飛鵑啼，而春歸之勢已無可奈何了。詞人個人的不幸緊緊與亡國之痛聯結一起。「萬綠西泠，一抹荒煙」，西湖雖是荒涼冷落了，可是它依然那麼美，那麼有詩意，詞人充滿深情地抒寫了它的不幸，卻依然戀著。此詞思深言婉，託意高遠，所以清人陳廷焯讚揚它「淒涼幽怨，鬱之至，厚之至」（《白雨齋詞話》）。詞人感慨萬端卻以蘊藉出之，語言平易精警，音律諧婉，而且運掉虛渾，筆筆清空，所以最能代表張炎詞的特色。

王國維先生對南宋詞是存在藝術偏見的，對於張炎詞更無好評。他說：「玉田之詞，余得取其詞中之一語以評之曰：『玉老田荒』。」（《人間詞話》）這個權威性的評斷在詞學界影響很大，以致現在也認為張炎之詞「更多的是閒適之音和『玉老田荒』的遲暮之感」。「玉老田荒」的確是張炎後期生活中所感到的，不只在其《祝英臺近》中這樣表示，另外在其《踏莎行》中也感到「田荒玉碎」。這是詞人一生事業無成，老大意拙，心事遲暮的現實感受，反映了他精神的痛苦。從本文上面的論述中可以看出：若以「玉老田荒」簡單地概括為張炎的詞品，無論就其藝術風格和思想內容方面，都顯然是不恰當的，也不能說明什麼問題。張炎不僅從理論上總結了宋詞的創作經驗，而且在自己的創作實踐中轉益多師、集各家之長，根據自己的審美興趣在新的歷史文化條件下形成了自己獨創的藝術風格。張炎所處的時代，他的家世、個人的生活遭遇和政治態度，使他在詞中表現了自己特具的愛國的思想情感。他的作品跨出了婉約詞的狹窄範圍，取材比較廣泛，它們具有一定的社會現實意義和一定的人民性。在宋元之際的眾多詞人中張炎不愧是成就最卓著的詞人。就其藝術淵源、藝術風貌和就宋詞發展的觀點來看，張炎詞都是宋詞的延續部分，所以可以認為張炎是宋代最後一位詞人，也是宋詞的光輝結束者。

張炎等遺民的時代歸屬問題

　　我國幾千年長期的歷史發展過程中曾發生過許多次數的改朝換代，處於改朝換代的歷史人物，他們的時代歸屬問題對於文學史和歷史的編纂者都是頗難處理的。特別是對於「遺民」，究竟將他們歸入前朝，還是列進新朝？若歸入前朝，他們的主要生活時期或文學活動又在新朝；若列進新朝，他們又是前朝舊人。比如說「張炎是宋詞人還是元詞人」，近年曾引起爭議。雖然從絕對時間觀念來判斷或較爲精確地劃分而「說他是宋元間人更全面些」，但是在編寫文學史時是不便專列「宋元間文學」一章來專講宋元間作家作品的，最後總得歸人宋代文學或元代文學的。在這種情形下對一個作家的時代歸屬的處理，實際上已包含著對他歷史作用和在文學史上的地位的基本評價問題。這須得從歷史和文學發展的鎖鏈中來考察這位作家與新舊兩朝的關係而作出實質性的判斷，單純以時間爲根據來劃分是沒有多大實際意義的。茲略述一得之見：

一

　　文學家及其作品不是一個孤立的社會現象。文學史上凡是具有一定社會影響的文學家，他總體現了一個時代的文學潮流，他的作品構成文學發展過程中的一個環節。王國維先生《宋元戲曲史序》云：「凡一代有一代之文學：楚之騷，漢之賦，六代之駢語，唐之詩，

宋之詞，元之曲，皆所謂一代之文學，而後世莫能繼焉者也。」此
論對我們處理遺民在文學史上的時代歸屬具有參考價值的。元滅宋
統一中國後，文學上北曲興起而舊的詞體趨於沒落，對待宋金元之
際作家的時代歸屬，應該重視這個文學史事實。周密在宋末曾西湖
結社主盟詞壇，宋亡時年四十八，入元後不仕，以纂輯故國野史為
己任，尚生活了二十年。王沂孫其年齒與周密為近，其詞主要作於
宋亡後而「最多故國之感」。張炎於宋亡時三十二歲，宋亡前已有詞
作，雖多數仍作於宋亡後，但其詞學之師承與淵源卻與宋詞密不可
分。這些宋遺民雖然有的在元代生活半生或大半生，他們的作品一
半或一大半寫作於元代，但很明顯他們在藝術淵源和藝術風格上都
緊密地與宋代相連結，他們的創作實際上是宋詞發展過程中的延續
的組成部分。所以文學史上歷來將他們列為宋代詞人，我以為這是
合理的。與此相反，一些由金入元的北曲作家，即《錄鬼簿》所謂
「前輩名公才人」者，如關漢卿，卻將他算作元曲四大家之一。這
也是從北曲發展情況來確定的，不將他歸入金代作家也是合理的。

二

作家的政治傾向在改朝換代之時明顯地表現為對新舊兩朝的態
度，這也應是處理他們時代歸屬的重要根據。元朝統一中國的過程
中肆無忌憚地實行野蠻的屠殺和掠奪，統一中國後又施行了嚴酷的
民族壓迫政策。宋遺民堅持民族氣節，入元不仕，他們的行為和作
品都表現了他們對元朝統治的消極抵制和反抗。元朝是以一個落後
民族滅亡宋王朝的，宋的滅亡對於宋遺民是意味著一個民族國家的
滅亡。宋遺民對故國懷念眷戀的情感在特定的歷史條件下是有一定
人民性的。他們不屈志新朝，自稱「宋遺民」。遺民鄭思肖囑咐友人
在他死後寫上「大宋不忠不孝鄭思肖」的牌位。若將這些有強烈民
族意識和孤高的民族氣節的作家列為元人，他們的亡靈有知也會發
出抗議的。他們的思想意識、政治命運和實際活動都是與舊朝連結

不可分的，所以歷來文學史上都將周密、王沂孫、張炎、劉辰翁、汪元量、林景熙、鄭思肖等遺民看作宋人，列入宋代文學中論述。而且歷來又將那些奴顏婢膝投靠並出仕新朝的文人——雖然他們生活的歷史時間與宋遺民相同，列為元代作家。詹正和趙孟頫都是宋元間人，他們都入元仕為翰林學士。他們的作品「絕無黍離之感、桑梓之悲，止以遊樂為言」，其題材、內容、風格都與前朝迥異，將他們列入元代作家當然是最恰當的。

三

關於作家生活的歷史時期，也不能不承認它是劃分時代歸屬的基本根據，但不宜機械理解。它只在這種情形下發生作用，即如果這位作家在前朝僅是一位少年，文學上和事業上與前朝無多大聯繫，自然應歸入新朝。但如果這位作家在前朝已是青年或中年了，情況就較為複雜，在考慮劃分其時代歸屬時，就應當以上述兩個根據為主了：既考慮其文學史上的關係，也考慮其政治態度。袁桷生於宋咸淳二年，宋亡時十三歲，仕於元，劃為元人固無爭議。張炎，宋亡時三十二歲，其父祖輩世受宋恩，周密曾稱他為「館人」，可推知他曾因恩蔭仕於宋，宋亡後一直過著遺民生活，從其政治態度與文學史關係來看，他都不應算作元代的詞人。

宋以後的文學總集、選集、圖書著錄以及近世以來的文學史著述，基本上按照傳統的習慣將那些在文學史上較有影響的宋元之間的宋遺民劃歸宋代。這種傳統的習慣劃分，表面上看似乎不夠精確審慎，我以為這實際上反映出文學史的內在合理性，因而這更表現了文學史的真正面目。

附錄：詞學論著繫年

1981 年

《宋代民間詞論略》，《貴州社會科學》，1981 第 3 期，《中國古代近代文學研究》，1981 年第 12 期轉載。

1982 年

《蘇辛詞風異同之比較》，《東坡詞論叢》，四川人民出版社，1982 年。

1983 年

《略談夢窗詞與我國傳統創作方法》，《光明日報・文學遺產》，1983 年 8 月 30 日。

《夢窗詞版本與校勘述略》，《四川省圖書館學報》，1983 年第 3 期。

《宋代歌妓考略》，《中華文史論叢》，1983 年第四輯。

《論宋末婉約詞的愛國主義思想》，《社會科學研究》，1983 年第 6 期，《中國古代近代文學研究》，1984 年第 1 期轉載。

《張炎詞論略》，《文學遺產》，1983 年第 4 期，《中國古代近代文學研究》，1984 年第 1 期轉載。

1984 年

《文學史上遺民的時代歸屬問題》，《光明日報・文學遺產》，1984 年 2 月 4 日。

《試論夢窗詞的藝術特徵》，《學術月刊》，1984 年第 4 期，《中國古代近代文學研究》，1984 年第 12 期轉載。

《論夢窗詞的社會意義》，《貴社會科學》，1984 年第 5 期。

《〈李師師外傳〉考辨》，《文獻叢刊》第 20 輯。

1985 年

《李師師遺事考辨》，《中華文史論叢》，1985 年第 4 輯。

《柳永的俗詞與雅詞》，《光明日報・文學遺產》，1985 年 7 月 2 日。

《北宋倚聲家之初祖晏殊》，《學術月刊》，1985 年第 12 期，《中國古代近代文學研究》，1986 年第 2 期轉載。

1986 年

《歐陽修詞集考》，《文獻》，1986 年第 2 期，《中國古代近代文學研究》，1985 年第 6 期轉載。

《北宋低潮時期的周邦彥詞》，《光明日報・文學遺產》，1986 年 6 月 3 日。

《詞人吳文英事跡考辨》，《詞學》第五輯，1986 年。

《柳永》〔專著〕上海古籍出版社，1986 年 12 月，臺灣群玉堂出版事業公司，1992 年 7 月再版。

1987 年

《再論宋代民間詞》，《貴州社會科學》，1987 年第 4 期。

《辛棄疾以文為詞的社會文化背景》，《學術月刊》，1987 年第 6 月《中國古代近代文學研究》，1987 年第 8 期轉載。

《歐陽修獄事考》，《文史》第三十八輯，中華書局，1987 年 8 月。

《評王國維對南宋詞的藝術偏見》，《文學評論》，1987 年第 6 期，《中國古代近代文學研究》，1988 年第 1 期轉載。

《周邦彥詞的政治寓意辨析》，《天府新論》，1987 年第 6 期。

《柳永作品賞析集》〔主編〕，巴蜀書社，1987 年 7 月初版，1996 年第二版。

1988 年

《張炎詞集辨證》，《文獻》，1988 年第 3 期。

《宋詞賞析三十二篇》，《唐宋詞覽賞辭典》，上海辭書出版社，1988 年。

1989 年

《新時期詞學研究述評》，《社會科學研究》，1989 年第 1 期。

《胡雲翼詞學觀點的歷史反思》，胡雲翼，《宋詞研究》巴蜀書社，1989

年《上海師範大學學報》，1990 年第 1 期。

《蘇軾開始作詞的動機辨析》，《中國古典文學論叢》，第七輯，人民文學出版社，1989 年。

《宋詞札記十四則》，《百家唐宋詞新話》，四川文藝出版社，1989 年。

1990 年

《宋人詞體觀念形成的文化條件》，《社會科學戰線》，1990 年第 1 期，《中國古代近代文學研究》，1990 年第 6 期轉載。

《柳永事跡補考二題》，《四川師範大學學報》，1990 年第 1 期，《中國古代近代文學研究》，1990 年第 6 期轉載。

《宋元之際詞學的理論建設及其意義》，《文學遺產》，1990 年第 1 期。

《王國維建立詞學理論的嘗試及其意義》，《北京社會科學》，1990 年第 3 期。

《宋詞演唱考略》，《文獻》，1990 年第 4 期。

《評常州詞派的理論》，《學術月刊》，1990 年第 11 期。

《姜夔事跡考辨》，《詞學》，第八輯，1990 年。

《讀〈詞話叢編〉札記》，《古籍整理研究學刊》，1990 年第 6 期。

1991 年

《宋詞的時代文學意義》，《天府新論》，1991 年第 5 期。

1992 年

《王灼事跡考》，《文獻》，1992 年第 1 期。

《評胡適的詞學觀點與方法》，《學術界》，1992 年第 3 期，《中國古代近代文學研究》，1992 年第 10 期轉載。

《宋詞概論》〔專著〕，四川文藝出版社，1992 年 8 月。

1993 年

《〈高麗史・樂志〉所存宋詞考辨》，《文學遺產》，1993 年第 2 期。

《梁啓超與近代詞景研究》，《文學評論》，1993 年第 5 期，《中國古代近代文學研究》，1994 年第 1 期。

《中國詞學史》〔專著〕，巴蜀書社，1993 年 6 月。

1994 年

《詞韻的建構從試擬到完成》，《中華詞學》，1994 年創刊號。

1996 年

《論魏了翁詞》,《天府新論》,1996 年第 1 期。

《怎樣讀清詞》,《古典文學知識》,1996 年第 1 期。

《詞爲艷科辨》,《文學遺產》,1996 年第 2 期,《中國古代近代文學研究》,1996 年第 8 期轉載。

《清代詞學復興述評》,《詞學研究論文集》,臺灣中央研究院文哲研究所,1996 年。

《朱熹之詞體觀念與創作》,臺灣,《孔孟月刊》,第三十三卷第十期,1996 年 6 月。

1997 年

《滿江紅詞調溯源》,《中國韻文學刊》,1997 年第 1 期,《中國古代近代文學研究》,1997 年第 9 期轉載。

1998 年

《〈蘇軾資料匯編〉拾補舉例》,《文獻》,1998 年第 2 期。

《張炎詞注釋》,《增訂注釋全宋詞》,文化藝術出版社,1998 年。

《滿江紅評註》〔編注〕,四川文藝出版社,1998 年 5 月。

1999 年

《唐宋詞研究遺存難題述略》,《社會科學研究》,1999 年 2 期,《中國古代近代文學研究》,1999 年第 6 期轉載。

《宋人詞體起源説檢討》,《文學評論》,1999 年第 5 期。

《魏了翁詞編年考》,《國學研究》第六卷,1999 年。

《宋詞辨》〔論文集〕,上海古籍出版社,1999 年。

2000 年

《我研究詞學的經歷》,《古典文學知識》,2000 年第 2 期。

《南宋雅詞辨原》,《文學遺產》,2000 年第 2 期,《中國古代近代文學研究》,2000 年第 8 期轉載。

《南宋朱敦儒詞韻考實》,《詞學》第十二輯,2000 年。

《關於古典詩詞的吟誦》,《文史雜誌》,2000 年第 5 期。

2001 年

《怎樣讀宋詞》,《古典文學知識》,2001 年第 6 期,《新華文摘》,2002

年第 2 期轉載。

2002 年

《唐宋燕樂歌辭的歷史考察一論〈碧雞漫志〉的主旨及其意義》,《社會科學研究》,2002 年第 1 期。

《柳永詞選評》〔編注〕,上海古籍出版社,2002 年 10 月。

《中國詞學史》〔專著·修訂本〕,巴蜀書社,2002 年 12 月。

2003 年

《律詞申議》,《南陽師範學院學報》,2003 年第 2 期。

《怎樣治詞學》,《古典文學知識》,2003 年第 2 期。

《詞的音樂文學性質》,《東南大學學報》,2003 年第 4 期。

《胡雲翼與現代詞學的建立》,《古典文學知識》,2003 年第 6 期。

《〈柳永與市民文學〉序》,高秀華,《柳永與市民文學》,香港國際學術文化資訊出版公司,2003 年 8 月。

《〈詞林正韻〉質疑》,《中國古典文學與文獻研究》,第二輯,學苑出版社,2003 年 8 月。

2004 年

《〈敦煌曲子詞地域文化研究〉序》,湯君,《敦煌曲子詞地域文化研究》,上海古籍出版社,2004 年。

2005 年

《宋詞的流派問題》,《古典文學知識》,2005 年第 2 期。

《宋金諸宮調與戲文使用之詞調考略》,《東南大學學報》,2005 年第 4 期。

《〈詞律〉與〈詞譜〉誤收之聲詩考辨》,《中國古典文學與文獻研究》,第三輯,學苑出版社,2005 年。

2006 年

《關於詩詞的創作問題》,《文史雜誌》,2006 年第 1～2 期。

《江西詞派辨》,《詞學》,第十六輯,2006 年。

《梁啓超的稼軒詞研究之詞學史意義》,《南陽師範學院學報》,2006 年第 1 期,《中國古代近代文學研究》,2006 年第 6 期轉載。

《宋詞之別體及分體問題》,《古籍研究》,2006 年卷上。

《論宋詞的藝術特徵》,《天府新論》,2006 年第 5 期。

《詩詞格律教程》〔專著〕,巴蜀書社,2006 年 9 月 2010 年重印。

2007 年

《試評王國維關於唐五代詞的研究》,《東南大學學報》,2007 年第 4 期。

《詞學辨》〔論文集〕,上海古籍出版社,2007 年 4 月。

《李調元的詞學思想與創作》,《詞學》,第十輯,2007 年 12 月。

2008 年

《詞譜檢論》,《文學遺產》,2008 年第 1 期。

2009 年

《〈詞譜〉誤收之元曲考辨》,《東南大學學報》,2009 年第 5 期,《中國古代近代文學研究》,2009 年 12 期轉載。

《柳永詞集導讀》,《柳永詞集》,上海古籍出版社,2009 年 8 月。

2010 年

《唐宋詞譜粹編》〔編著〕,四川人民出版社,2010 年 1 月。

《讀〈全宋詞〉札記》,《中國古典文學與文獻研究》,第五輯,學苑出版社,2010 年 11 月。

2011 年

《〈全宋詞點校補正》,《古籍整理研究學刊》,2011 年第 1 期。

2012 年

《唐宋詞調考實》,《文學遺產》,2012 年第期。

《吳虞與詞學》,《詞學》,第二十七輯,2012 年 6 月。

《唐宋詞譜校正》〔編著〕,上海古籍出版社,2012 年 12 月。

2013 年

《論宋詞之詞調與宮調的關係》,《東南大學學報》,2013 年第 2 期。

《唐宋詞譜校正緒論》,《中國曲學研究》,第二輯,河北大學出版社,2013 年 12 月。

2014 年

《唐宋詞律辨正》，《西華師範大學學報》，2014 年第 1 期。

2015 年

《中國詞學史》〔專著‧修訂本〕，四川人民出版社，2005 年 4 月。